LUKAS ERLER

DAS FALSCHE OPFER

EIN FALL FÜR CARLA WINTER

TROPEN

Das vorangestellte Zitat entstammt der Übersetzung von Franz Blei (1925).

Tropen
www.tropen.de
© 2023 by J. G. Cotta'sche Buchhandlung Nachfolger GmbH,
gegr. 1659, Stuttgart
Alle Rechte vorbehalten
Cover: Zero-Media.net, München
unter Verwendung mehrerer Abbildungen von © FinePic®, München
Gesetzt von C.H.Beck.Media.Solutions, Nördlingen
Gedruckt und gebunden von CPI – Clausen & Bosse, Leck
Lektorat: Johanna Schwering
ISBN 978-3-608-50191-9
E-Book ISBN 978-3-608-12185-8

MOSKAU, JULI 2003

Bald ist es so weit. Als sie sich vor Stunden angestellt hat, war die Schlange so lang, dass sie das Kassenhäuschen kaum erkennen konnte. Jetzt sind noch zwölf Leute vor ihr.

Schwarze, braune und blonde Haarschöpfe, zwei Irokesenbürsten, ein glattrasierter Schädel. Keine Mützen oder Hüte. Auch sie trägt heute kein Kopftuch, Allah möge ihr verzeihen. Das Wetter hat sich überraschend gebessert. Nach viel Regen und kühlen Temperaturen in den letzten zwei Wochen ist der Sommer zurückgekehrt und sorgt für ausgelassene Festivalstimmung. Alle freuen sich auf ein gigantisches Event. Auf sechs Bühnen werden die besten Bands des Landes spielen. Abertausende Rockfans sind bereits eingetroffen, und noch immer strömen die Menschen zu den zahlreichen Kassenhäuschen am Rande des riesigen Geländes.

Die Konzerte haben bereits begonnen. Von weit weg dringen harte Beats und der Sound kreischender Gitarren herüber. Der junge Mann vor ihr in der Schlange vollführt ein paar ausgelassene Tanzbewegungen und rempelt sie dabei an.

Mit einem breiten Lächeln dreht er sich um. »Entschuldige, das war keine Absicht.« Er schnippt mit den Fingern. »Aber heute ist so ein fabelhafter Tag. Du weinst doch nicht etwa?«

»Nein, alles gut. Mir ist nur heiß«, sagt sie, aber der junge Mann hat sich schon wieder abgewendet.

Noch acht Leute vor ihr. Sie schwitzt jetzt immer stärker, und der Gurt um ihren Brustkorb erschwert das Atmen. Ihr Blick ist starr nach vorn gerichtet. Hinter der Abzäunung beginnen die

Leibesvisitationen. Weiter als bis zur Kasse wird sie also nicht kommen. Dort scheint es eine Verzögerung zu geben. Ein Festivalbesucher will mit einem großen Geldschein bezahlen, den die Kassiererin nicht akzeptiert. Nach einem lautstarken Wortwechsel wird der Mann von der Security aus der Schlange herausgewunken.

Danach scheint die Abfertigung schneller zu laufen, vielleicht, weil die Besucher das Geld jetzt passend parat halten. Ein paar Worte Smalltalk, Bezahlen, Wechselgeld und Ticket entgegennehmen, Stempel auf die Hand ... dreißig Sekunden pro Person, höchstens.

Der Schweiß auf der Stirn rinnt ihr in die Augen und vermischt sich mit ihren Tränen. Noch vier Leute vor ihr. Wenn es in dem Tempo weitergeht, wird sie in zwei Minuten sterben.

»Kein Mensch kann längere Zeit gegen sich ein
anderes Gesicht tragen als gegen die Menge,
ohne endlich irre zu werden, welches das wahre sei.«

NATHANIEL HAWTHORNE, *DER SCHARLACHROTE BUCHSTABE*

EINS

Sie sitzt auf der oberen Treppenstufe. So stark zusammengekauert, dass sie kaum als menschliche Gestalt zu erkennen ist. Der von einer Kapuze bedeckte Kopf ruht auf den Knien, die sie mit den Armen umklammert. Carla fragt sich, warum sie sofort gedacht hat, dass es sich um eine Frau handelt. Es könnte auch ein großes Kind sein. Ein Mann jedenfalls nicht.

Carla biegt in die kurze Einfahrt zu ihrem Haus ein, und die Lichtkegel der Scheinwerfer erfassen die Person, die jetzt langsam den Oberkörper aufrichtet. Sie hat die Hände seitlich an den Kopf gepresst, die Augen und der Mund sind weit aufgerissen und das langgezogene Oval des Mundes erinnert an Edvard Munchs *Schrei*. Die Ölfarben-Version des Gemäldes hat der Maler damals mit einem handgeschriebenen Kommentar versehen: »Kann nur von einem verrückten Mann gemalt worden sein.« Carla vermutet, dass für den Gesichtsausdruck dieser Frau ebenfalls ein verrückter Mann verantwortlich ist.

Bei diesem Gedanken kann sie noch eine andere Abzweigung nehmen. Mit Leichtigkeit. Einfach im Auto sitzen bleiben, die Polizei anrufen und die Herrschaften ihre Arbeit machen lassen. Anschließend ein Bad mit einem Glas Chardonnay. Scheiß drauf. Wenn sie später jemand fragt, wie sie es geschafft hat, in die ganze irrsinnige Geschichte hineinzustolpern, wird sie vermutlich an diesen Augenblick denken. Verdammter Edvard Munch.

Sie schaltet Licht und Motor aus, zieht den Schlüssel ab und steigt langsam aus. Es ist Sonntagabend, noch nicht sehr spät. Die

Luft um sie herum ist warm, erfüllt von Fliederdüften und Grillaromen, die von den Nachbargrundstücken herüberwehen.

»Ist es okay, wenn ich näher komme?«

Die Frau braucht einen Augenblick, um die Frage zu verstehen, dann nickt sie.

Carla geht ein paar Schritte auf sie zu. »Ich wohne hier. Das ist mein Haus.«

Die Frau nickt erneut. »Ich habe auf Sie gewartet.« Ihre leise Stimme zittert.

Als Carla weiter auf sie zugeht, springt einer der Bewegungsmelder an, und die Außenbeleuchtung des Hauses ermöglicht es ihr, die Besucherin näher in Augenschein zu nehmen. Eine Frau Anfang vierzig, die jetzt aufsteht. Nicht sehr groß. Zierlich. Schwarze Jeans, schwarzer Hoody, schwarze Sneakers. Unter dem Rand der Kapuze schauen ein paar dunkelblonde Haarsträhnen hervor, die ihr in die Stirn fallen. Das Gesicht ist schmal und bleich, die Nase gerade und der Mund jetzt fest zusammengepresst.

Ihr rechter Arm hängt locker herab, und in der Hand hält sie ein großes, braunfleckiges Küchenmesser, das eben noch nicht da war.

Carla weicht zum Auto zurück und zieht ihr Handy aus der Tasche. Ihre Finger huschen über das Display, dann blickt sie kurz auf und hält inne. Wieder hat die Frau in einem Ausdruck purer Verzweiflung Augen und Mund aufgerissen, aber jetzt sieht Carla die dunkle Verfärbung auf ihrer linken Gesichtshälfte, die sich von der Augenhöhle bis beinahe zum Mundwinkel erstreckt.

»Nein! Nein! Nein! Sie verstehen das falsch!«

»Gut möglich«, sagt Carla und tippt ungerührt die 110. »Legen Sie das Messer weg, und hocken Sie sich wieder hin. Wenn die Polizisten Sie so sehen, wird man womöglich auf Sie schießen.«

Die Frau gehorcht.

Nach dem dritten Klingeln kommt Carlas Anruf durch. »Rechtsanwältin Winter hier. Vor meinem Haus steht eine völlig verstörte Frau mit einem Messer. ... Nein, nicht bedrohlich. Bringen Sie einen Notarztwagen mit.« Sie gibt die Adresse durch, unterbricht die Verbindung und wendet sich wieder der Fremden auf der Treppe zu. »In spätestens zehn Minuten ist die Polizei da. Ein Ambulanzwagen bringt Sie ins Krankenhaus. Jemand muss sich Ihr Gesicht anschauen. Wenn Sie wollen, komme ich mit.«

Im Ernst? Hat sie das gerade wirklich gesagt? Scheiße! Mathilde wird ihr die Hölle heißmachen, aber sie kann nicht anders. Das von einem harten Schlag gezeichnete Gesicht der Frau und das fleckige große Messer haben in Carlas Kopf eine rasche Abfolge von Bildern und eine leichte Übelkeit ausgelöst. Intuitiv weiß sie, was geschehen ist.

»Ich habe ihn umgebracht«, sagt die Frau leise. Carlas Worte sind offenbar nicht zu ihr durchgedrungen.

»Wir haben noch ein paar Minuten. Erzählen Sie mir, was passiert ist.«

»Er ist tot. Ich habe ihn umgebracht. *Das* ist passiert!« Ihre Stimme klingt jetzt fester, beinahe etwas ungehalten.

ZWEI

Die Stunde ist längst vorbei. Carla schaut sich im Wartezimmer der chirurgischen Notfallambulanz um und fragt sich, wie lange sie in diesem trostlosen Raum noch ausharren muss.

»Wird etwa sechzig Minuten dauern«, hat die muntere Ärztin gesagt, als sie die Frau zur Untersuchung abgeholt hat. »Wir machen Röntgenaufnahmen, nehmen Blut ab, und der Internist wird die Dame ebenfalls anschauen. Die Gynäkologin ist auf dem Weg. Ob eine Untersuchung hinsichtlich eines sexuellen Übergriffs gewünscht ist, wird sie mit der Patientin besprechen. Dann kommen die Kriminaltechniker: DNA-Proben, Substanzen unter den Fingernägeln, Kleidungsstücke, je nachdem. Kennen Sie ja aus'm Fernsehen. Alles in allem 'ne Stunde.«

Von wegen. Carla wirft einen frustrierten Blick auf ihre Armbanduhr. Es ist bereits 23 Uhr. Das wird ein schwerer Tag morgen.

Komisch, wie wenig Information man manchmal braucht, um zu wissen, was passiert ist. *Wissen, nicht erahnen!* Moritz hat ihr erzählt, dass Hemingway gerne wettete, er könne eine ganze Geschichte in fünf Worten erzählen. Er gewann jedes Mal mit: »*For sale – babyshoes: Never worn!*«

Ich habe nur zwei Bilder gebraucht, denkt Carla, um diese Geschichte zu kennen. Die Hämatome im Gesicht und das blutige Messer. Das Ende eines vermutlich ausgedehnten Martyriums. Wie lange dauert es, bis eine Frau der Quälerei ein gewaltsames Ende setzt, wenn sie es überhaupt tut? *Er ist tot. Ich habe ihn umgebracht. Klar, was sonst!*

Carla hat schon mehrfach mit Prozessen wegen häuslicher Gewalt zu tun gehabt. Einmal hat sie eine Frau verteidigt, die ihrem schlafenden Ehemann nach zehn Jahren Psychoterror mit einem Baseballschläger beide Knie zertrümmert hat.

»Haben Sie Ihre Frau jemals geschlagen?«, hat die Richterin den Mann gefragt.

»Nein, das war nie nötig!«, hat er geantwortet. Dieser zynische Spruch hat Carlas Mandantin damals vor einer Gefängnisstrafe bewahrt.

Was hat die Frau von heute Nacht dazu gebracht, ausgerechnet bei ihr Hilfe zu suchen? Carla fällt auf, dass sie in all dem Trubel nicht mal nach ihrem Namen gefragt hat. Sie schiebt den Gedanken beiseite, als die Wartezimmertür geöffnet wird und die Staatsgewalt in Gestalt von Kriminalhauptkommissar Rossmüller den Raum betritt.

Was für ein beschissener Zufall. Sie haben sich vor einem Jahr kennengelernt. Rossmüller hat den Tod eines Mannes untersucht, der in Carlas Haus ermordet wurde, und schon damals keinen Zweifel daran gelassen, dass er sie nicht ausstehen konnte.

Möglicherweise, weil sie ihn bei jeder sich bietenden Gelegenheit provoziert hat.

Carla lässt einen schnellen Blick an ihm herabgleiten. Der Polizist hat seit ihrer letzten Begegnung weiter zugenommen und sieht aus, als hätte er seitdem auch nicht mehr geschlafen.

Sie schenkt ihm ein sonniges Lächeln, weil sie weiß, dass ihn das auf die Palme bringen wird. »Herr Rossmüller! So spät noch auf den Beinen?«

»Kriminaldauerdienst. Rund um die Uhr im Einsatz für den Bürger. Und die Bürgerin, versteht sich.« Rossmüller lässt sich schnaufend auf einem der Plastikstühle nieder und ist offenkundig zu müde für einen kleinen Zank. Mit einer Kopfbewegung deutet er auf die Tür zum Behandlungszimmer. »Ist sie Ihre Mandantin?«

»Noch nicht, aber wenn sie will, werde ich den Fall übernehmen.«

»Warum sollte sie das nicht wollen? Sie ist schließlich extra zu Ihnen nach Hause gekommen.«

Carla zuckt mit den Achseln. »Wenn ich Näheres weiß, kriegen Sie es mit.«

Rossmüller nickt. »Sie heißt Natascha Berling. Zweiundvierzig Jahre alt, Buchhalterin. Freiberuflich tätig für verschiedene kleine Unternehmen und Handwerksbetriebe. Deutsche mit familiären Wurzeln in Kasachstan. Wir waren bei der Adresse, die sie den Kolleginnen genannt hat. Eine Wohnung im dritten Stock, die sie allein bewohnt. Wir haben dort tatsächlich einen Toten gefunden. Einen Mann Anfang fünfzig, arabischer Herkunft. Ahmad Abbas. Deutscher Staatsbürger seit 2011. Von Beruf war er vereidigter Dolmetscher für Arabisch, Deutsch und Englisch und hatte ein Büro im Westend. Keine Ehefrau, keine Kinder. Nicht wohlhabend, aber auch nicht arm. Er sah gut aus, war gut genährt, gut gekleidet und hatte im Hals eine tiefe Stichwunde, die offenbar tödlich war.«

»Ich hatte keine Zweifel, dass die Frau die Wahrheit sagt. Muss sie in U-Haft?«

»Heute Abend auf jeden Fall. Ich habe gerade mit der Haftrichterin telefoniert. Sie können Ihre Mandantin morgen früh um 10 Uhr besuchen und alle nötigen Schritte wegen eines Haftprüfungstermins in die Wege leiten. Die Richterin wird da sein, und ich werde in ihrer Anwesenheit eine ausführliche Vernehmung durchführen. Wenn Frau Berling das wünscht, gesellen Sie sich zu uns.«

Carla schüttelt entnervt den Kopf. »Was soll der Zirkus? Sie ist geständig, hat einen festen Wohnsitz, es besteht keine Flucht- oder Verdunklungsgefahr, warum wollen Sie sie einsperren?«

»Jetzt regen Sie sich ab! Irgendwo muss sie über Nacht bleiben. Familie hat sie keine, und das Krankenhaus behält sie nicht. Soll sie in die Wohnung zurück, in der sie gerade jemanden erstochen hat? Haben Sie eine Ahnung, wie viel Blut da ist? Oder wollen *Sie* sie aufnehmen? Na also! Sprechen Sie morgen mit der Richterin, und dann klärt sich alles.«

Bevor Carla antworten kann, öffnet sich die Tür zu den Behandlungsräumen, und die immer noch glänzend aufgelegte junge Unfallchirurgin kommt auf den Flur. Ihr Blick huscht von Carla zu Rossmüller und kehrt dann zu Carla zurück.

»Wir sind so weit fertig. Ein paar Infos gibt es jetzt schon, den Rest morgen schriftlich: Die dunkle Verfärbung auf der linken Gesichtshälfte haben Sie gesehen. Das Hämatom erstreckt sich von der Schläfe über die Augenhöhle bis zum Jochbein und in Richtung Kiefer und hat sich schon weitgehend zurückgebildet. Ein Schlag oder Stoß mit einem stumpfen Gegenstand, ausgeführt von einem Rechtshänder, nehme ich an, ziemlich großflächig. Vielleicht ein Bügeleisen. Vermutlich acht bis zehn Tage her. Erstaunlicherweise ist nichts gebrochen. Außer der Gesichtsverletzung hat sie Blutergüsse an den Oberarmen und an den Rippen unten links und Druckstellen an den Handgelenken, die offenbar jemand mit großer Kraft umklammert hat. Keine Anzeichen für Alkohol oder Drogen, keine Hinweise auf einen sexuellen Übergriff.« Der Blick der Ärztin wandert zu Rossmüller. »Die KTU-Ergebnisse Ihrer Kollegen bekommen Sie ja sowieso morgen.«

Rossmüller steht auf. »Ist sie fertig?«

Die Ärztin nickt. »Ich schicke sie raus. Der Schock klingt nur langsam ab, aber sie ist zeitlich und örtlich orientiert. Die Psychologin fand sie uneingeschränkt zurechnungsfähig und nicht akut suizidgefährdet. Keine Indikation für eine psychiatrische Einweisung.«

Augenblicke später betritt Natascha Berling den Warteraum. Sie ist blass und offenbar am Ende ihrer Kräfte. Rossmüller macht einen Schritt auf sie zu, sie ignoriert ihn und schaut Carla direkt an. Ihr linkes Augenlid hat angefangen, nervös zu zucken.

»Ich brauche einen Anwalt. Werden Sie mir helfen?«

»Wenn eine Anwält*in* es auch tut, ja.«
Natascha Berling starrt sie verständnislos an.

Rossmüller grinst spöttisch und zwinkert Carlas neuer Mandantin zu. »Gratuliere, da haben Sie genau die Richtige erwischt.«

DREI

Als Carla am nächsten Morgen um 8 Uhr ihre Kanzlei betritt, ist Mathilde Stein schon da. Eine ganze Stunde zu früh. Der Montag fängt bescheiden an.

Carla hat auf einen ruhigen Start allein im Büro gehofft. Die Beine hochlegen, Moritz in der Klinik anrufen, hören, wie sein Nachtdienst war, und ihm von ihrer neuen Mandantin erzählen. Ein bisschen quatschen, ein bisschen nachdenken. Langsam in die Woche hineinkommen. Das alles kann sie jetzt vergessen. Sie erwägt kurz, ihrem Ärger Luft zu machen, schüttelt dann den Kopf und kehrt auf den Boden der Tatsachen zurück. Ihre Sekretärin zu reizen, ist eine sehr schlechte Idee.

»Die Stein«, wie sie von vielen genannt wird, ist jetzt seit fünf Jahren bei ihr, und ohne den immensen Fleiß und die unverschämte Cleverness dieser Frau wäre Carlas Kanzlei längst den Bach runtergegangen. Mathilde hat vor nichts und niemandem Angst, verfügt über intuitive Menschenkenntnis und ist bestens vernetzt mit allen Schreibbüros der Staatsanwaltschaft im Frankfurter Raum. Sie kann Leuten in hochgestochenem Juristendeutsch jegliche Information entlocken und im nächsten Atemzug ein paar andere im breitesten Frankfurter Dialekt niedermachen. Wenn sie will, kann sie sogar ausgezeichneten Kaffee kochen, aber das kommt praktisch niemals vor.

»Möchten Sie einen Cappuccino vor dem Gespräch?« Mathilde ist in der offenen Bürotür stehen geblieben, und Carla sieht, wie schwer ihr diese Frage über die Lippen kommt. Überrascht nickt sie.

»Ja, Cappuccino wäre super. Aber was für ein Gespräch?«

»Der Vorstellungstermin. Ich habe Sie letzte Woche gefragt. Sie haben gesagt, Sie schauen sich den Jungen an. Er wartet schon im Besprechungsraum.«

Carla erinnert sich. Donnerstag, kurz vor Feierabend. Mathilde hat sie zwischen Tür und Angel angesprochen und nicht lange drum herumgeredet. »Ich habe eine Bitte. Der Sohn einer Freundin von mir braucht einen Job. Fürs Erste auch gerne als freier Mitarbeiter. Er hat mal Anwaltsgehilfe gelernt, aber nie in dem Beruf gearbeitet. Können wir da was machen?«

Das »wir« ist typisch für Mathilde.

»Eine gute Freundin?«

Ihre Sekretärin hat genickt. »Die allerbeste. Ich schulde ihr was. Helfen Sie mir, diese Schuld zu begleichen, und Sie werden es nicht bereuen.«

Bereuen werde ich es, wenn ich Nein sage. Carla hat keine Chance gesehen, die Bitte abzuschlagen. »Okay, er soll irgendwann in der nächsten Woche vorbeikommen.«

Irgendwann nächste Woche. Nicht Montagmorgen um acht.

»Betrachten Sie es als Investition«, sagt Mathilde, als sie Carla den Cappuccino in die Hand drückt, und bemüht sich um einen diplomatischen Tonfall. »Ich verspreche, mich zu revanchieren.«

»Ist ja gut«, murmelt Carla. Mathilde muss tatsächlich in der Klemme stecken. Die völlige Abwesenheit ihrer sonstigen Impertinenz wirkt beinahe besorgniserregend.

»Wie heißt er denn? Gibt es so was wie ein Bewerbungsschreiben? Zeugnisse, Lebenslauf?«

»Lambert. Richard Lambert. Eine normale schriftliche Bewerbung schien mir nicht ... sagen wir mal, aussichtsreich. Er hat einen etwas gebrochenen beruflichen Werdegang. Nach einem mäßigen Abitur hat er die Ausbildung zum Anwaltsgehilfen abgeschlossen, aber das war's dann auch schon. Eine Sackgasse.«

Mathilde unterstreicht den Satz mit einer zackigen Handbewegung und zieht die Luft scharf ein. »Er hatte keine Lust auf den Beruf, und die Kanzlei war froh, ihn wieder loszuwerden. Danach nur noch Gelegenheitsjobs: Er hat als Mädchen für alles in einem Bestattungsunternehmen gearbeitet, Versicherungen verkauft, Bürofassaden geschrubbt und für ein Detektivbüro Nachforschungen angestellt. Bei der Ermittlungstätigkeit war er wohl recht gut. Die Detektei hat seinen Vertrag nicht verlängert, weil sie keinen weiteren Mitarbeiter bezahlen konnten, aber der Chef war voll des Lobes. Er sagte, Ritchie könne aus dem Stegreif völlig glaubwürdige Lügengeschichten erfinden, in so ziemlich jede Rolle schlüpfen und sei ein begnadeter Hacker.«

Carla nickt resigniert. »Eine große Bandbreite zweifelhafter Talente. Wieso denken Sie, dass er hier reinpasst – der Ritchie?«

»Schauen Sie ihn an, und lassen Sie Ihr Herz sprechen.«

Eine blöde Floskel, die Carla zusätzlich erbost. Egal, was ihr Herz sagt, sie wird nicht umhinkönnen, sich des Jungen irgendwie anzunehmen. Der einzige Vorteil bei der Sache ist, dass Mathilde eine Weile in ihrer Schuld stehen und ihre Unverschämtheit ein wenig im Zaum halten wird. Wie lange auch immer diese Weile dauern mag.

VIER

Er sitzt in dem Besuchersessel und steht höflich auf, als Carla den Raum betritt. »Guten Morgen, Frau Winter. Danke, dass Sie sich die Zeit nehmen.«

Carla gelingt es nicht, ihre Überraschung zu verbergen. Nach Mathildes Beschreibung hat sie einen Mann Mitte zwanzig erwartet. Mag sein, dass ihr Besucher so alt ist, aber er sieht wesentlich jünger aus. Glattes Gesicht, Hornbrille, Polohemd und Jeans, Mokassins ohne Socken. *Mother's finest.*

Nur, dass seine Stimme nicht dazu passt.

Sie ist tief, rau und klingt eine Spur versoffen. Carla schließt für einen winzigen Moment die Augen und denkt daran, wie viele Stunden sie versucht hat, das grandiose Saxophon-Solo in *Shelter me* zu lernen. Richard Lambert hat das Aussehen eines Oberstufensprechers und die Stimme von Joe Cocker. *Schauen Sie ihn an, und lassen Sie Ihr Herz sprechen*, hat Mathilde gesagt. Unverschämtes Miststück.

Carla dreht sich um und ruft durch den Türspalt: »Mathilde, können Sie für unseren Gast auch so einen leckeren Kaffee machen?« Sie wartet, bis sie Mathildes empörtes Grummeln hört, schließt lächelnd die Tür und wendet sich wieder ihrem Besucher zu.

»Herr Lambert. Nehmen Sie Platz.« Carla setzt sich ebenfalls und beschließt, gleich zur Sache zu kommen. »Meine Sekretärin sagt, Sie suchen einen Job. Korrekt so weit?«

Lambert verzieht das Gesicht. »Meine Mutter sagt, sie wirft mich raus, wenn ich es nicht tue. Also, ja!«

»Sie wohnen bei Ihrer Mutter?«
»Vorübergehend.«
»Womit wäre Ihre Mutter denn zufrieden?«
Carlas Besucher blinzelt überrascht. »Eine halbe Stelle? Zwanzig Stunden die Woche? Ginge das?«
»Sie wissen, was Rechtsanwaltsfachangestellte ohne Berufserfahrung verdienen?«
»Wenn ich eine Wahl hätte, säße ich nicht hier.«
Carla nickt. »Gut. Zwanzig Wochenstunden, drei Monate Probezeit, flexible Arbeitszeiten ...«
»Flexibel heißt ...?«
»Sie stehen auf der Matte, wenn ich Sie brauche.«
Ein dynamisches Klopfen an der Tür unterbricht sie, Mathilde rauscht herein, serviert Lambert mit zuckersüßem Lächeln einen Cappuccino und verschwindet ohne Kommentar.
»Wie aufs Stichwort«, sagt Carla. »Sie müssen mit Mathilde klarkommen. Wenn Sie das nicht hinkriegen, können wir es gleich lassen. Jeder Job hat seine Härten.«
Lambert lacht. »Keine Sorge. Sie wird mich lieben.«
Tut sie schon, denkt Carla und grinst zurück. »Ich habe gehört, Sie hätten noch ein paar Spezialkenntnisse auf ungewöhnlichen Fachgebieten?«
»Ich bin ganz gut am Computer. Und ich verstehe etwas von Fotomontagen und Deep Fakes. Wie man sie macht, und wie man sie erkennt. Außerdem spreche ich gut Englisch, passabel Spanisch und habe einen LKW-Führerschein.«
»Mathilde erwähnte, Sie hätten in einem Beerdigungsinstitut gearbeitet?«
»Ja, vor etwa zwei Jahren. Ich war Fahrer, habe saubergemacht, Botengänge erledigt, alles, was anfiel. Bis die Polizei den ganzen Laden hochgenommen hat.«
»Moment, reden wir von dem Unternehmen in Rüsselsheim?«
»Exakt. Aber ich schwöre, ich habe nicht gewusst, was da lief.«

Carla nickt. Sie erinnert sich gut an den Skandal, der bundesweit hohe Wellen geschlagen hat. Das Institut hat über Jahre sehr preisgünstige Feuerbestattungen angeboten, die niemals stattfanden. Stattdessen hat die Chefin ohne Wissen der Angehörigen die Leichen zerlegt und Arme, Beine und Köpfe an medizinische Ausbildungsunternehmen verkauft. Carla schüttelt sich. »Damit kann man tatsächlich Geld machen?«

»Ja. In Deutschland gibt es im Medizinbetrieb vor allem mit Formalin konservierte Leichen. Die eignen sich zwar für Anatomiekurse, aber nicht, um in der Chirurgenausbildung anspruchsvollere Operationen zu üben. Dazu braucht man ›freshly frozen bodies‹. Ihr Gewebe hat ähnliche Eigenschaften wie das einer lebenden Person.«

Carla schiebt ihre Kaffeetasse von sich und atmet tief durch. »Als Mathilde mir von Ihren Spezialkenntnissen vorschwärmte, hat sie nicht übertrieben.«

Ritchie Lambert lächelt bescheiden. »Danke.«

»Sie haben auch als privater Ermittler gearbeitet?«

»Ja, das hat mir am meisten Spaß gemacht. Ich weiß, wie man an Informationen kommt, bin anpassungsfähig und kann sehr unauffällig sein. Es kling vielleicht komisch – aber die Leute erzählen mir gerne was.«

Darauf wette ich, denkt Carla, *vor allem alte Damen.* Sie ist durchaus beeindruckt, doch immer noch unschlüssig. Der Junge gefällt ihr, aber sie braucht ihn nicht. Alles in ihr sträubt sich dagegen, Geld für einen weiteren Mitarbeiter auszugeben, nur weil Mathilde das möchte. Aber sie weiß auch, dass sie nicht mehr zurückkann. Also steht sie auf und beendet damit das Gespräch.

»Ich komme auf das Thema Ermittlungsarbeit später noch einmal zurück. Wegen des Vertrages meldet sich Mathilde bei Ihnen.« Sie schüttelt Lambert die Hand, wendet sich zur Tür und dreht sich dann noch einmal um. »Eine persönliche Frage hätte ich noch: Warum haben Sie mit der geilen Stimme keine Band gefunden?«

Ritchie Lambert antwortet mit seinem schönsten Schulsprecherlächeln. »Weil ich so unmusikalisch bin wie ein verdammter Backstein.«

FÜNF

Auf dem Weg vom Besprechungsraum zu ihrem Büro schaut Carla kurz bei Mathilde vorbei, die sie fröhlich anlächelt.
»Danke. Das war sehr nett.«
Carla nickt. »Ein interessanter Junge.«
»Und wie! Sie werden überrascht sein.«
»Schade, dass er nicht singen kann.«
»Wie bitte?«
»Egal, er wartet im Besprechungsraum auf Sie. Setzen Sie einen Arbeitsvertrag auf, und erkundigen Sie sich, was Anwaltsgehilfen im Frankfurter Raum so verdienen.«
Mathilde lacht leise. »Ich glaube, wenn seine Mutter Ruhe gibt, ist ihm das Geld egal. Haben Sie heute irgendwelche Termine, von denen ich wissen sollte?«
»Ich muss um 10 Uhr in der JVA III sein. Vermutlich werde ich die Verteidigung einer Frau übernehmen, die ihren gewalttätigen Partner erstochen hat. Ihr Name ist Natascha Berling. Sieht nach Notwehr aus. Gestern Abend war sie so durcheinander, dass sie außer einem dürren Geständnis nicht viel auf die Reihe gekriegt hat. Mal sehen, ob eine Nacht in U-Haft daran was geändert hat. Die umfassende Vernehmung soll heute Vormittag stattfinden. Kümmern Sie sich um den Papierkram, Vertrag, Vollmachten und so weiter. Warum machen Sie schon wieder so ein Gesicht?«
Mathilde zieht ihre skeptisch gerunzelte Stirn wieder glatt. »Gibt halt nicht viel zu verdienen an solchen Fällen.«

»Für Ihr Gehalt und den Grünschnabel reicht es schon noch. Außerdem wissen Sie, dass mir an solchen Fällen was liegt.«

»Okay«, sagt Mathilde. Carla sieht ihr an, dass es *nicht* okay ist, und ärgert sich. »Großer Gott, jetzt gucken Sie nicht so! Der Dreckskerl hat die Frau übel zugerichtet. Jemand muss ihr helfen. Lassen Sie Ihr Herz sprechen.«

Mathilde quittiert die Retourkutsche mit einem resignierten Nicken, ist aber noch nicht fertig. »Wie kommen Sie mit dem alten Mann zurecht?«

Carla zieht überrascht die Augenbrauen hoch. Der alte Mann ist Professor Tillmann Bischoff, noch jemand, den ihre Sekretärin in ihr Leben bugsiert hat. Ein Archäologe im Ruhestand, Witwer von Mathildes Tante, der vor etlichen Monaten vorübergehend bei ihr einzog und geblieben ist, nachdem er einen bewaffneten Einbrecher mit einem Saxophon-Koffer beinahe erschlagen hätte. Ein echter Gewinn.

Sie strahlt ihre Sekretärin an. »Es läuft super! Im Moment schläft er noch. Um 9 Uhr wird er aufstehen und ein phantastisches Frühstück vorbereiten. Er presst frischen Obstsaft, kocht wunderbaren Kaffee, brät Rühreier und schafft es, alles warm und frisch zu halten, bis ich um elf nach Hause komme. Und das, ohne sich jemals in irgendwas einzumischen.«

Mathilde lässt den Sarkasmus lächelnd an sich abprallen. »Weiß Ihr Vater von der WG?«

Carla zuckt ein wenig zusammen. Der zweite alte Mann in ihrem Leben ist ein permanent nörgelnder Ex-Gymnasiallehrer, der niemals begriffen hat, dass auch Ratschläge Schläge sind. »Wenn Sie ihm davon erzählen, schmeiße ich Sie raus. Und den Nachwuchs-Joe-Cocker gleich mit!«

»Oha!«, sagt Mathilde. »Ich seh's direkt vor mir.« Sie schüttelt konsterniert den Kopf, steht auf und flitzt aus dem Zimmer.

Carla geht in ihr Büro, schließt die Tür und wählt Moritz' Nummer in der Klinik.

»Dr. Nikolai ist noch in der Frühbesprechung«, sagt eine völlig genervt klingende Frauenstimme. »Soll ich was ausrichten?«

»Ja«, sagt Carla und imitiert den Tonfall der Frau. »Er soll seine Anwältin zurückrufen.«

Die Dame am anderen Ende legt kommentarlos auf.

Carla holt ihr Tablet raus und kämpft sich bis halb zehn durch die Online-Ausgaben von zwei überregionalen Tageszeitungen. Dann fährt sie hinunter in die Tiefgarage und macht sich auf den Weg in die JVA.

SECHS

Ritchie Lambert ist nach dem Vorstellungsgespräch nicht nach Hause gegangen, sondern in ein Café abgebogen, um den neuen Job zu feiern. Er bestellt ein üppiges Frühstück und lässt die Ereignisse des frühen Morgens Revue passieren. Das lief besser als erwartet.

Der Vorzimmer-Drachen hat ihn gerettet, so viel steht fest. Er genießt es, sie in Gedanken so zu nennen, weil er es niemals wagen würde, diesen Ausdruck laut zu gebrauchen. Die beste Freundin seiner Mutter, die für ihn seit seiner Kindheit Tante Tilde heißt, verfügt über ein Mundwerk, für das man in manchen Ländern dieser Erde einen Waffenschein benötigt.

»Ich habe mich für dich aus dem Fenster gehängt«, hat sie gesagt. »Und ich will nicht blamiert werden. Wenn du das hier versaust, landest du zum Burgerdrehen bei McDoof – und zwar schneller, als du Mindestlohn sagen kannst.«

Er hat nur genickt, weil Tante Tilde es nicht schätzt, wenn man sie unterbricht. »Carla Winter ist die beste Chefin der Welt, aber komm mir nicht auf die Idee, das auszunutzen. Wenn sie anruft, bist du da, und wenn sie sagt *spring*, dann fragst du nicht *warum*, sondern *wie hoch*. Das gilt übrigens auch, wenn ich was sage!«

Wieder hat er nur genickt, auf die Tischplatte gestarrt und den Sturm vorüberziehen lassen. Wenn er in den vergangenen Jahren etwas gelernt hat, dann, wann man am besten einfach die Klappe hält. Als dem Drachen das Feuer ausging, war das Vorstellungsgespräch beendet gewesen und der Kandidat hoheitsvoll entlassen worden.

Ritchie lehnt sich zurück und entspannt sich. Der Job verschafft ihm eine Atempause. Er kann zu Hause wohnen bleiben, hat keine nennenswerten Lebenshaltungskosten, und das Geld, das er verdient, wird für Benzin, Zigaretten und etwas Gras ausreichen. Vielleicht kann er sogar was zurücklegen. Und er hat genug Zeit, an seinem Plan zu arbeiten. In spätestens zwei Jahren will er sich mit einer eigenen Detektei selbstständig machen. Ein bescheidener Start mit nur einem Büroraum, aber das ist kein Problem. Er sieht die dunkle Tür mit der Milchglasscheibe und dem Schriftzug »Richard Lambert – Private Ermittlungen« vor sich, sobald er die Augen schließt. Hinter der Tür wird er an einem Schreibtisch sitzen, in einer der Schubladen hat er eine Flasche Bourbon und zwei Gläser verstaut, und nur der Computer auf dem Tisch unterscheidet ihn von Philip Marlowe. Ob er sich so einen Hut kauft, muss er noch überlegen. Der Rest des Plans steht. Endlich wird er das tun können, was er wirklich gut kann. Und bis dahin arbeitet er für die interessanteste Frau, die er jemals getroffen hat.

Carla Winters Bild war im letzten Jahr oft in der Zeitung, aber heute Morgen hat er feststellen können, dass die Fotografien ihr nicht gerecht wurden. Sie ist mittelgroß, sehr schlank, ohne auch nur im Mindesten zerbrechlich zu wirken, und hat eine ausgesprochen coole Ausstrahlung. Kurze dunkle Haare, grüne Augen, eine gerade Nase und ein breiter, humorvoller Mund. Ein schmales, androgynes Gesicht, das ihm außerordentlich gut gefällt. Und offenbar nicht nur ihm. Seine Mutter hat gelästert, die neue Chefin habe ein Faible für alten Cognac und junge Liebhaber, die sie mühelos anzöge. Aber ist sie jetzt nicht fest liiert? Zumindest hat er das Tante Tilde neulich sagen hören. Ein Neurologe von der Uni-Klinik, namens Moritz. Er holt sein Smartphone raus, geht auf die Website der Klinik und googelt die Ärzte. Es gibt nur einen Moritz. Dr. Moritz Nikolai, leitender Oberarzt. Dunkelblond, Anfang vierzig, sieht ganz gut aus, aber nicht gerade der Typ »junger Liebhaber«. Und wennschon ...

Ganz leise hört er die Stimme des Drachens in seinem Kopf, und sie klingt wie rostfreier Stahl. *Wenn du das hier versaust, landest du ...*

»Okay, ich hab's kapiert«, sagt er halblaut und erntet einen erstaunten Blick der Frau hinter der Kuchentheke.

»Ihr Frühstück kommt gleich«, sagt sie etwas verunsichert.

Ritchie lächelt und denkt dabei an Carla Winters entsetzten Gesichtsausdruck bei der Geschichte von den Bestattern in Rüsselsheim. Ein winziges Detail hat er bei der Erzählung ausgelassen. Dass nämlich der anonyme Hinweis, der das makabre Geschäft beendete, von ihm stammte. Warum hat er das verschwiegen? Er weiß es nicht, und es spielt auch keine Rolle. Eines Tages wird er ihr davon erzählen. Von der massiven roten Brandschutztür, die er niemals geöffnet sah – bis zu jenem Mittwochabend, als die Chefin das Abschließen vergaß.

Er hat an diesem Abend in dem großen Ausstellungsraum mit den zahlreichen Särgen den Boden gewischt und bemerkt, dass der Türdrücker sich in einer Position befand, die er noch nie gesehen hatte. Neugierig hat er daran gezogen, und die fast zehn Zentimeter dicke Metalltür war lautlos aufgeschwungen. Im Licht seiner Handy-Taschenlampe hat Ritchie die Tiefkühltruhen gesehen, die an der Wand aufgereiht waren. Die Versuchung hineinzuschauen war überwältigend.

Noch heute wünscht er sich, er hätte es nicht getan. Vor allem angesichts des formidablen Frühstücks, das jetzt von gleich zwei Angestellten des Cafés vor ihm aufgebaut wird.

SIEBEN

Als Carla die Tür zu dem Büroraum öffnet, in dem für gewöhnlich die Besprechungen zwischen Untersuchungshäftlingen und ihren Anwälten stattfinden, ist Natascha Berling schon da. Sie sieht blass und übernächtigt aus. Carla nickt ihr zu und setzt sich neben sie. Wenige Augenblicke später betreten Kriminalhauptkommissar Rossmüller und Haftrichterin Iris Brüggemann den Raum.

Frau Dr. Brüggemann steht kurz vor der Pensionierung, aber nicht in dem Ruf, altersmilde geworden zu sein. Graue Locken, grauer Hosenanzug, kühle graue Augen hinter dicken Brillengläsern. Sie lässt sich schwungvoll auf einen Stuhl fallen und knallt ihre Aktentasche auf den Tisch.

»Guten Morgen! Ich habe fünfundvierzig Minuten. Danach entscheide ich, wie es weitergeht. Diese Vernehmung wird wie immer aufgezeichnet. Herr Rossmüller, legen Sie los. Zunächst die Fakten!«

Rossmüller nickt, spricht Ort und Zeitpunkt der Vernehmung aufs Band, nennt die anwesenden Personen, blättert in einem dünnen Schnellhefter und wendet sich dann Carlas Mandantin zu. »Sie sind Natascha Berling, geboren 1978 als Tochter deutschstämmiger Eltern in Syrjanowsk, Kasachstan. Die Stadt heißt heute Altai. Ist das richtig?«

Die Frau an Carlas Seite nickt. »Auch meine Großeltern waren deutsch.«

»Das spielt hier keine Rolle«, sagt Rossmüller unfreundlich. »Wann sind Sie nach Deutschland gekommen?«

»Wie wäre es mit einem anderen Tonfall?«, mischt sich Carla ein. Der Polizist ruckt den Kopf herum und schaut zur Richterin. Die lächelt maliziös. »Ja, Herr Kriminalhauptkommissar, wie wäre es damit? Etwas Höflichkeit vielleicht? Oder Empathie?«

»Klar doch«, sagt Rossmüller. »Wenn's der Wahrheitsfindung dient ...« Er strahlt Natascha Berling direkt an. »Also, wenn Sie uns bitte mitteilen könnten, wann Sie in dieses schöne Land ...?«

»Im Herbst 2003.«

»Seitdem wohnen Sie in Frankfurt?«

»Ja. Ich habe eine Ausbildung als Steuerfachgehilfin gemacht und arbeite als freiberufliche Buchhalterin.«

»Familienstand?«

»Ledig. Keine Kinder.«

Rossmüller nickt. »Sie haben gestern angegeben, den Mann in Ihrer Wohnung getötet zu haben. In welcher Beziehung standen Sie zu ihm?«

»Ich habe ihn geliebt.«

»Bitte schildern Sie, was passiert ist.«

Berling schließt für ein paar Sekunden die Augen, und als sie sie wieder öffnet, laufen ihr Tränen die Wangen hinunter, die sie mit einer fahrigen Bewegung wegwischt. »Wir haben uns vor vier Monaten kennengelernt. Im Grüneburgpark. Ich saß mit meinem Buch auf einer Bank und genoss die Märzsonne. Er kam vorbei, sah, was ich las, und sprach mich darauf an. Wie sich herausstellte, war es eines seiner Lieblingsbücher.«

»Welches Buch war das?«, will Carla wissen.

Rossmüller wirft ihr einen giftigen Blick zu, lässt die Einmischung aber durchgehen. »Ein sehr komischer Science-Fiction-Roman von Douglas Adams: *Macht's gut und danke für den Fisch.* Der vierte Teil der Serie *Per Anhalter durch die Galaxis.* Ahmad kannte alle Bände in- und auswendig. Er war ein echter Fan. Wir haben uns stundenlang unterhalten und zum Schluss für den nächsten Tag zum Essen verabredet. So fing alles an.«

»Wie verlief die Beziehung?«

»Sehr romantisch. Am Anfang jedenfalls. Wie in einem kitschigen Film. Er war Muslim und fast zehn Jahre älter als ich, aber das spielte keine Rolle. Ich hatte schon lange keine Beziehung zu einem Mann mehr gehabt und beinahe vergessen, wie sehr ich mich danach sehnte.«

»Wann fing es denn an, weniger romantisch zu werden?«, fragt Rossmüller.

»Irgendwann nach ein paar Wochen. Weil er immer ... dominanter wurde.«

»Wie äußerte sich das?«

Berling schnieft in ein Taschentuch und lässt sich Zeit mit der Antwort. »Zum Beispiel sind wir oft ausgegangen, dauernd lud er mich in gute Restaurants oder ins Kino ein. Wir besuchten Konzerte und Sportveranstaltungen. Es hat Spaß gemacht. Am Anfang ist mir gar nicht so aufgefallen, dass immer *er* entschied, was wir unternahmen, und als ich es merkte, hat es mich auch nicht weiter gestört. Schließlich bezahlte er ja auch. Aber nach und nach ist mir klargeworden, was für ein Kontrollfreak er war. Immer häufiger wollte er wissen, was ich den ganzen Tag über gemacht hatte, wen ich traf und mit wem ich telefonierte. Er fing an, mir nachzuspionieren, wurde immer eifersüchtiger und warf mir vor, ihn heimlich zu betrügen.«

»Warum haben Sie den Blödsinn mitgemacht?«, unterbricht Dr. Brüggemann. »Sie waren nicht verheiratet und finanziell unabhängig. Sie hätten ihn einfach verlassen können.«

Natascha Berling starrt die Richterin an und beginnt wieder zu weinen. Carla holt ein Päckchen Papiertaschentücher heraus und reicht ihr eines. Ihre Mandantin wischt die Tränen ab und schnieft ausgiebig.

»Das habe ich versucht. Vier mal. Jedes Mal hat er eingelenkt, hat gebettelt und mich angefleht, bei ihm zu bleiben. Dass er ohne mich nicht leben kann, hat er gesagt, und dass er mich braucht.

Ich glaube, das hat den Ausschlag gegeben. Wenn ich gebraucht wurde, konnte ich noch nie Nein sagen. Am nächsten Tag hat dann wieder das Kommandieren und Beschimpfen angefangen. Und beim letzten Streit hat er mich geschlagen.« Berling zeigt mit dem Finger auf das große Hämatom unter ihrem linken Auge.

»Worum ging es bei dem Streit?«

»Eine Bagatelle. Lächerlicher Mist. Er hatte vor meiner Wohnung auf mich gewartet, und ich bin ein bisschen zu spät gekommen. Das hat ihn so aufgeregt, dass ich ihn erst gar nicht mit hochnehmen wollte ...« Berling schweigt einen verbitterten Augenblick. »Aber dann habe ich doch wieder nachgegeben.«

»Womit hat er Sie geschlagen?«, will Rossmüller wissen.

»Mit einer Flasche Jack Daniel's.«

»Er hat Alkohol getrunken? Als Muslim?«

Natascha Berling nickt. »Nicht oft, aber wenn, dann immer zu viel. Das Trinken hat ihn launisch und noch unberechenbarer gemacht. Aggressiv, eifersüchtig, sentimental – manchmal auch liebesbedürftig und lustig. Es war schwer, damit umzugehen.«

»War die Flasche leer?«

»Fast.«

Rossmüller kramt ein Tablet aus seiner Aktentasche, ruft offenbar die Fotogalerie auf und hält das Display in Richtung Dr. Brüggemann. Dann wendet er sich wieder Carlas Mandantin zu und zeigt ihr das Bild.

»Ich habe hier die Tatortfotos, die unsere Kollegen gemacht haben. Im Mülleimer Ihrer Küche war diese Whiskeyflasche. Ist das die, mit der Sie geschlagen wurden?«

»Ja, ich habe sie nach dem Streit weggeworfen.«

»Es waren Ihre Fingerabdrücke darauf. Und die des Toten. Wie genau hat er Sie geschlagen?«

»Was meinen ...?«

»Wie hat er die Flasche gehalten? Am Hals – und dann wie mit einer Keule zugeschlagen?«

Berling schüttelt den Kopf. »Nein. Sie sehen ja, die Flasche ist nicht rund, sondern rechteckig. Er hat sie wie ein Holzscheit in der Hand gehalten und mir die Breitseite ... ins Gesicht ... es war mehr wie ein harter Stoß. Hat sehr wehgetan. Ich hab's nicht kommen sehen.«

»Wie ging es dann weiter?«

»Wir saßen am Tisch, als das mit der Whiskeyflasche ... ich habe mir den Kopf gehalten und konnte nicht glauben, was da passiert ist, ich war ganz benommen, da kam er schon, hat mich hochgezerrt und mir in die Rippen geboxt. Hier links.«

Carla erinnert sich, dass die Unfallchirurgin von einem Bluterguss an dieser Stelle gesprochen hat.

»Wie lange ist das jetzt her?«, fragt Rossmüller weiter.

»Zehn Tage.«

»Was haben Sie nach dem Angriff gemacht?«

»Irgendwie habe ich den Schock überwunden und ihn angebrüllt. Hab geschrien, dass jetzt Schluss ist und ich ihn nicht mehr wiedersehen will. Dann bin ich aus der Wohnung gerannt. Er hat versucht, mich festzuhalten, aber ich konnte mich losreißen und abhauen. Als ich mich nach zwei Stunden getraut habe, in die Wohnung zurückzukehren, war er verschwunden.«

»Wie hat er Sie festgehalten?«

»An den Handgelenken.«

»Sind Sie zur Polizei oder zu einem Arzt gegangen?«

Natascha Berling schweigt eine Weile und schüttelt dann den Kopf. »Ich habe mich geschämt.«

»Warum das?«, will Dr. Brüggemann wissen. »Zu diesem Zeitpunkt waren Sie nur Opfer.«

Carla weiß, dass die Haftrichterin erfahren genug ist, um die Antwort auf diese rhetorische Frage zu kennen, und Carla kennt sie auch.

Natascha Berling ist noch blasser geworden und schluckt mit Mühe ihren Speichel hinunter. Trotzdem schafft sie es, zu antworten. »Ich habe mich geschämt, dass ich mich in einen Mann verliebt habe, der mir wehtut. Und dafür, dass ich mir das gefallen lasse. Vor allem aber habe ich mich gefragt, was an *mir* dran ist, das ihn immer wieder so wütend macht – und für diesen Gedanken habe ich mich am meisten geschämt.«

Dr. Brüggemann nickt. »Brauchen Sie eine Pause?«

Carlas Mandantin schüttelt den Kopf.

Also macht Rossmüller weiter. »Nach diesem Vorfall haben Sie Ihren Freund eine Weile nicht mehr gesehen?«

»Bis gestern Abend nicht.«

»Bitte erzählen Sie, was da passiert ist.«

»Er hat eine Woche lang versucht, mich anzurufen, schließlich habe ich seine Nummer blockiert. Dann stand er gestern Abend plötzlich vor meiner Wohnungstür. Wie er ins Treppenhaus gekommen ist, weiß ich nicht. Er hat geklingelt, und ich habe ihn durch die Tür meinen Namen sagen hören. Seine Stimme hat anders geklungen als sonst. Ruhig und besonnen. Absolut vernünftig. Er hat mich gebeten, ihn anzuhören. Ihn erklären zu lassen, wie es dazu kommen konnte und wie unendlich leid ihm alles tue. Er schien wie ausgewechselt. Hat geredet und geredet. Mich beschworen, ihm noch eine Chance zu geben. Nach einer Weile habe ich die Tür so weit geöffnet, wie die Sicherheitskette es erlaubte, und sein Gesicht gesehen. Er sah verzweifelt und verheult aus und schien tagelang nicht geschlafen zu haben. Und, verdammt, ja – da hat er mir leidgetan.« Natascha Berling zieht resigniert die Schultern hoch. »Als er wieder anfing zu betteln, habe ich ihn reingelassen. Unfassbar blöd, oder? Und wissen Sie, warum ich das gemacht habe? Eine gute Frage! Die halbe Nacht habe ich gegrübelt, bis ich draufgekommen bin. Klar, er hat eine wirklich gute Show abgezogen, aber der eigentliche Grund ist viel schlimmer: Ich *wollte* ihm glauben.«

Carla hat einen bitteren Geschmack im Mund, den sie vergeblich herunterzuschlucken versucht. Sie war vier Jahre lang mit einem notorischen Lügner verheiratet und versteht haargenau, was Natascha Berling meint. »Ich brauche einen Kaffee«, sagt sie laut und blickt in die Runde.

Dr. Brüggemann nickt. »Da bin ich dabei. Auf dem Gang ist ein Automat. Kaffee für alle.« Sie steht tatsächlich auf, stolziert aus der Tür und kommt Minuten später mit vier dampfenden Pappbechern zurück. »Beim nächsten Mal geht wer anders«, sagt sie, und alle nicken beeindruckt. Wenn Brüggemann in Pension geht, wird Carla das alte Schlachtschiff vermissen.

Rossmüller nippt an seinem Kaffee, verzieht das Gesicht und wendet sich wieder Natascha Berling zu.

»Erzählen Sie weiter. Hat er Sie sofort angegriffen?«

»Nein. Er hat gefragt, ob er ein Glas Wasser haben kann, und ist in die Küche gegangen. Dann hat er den Wasserhahn aufgedreht, sich aber kein Glas genommen, sondern nach der gusseisernen Pfanne gegriffen, die auf dem Herd stand. Ich war irgendwie verblüfft, aber immer noch nicht ängstlich. Bis er sich mit der Pfanne in der Hand zu mir umdrehte. Sein Gesichtsausdruck war entsetzlich.«

»Inwiefern?«

»Von einer Sekunde auf die andere schien er komplett durchgedreht zu sein. Völlig irre. Kennen Sie den Film *The Shining*? Die Szene, in der Jack Nicholson mit der Axt durch die Tür bricht?«

Rossmüller schüttelt den Kopf. »Wie haben Sie es geschafft, ihn zu erstechen?«

»Rechts von mir auf der Anrichte stand der Messerblock. Ohne hinzusehen, habe ich mir eines geschnappt. Ahmad hat weit ausgeholt und ist mit der Pfanne auf mich zugekommen. Es ging alles rasend schnell, und ich hatte Todesangst.« Berlings Stimme ist während der letzten Worte immer leiser geworden, was die Intensität ihrer Schilderung erhöht. »Als er zuschlug, konnte ich ausweichen. Der Schwung der Bewegung ließ ihn nach vorn straucheln, und da habe ich ihm das Messer ...«

Natascha Berling durchlebt die entsetzlichen Momente in der Küche offenbar noch einmal. Ihre Augen haben sich geweitet und mit Tränen gefüllt, die Hände umklammern die Tischplatte.

Es kommt nicht oft vor, dass Carla mit ihren Mandanten Mitleid empfindet. In sehr vielen Fällen handelt es sich um Menschen, die aus Habgier stehlen, betrügen und morden, im Affekt jemanden verletzen oder seit Jahren gewohnheitsmäßig Straftaten begehen, für die sie ebenso regelmäßig eingesperrt werden. Sie alle haben ein Recht auf kompetente Verteidigung und einen fairen Prozess, aber nicht unbedingt Anspruch auf Mitgefühl. Bei Natascha Berling, die gleichzeitig Täterin und Opfer ist, ist das anders.

»Die Pfanne und das Messer wurden sichergestellt und in die KTU gebracht«, unterbricht Rossmüller Carlas Gedanken.

Frau Dr. Brüggemann nickt und schaut ungerührt auf ihre Armbanduhr. »Was geschah dann, Frau Berling? Warum haben Sie keinen Notarzt gerufen?«

»Ich bin völlig panisch aus der Wohnung gelaufen. An die erste halbe Stunde danach kann ich mich überhaupt nicht erinnern. Außer, dass ich sicher war, ihn getötet zu haben. Als mein Verstand wieder einigermaßen funktionierte, habe ich gemerkt, dass ich das Messer immer noch in der Hand hatte. Und ich wusste, dass ich Hilfe brauchte. Mir ist Frau Winter eingefallen, weil eine Klientin von mir sie mal empfohlen hat.«

»Woher wussten Sie, wo ich wohne?«, will Carla wissen.

»Von Marie Lenz. Die habe ich im letzten Jahr kennengelernt. Sie hat bei Ihnen geputzt und war sehr stolz auf den Job bei einer prominenten Anwältin. Ich habe sie einmal zur Arbeit in Ihre Straße gefahren.«

Carla erinnert sich an eine übergewichtige, grauhaarige Frau mit schwerem Odenwälder Dialekt, die plötzlich krank wurde und nicht mehr kam.

»Wie sind Sie gestern Abend ins Nordend gekommen?«, fragt Rossmüller.

»Zu Fuß. Mit Google Maps. Ich bin mehr als eine Stunde gelaufen.«

Dr. Brüggemann beschließt, dass sie genug gehört hat. »Gut! Dies ist lediglich ein Haftprüfungstermin. Es ergeht folgender Beschluss: Die Beschuldigte ist geständig, hat einen festen Wohnsitz, und es besteht weder Flucht- noch Verdunklungsgefahr. Frau Berling wird deshalb aus der U-Haft entlassen und bleibt bis zur Anklageerhebung auf freiem Fuß. Herr Rossmüller leitet alle Unterlagen und Ermittlungsergebnisse an die Staatsanwaltschaft weiter. Ich gehe davon aus, dass es zur Eröffnung eines Strafverfahrens wegen Körperverletzung mit Todesfolge kommt, und werde mich für einen zeitnahen Prozessbeginn einsetzen. Noch irgendwelche Fragen?«

Natascha Berling sieht Carla an. »Kann ich nach Hause?«

Carlas fragender Blick wandert zu Rossmüller. Der guckt auf seine Armbanduhr. »Unsere Leute sind gegen 13 Uhr fertig mit der Spurensicherung. Sie müssten also noch gut zwei Stunden überbrücken.«

»Dann fahren Sie mich zum Grüneburgpark«, sagt Berling und beginnt erneut zu weinen.

Carla nickt. »Was wollen Sie dort machen?«

»Auf einer Bank sitzen und nachdenken.«

»Kommen Sie morgen noch einmal vorbei und unterschreiben das Protokoll«, sagt Rossmüller.

Natascha Berling starrt ihn an, zieht den Rotz hoch und geht wortlos zur Tür.

ACHT

»Wie geht es jetzt weiter?« Natascha Berling kauert auf Carlas Beifahrersitz und macht immer noch einen völlig aufgelösten Eindruck.

Carla steuert ihren kleinen Audi durch den lebhaften Vormittagsverkehr in Richtung Westend und versucht gleichzeitig, die richtigen Worte zu finden, um ihre Mandantin ein bisschen aufzumuntern. »Jetzt haben Sie erst einmal eine Weile Ruhe. Die Polizei schließt ihre Ermittlungen ab, und das sogenannte Zwischenverfahren beginnt. Die Staatsanwaltschaft berät über eine Anklageerhebung, und wenn es zu einer solchen kommt und alle so weit sind, werden wir über den Prozessbeginn informiert. Wir beide treffen uns vorher noch ein paarmal, um eine Strategie abzusprechen. Machen Sie sich keine Sorgen.«

Natascha Berling nickt ergeben.

»Müssen Sie denn nachher wirklich allein in Ihre Wohnung zurück?«, fragt Carla vorsichtig. »Haben Sie niemanden in Frankfurt, zu dem Sie gehen können? Wenigstens für die ersten Nächte?«

»Nein. Aber das schaffe ich schon. Lassen Sie mich da vorn raus, Siesmayerstraße, Ecke Grüneburgweg.«

Carla sieht eine Lücke und fährt rechts ran. Berling steigt aus, beugt sich noch einmal ins Innere des Wagens und lächelt. »Danke für alles.« Dann dreht sie sich um und verschwindet zügig in Richtung Park.

Carla schaut ihr nach und spürt, wie hungrig sie ist. Sie wählt Bischoffs Nummer und wartet geduldig, bis sie nach dem sechsten

Klingeln seine freundlich-grantelnde Stimme hört. »Kaffee und Eier sind noch warm.«

»Auf diese Worte habe ich gehofft«, sagt Carla. »Ich brauche maximal zwanzig Minuten.«

Sie legt auf, startet den Wagen und freut sich, dass zu Hause jemand auf sie wartet. Und nicht einfach irgendjemand. Professor Tillmann Bischoff, Altorientalist und Archäologe, emeritiert und verwitwet, ist im letzten Jahr schwer verletzt worden, als er versuchte, Carla in einer sehr gefährlichen Situation beizustehen. Nach dem Krankenhausaufenthalt hat sie ihn überredet, bis zur vollständigen Genesung bei ihr einzuziehen, was sich als hervorragende Idee erwies. Bischoff ist ein ausgesprochen angenehmer Wohngenosse. Ausgeglichen, unaufdringlich, diskret und rücksichtsvoll, wenn Moritz sie besucht. Ein scharfer Beobachter mit schwarzem Humor und darüber hinaus ein unaufhörlich sprudelnder Quell der Gelehrsamkeit. Aus Wochen sind Monate geworden, und irgendwann hat sie Bischoff einfach gefragt, ob er nicht bleiben wolle. Er war nicht wirklich überrascht gewesen. »Lassen Sie es uns versuchen, aber mein Haus behalte ich«, hat er geantwortet. Also waren sie gemeinsam nach Neu-Isenburg gefahren, hatten ein paar Bücher und persönliche Dinge eingepackt und waren mit einer stattlichen Kollektion von Strickjacken und ausgebeulten Cordhosen nach Frankfurt zurückgekehrt. Carla denkt sehr gerne an diesen Tag zurück.

Als sie wenig später am Frühstückstisch Platz nimmt, blinzelt Bischoff sie über seine dicken Brillengläser hinweg fröhlich an. Seine schlohweißen Haare stehen etwas wirr vom Kopf ab, aber er ist sorgfältig rasiert, hellwach und offensichtlich gut aufgelegt. »Du warst ja heute mächtig früh auf den Beinen.«

Er hat Carla vor ein paar Monaten das Du angeboten, was sie natürlich nicht ablehnen konnte, aber es fällt ihr immer noch schwer, sich daran zu gewöhnen. Irgendwie hat sich das Siezen richtiger angefühlt.

Carla schenkt sich einen Kaffee ein. »Ich wollte einen extragemütlichen Start in die Woche, aber daraus wurde nichts.«

Sie erzählt von Natascha Berling und von dem neuen Mitarbeiter, den Mathilde ihr aufgenötigt hat.

Bischoff grinst breit. »Typisch Mathilde. Sie kann jede Erpressung so formulieren, dass es wie ein völlig plausibler Sachzwang klingt.«

Carla nickt kauend, als ihr Handy klingelt. Eine unbekannte Nummer. Sie nimmt den Anruf dennoch entgegen, was Bischoff zu einem missmutigen Kopfschütteln veranlasst.

»Winter.«

»Hallo, Frau Winter. Nowak hier. Von der *Deutschen Zeitung*. Darf ich Ihnen ein paar Fragen stellen?«

»Ich gebe keine Interviews. Schon gar nicht am Telefon und einem Schmierblatt wie dem Ihren sowieso nicht.«

»Nicht so voreilig. Es geht um Natascha Berling.«

Carla zieht den Finger, der schon über dem roten Punkt auf ihrem Display schwebte, zurück und stellt auf Lautsprecher, damit Bischoff mithören kann.

»Und?«

»Können Sie bestätigen, dass Sie die Verteidigung von Frau Berling übernommen haben?«

»Kein Kommentar!«

»Macht nichts. Wir haben es aus sicherer Quelle.«

»Was zum Teufel wollen Sie von mir?«

»Wir wollen helfen! Ihnen und Frau Berling. Weil das Ganze ein verdammter Skandal ist!«

»Inwiefern?«

»Das fragen Sie noch? Wissen Sie nicht, dass dieser tote Araber bereits wegen Gewaltdelikten aktenkundig gewesen ist? Hat die Polizei gar nicht erwähnt, oder?« Der Mann am anderen Ende der Leitung redet sich in Rage. »Wenn die System-Medien den Fall morgen aufgreifen, wird nicht mal zu lesen sein, dass er Araber war. Wie einen gewöhnlichen Fall von häuslicher Gewalt werden die das wieder behandeln. Eine Beziehungstat, wenn ich so was schon höre! Das ist es eben nicht, Frau Anwältin. Weil diese Kameltreiber nämlich anders ticken als normale Mitteleuropäer. Von wegen Integration. Todesideologie, Fanatismus, Frauenverachtung, Ehrenmorde, die ganze Palette, so siehts doch aus ...«

»Das reicht! Wenn Sie mit dem rassistischen Gefasel nicht sofort aufhören, ist dieses Gespräch zu Ende!«

»Ach kommen Sie! Wie blöd muss man sein, um das nicht mitzukriegen!« Die anfangs joviale und geschmeidige Stimme des Anrufers hat jetzt einen deutlich geifernden Unterton. »Unfassbar, was in diesem Land alles durchgeht. Haben die Leute vergessen, was Silvester 2015 auf der Kölner Domplatte passiert ist?«

»Zum letzten Mal die Frage: Was wollen Sie von mir?«

»Ich will Ihnen raten, dass Sie Ihre Verteidigung entsprechend aufbauen. Beweisen Sie, dass der tote Araber ein gewohnheitsmäßiger Gewalttäter war. Fragen Sie die Wirtin vom Rats-Eck in Offenbach, was da im letzten Sommer passiert ist. Und machen Sie vor Gericht Folgendes klar: Es ist ein Skandal, dass eine deutsche Frau wegen der Tötung eines Arabers in Notwehr *überhaupt* vor Gericht steht.«

»Schluss jetzt«, sagt Bischoff.

Carla nickt, legt auf und schiebt ihren Frühstücksteller von sich. »Was für ein widerwärtiges Arschloch! Hat mir doch glatt den Appetit verdorben.«

Bischoff schüttelt nachdenklich den Kopf und starrt auf die Tischplatte. »Das ist wirklich verrückt. Täterin und Opfer sind deutsche Staatsbürger, und *beide* sind nicht hier geboren. Dennoch schafft der es, da einen fundamentalen Unterschied hineinzukonstruieren und den Fall in seinem Sinne auszuschlachten.«

Carla nickt. »Die eigentlich spannende Frage ist aber: Woher weiß er das alles? Abbas ist gestern am frühen Abend getötet worden. Bereits am nächsten Vormittag weiß dieser Nowak nicht nur von der Tat, sondern auch, wie die Täterin heißt und wer sie verteidigt.«

»Irgendwer bei der Polizei hat es ihm gesteckt«, sagt Bischoff gleichmütig. »Bei dem Verein gibt es viele, die so denken wie dieser Nowak.«

»Und der nutzt sein Wissen dazu, mir Tipps für eine deutschnationale Verteidigung zu geben.« Carla lacht höhnisch. »Ironischerweise wie aus dem Handbuch *amerikanischer* Strafverteidiger, deren erste Regel lautet: Verunglimpfen Sie das Opfer, und diskreditieren Sie die Belastungszeugen.«

»Willst du diese Regel befolgen?«

»Sicher nicht. Ich finde sie widerlich, und sie funktioniert auch nur, wenn man es mit einer Jury zu tun hat, was in Deutschland bekanntermaßen nicht der Fall ist. Ich muss der Behauptung von diesem Typen trotzdem nachgehen. Es nicht zu tun, wäre fahrlässig. Wenn Abbas tatsächlich schon einmal zugeschlagen hat, untermauert das die Notwehrsituation meiner Mandantin. Für den Fall, dass die Staatsanwaltschaft diese in Zweifel ziehen möchte, muss ich gerüstet sein.«

Carla greift nach ihrem Handy, tippt die Nummer der Kanzlei an, und Mathilde ist sofort am Apparat. Carla spart sich die Begrüßung. »Was haben Sie mit diesem Ritchie ausgemacht, wann er anfangen soll?«

»Am nächsten Ersten, also heute in einer Woche.«

»Rufen Sie ihn an, und bestellen Sie ihn für 13 Uhr in die Kanzlei. Der Arbeitsantritt ist vorverlegt. Die Probezeit beginnt heute.«

Falls Mathilde überrascht ist, lässt sie es sich nicht anmerken. »Soll ich ihm einen Grund sagen?«

»Finden Sie, dass er schon Erklärungen verdient hat?«

Mathilde kichert leise. »Auf keinen Fall.«

Carla legt auf und wählt Natascha Berlings Nummer.

»Ja, hallo?« Die Stimme ihrer Mandantin klingt verheult und undeutlich.

»Kommen Sie klar?«
»Geht so. Ich bin noch im Park.«
»Haben Sie ein Foto von Abbas auf dem Handy?«
»Ja.«
»Gut! Schicken Sie es mir per WhatsApp.«

NEUN

Als Ritchie am frühen Abend das Rats-Eck betritt, ist er gut vorbereitet. Frau Winter hat ihm den Fall ausführlich geschildert, ein Foto des Toten geschickt und genau erklärt, was er fragen soll. Er hat die Kneipe gegoogelt, anhand der Fotos im Netz einen Eindruck von der Einrichtung und den Gästen gewonnen und sich daraufhin von einem ehemaligen Kollegen aus der Friedhofsgärtnerzeit ein T-Shirt mit dem Emblem der Offenbacher Kickers geliehen.

Das Innere der Gaststätte sieht haargenau aus wie auf den Fotos. Ein einziger Raum mit einer langen Theke, vor der Barhocker aufgereiht sind, wenige Tische und Stühle, viel Platz zum Stehen. An den Wänden Wimpel und Fotos, die die wechselhafte Geschichte des Offenbacher Fußballclubs Kickers 1901 dokumentieren, und zwei Flachbildschirme.

Hinter dem Tresen steht eine mütterlich wirkende Blondine unbestimmbaren Alters und lächelt ihn an. »Immer rein in die gute Stube. Für den ersten Gast des Abends gibt's einen aufs Haus.«

»Pils«, sagt Ritchie, grinst zurück und zwängt sich auf einen der Barhocker.

Die Frau nickt und beginnt mit dem Zapfen. »Kickers-Fan?«

»Logisch. Nicht viel los heute, oder?«

»Kommt noch«, sagt die Frau. »Willst du auch was essen?«

»Zum Beispiel?«

»Bockwurst, Kartoffelsalat? Soleier?«

»Später vielleicht.«

Ritchie fragt sich, was um Himmels willen ein älterer Araber wie Abbas in diesem Lokal gewollt hat. Essen jedenfalls bestimmt nicht. Er lässt den Blick schweifen und entdeckt in einer Ecke die vorsintflutliche Musikbox, die auch auf den Fotos zu sehen war.

»Wow! Ist das 'ne echte Wurlitzer?«

»Schön wär's. Ich hab 'nen Kumpel, der baut die Dinger nach.«

Ritchie steigt vom Hocker und bewundert die Jukebox, die er so vorausschauend gegoogelt hat, aus der Nähe. Das Musikangebot besteht ausschließlich aus Titeln, die lange vor der Jahrtausendwende aufgenommen wurden. Er wirft einen Euro ein, wählt »Radar Love« von Golden Earring und geht zur Theke zurück. Als nach dem wuchtigen Intro Bass und Schlagzeug einsetzen, grinst die Wirtin anerkennend.

»Ein Jungspund mit Geschmack und Verstand. Hat man auch nicht oft.«

»Die Musik war früher wirklich besser.«

»Um Längen«, sagt die Wirtin und beugt sich zutraulich über den Tresen. »Die Siebziger und Achtziger waren cool.«

Ritchie nickt nur und lässt ihr Zeit für ein bisschen Nostalgie. Sie kommt noch etwas näher und duftet nach Fliederparfüm und Zigarettenrauch.

»Ich habe dich hier noch nie gesehen. Was machst du so?«

»Gebäudereinigung. Aber im Moment bin ich auf der Suche.«

»Nach einem neuen Job oder einer Frau?«

»Nach einem Mann.«

»Echt jetzt?«

Ritchie holt sein Handy raus und zeigt ihr das Bild von Abbas.

»Er soll im letzten Sommer häufig hier gewesen sein. Ein rabiater, gewalttätiger Typ.«

Die Wirtin betrachtet das Foto. »Ja, den kenne ich. Was ist mit ihm?«

»Ich hab gehört, er hätte hier bei dir eine Schlägerei angefangen.«

»Und was willst *du* von ihm?«

»Der Drecksack hat meine Schwester geschwängert und dann die Biege gemacht.«

Die Wirtin nickt verständnisvoll. »Ja, das tut weh. Aber hier hat der sich nicht danebenbenommen. Ich fand ihn ganz in Ordnung. Vielleicht war er auch ein Hallodri, keine Ahnung. Aber Schlägerei und gewalttätiger Typ? Kann ich nicht bestätigen.«

»Ich glaube, dass er meine Schwester auch geschlagen hat, obwohl sie es abstreitet.«

»Dazu kann ich nichts sagen, aber ich kann dir erzählen, was in meinem Lokal passiert ist, wenn's dir hilft.«

»Das wäre super.«

Als sie ansetzt, öffnet sich hinter Ritchie mit fröhlichem Ding-Dong die Kneipentür, und eine laut diskutierende Gruppe von Männern, die wie sehr durstige Bauarbeiter aussehen, drängt herein. Die Wirtin verliert das Interesse an Ritchie, wendet sich den neuen Gästen zu, die sie offenbar mehrheitlich mit Namen kennt, und notiert die Getränkewünsche. Der Schankraum füllt sich jetzt zügig, und innerhalb kürzester Zeit ist die Kneipe rappelvoll.

Als zwanzig Minuten später alle was zu trinken haben, gelingt es Ritchie, noch einmal die Aufmerksamkeit der Wirtin auf sich zu ziehen. Unaufgefordert stellt sie einen klaren Schnaps neben sein Bierglas.

»Also, um es kurz zu machen: Der Typ war vielleicht dreimal hier. Warum, weiß ich nicht. Vielleicht wollte er jemanden treffen. Er hat oft zur Tür geguckt und dann auf seine Uhr. Hat nicht unbedingt reingepasst in den Laden, aber auch keinen gestört. Am dritten Abend gab es dann Probleme. Irgendein besoffener Arsch, Eintracht-Fan übrigens, hat angefangen, den Mann zu beleidigen und zu provozieren. Du weißt schon, Scheißorientale, Ziegenficker ... was diese Rassisten so sagen. Widerliches Zeug halt.«

»Und der Araber?«

»War total cool. Hat die Beschimpfungen einfach an sich abperlen lassen. Erst als der Besoffene ihn dauernd angefasst hat, ist er sauer geworden. Er ist vom Hocker runter und hat den Kerl geohrfeigt.«

»Geohrfeigt?«

»Genau! Ja, mein Gott, is' klar, soll man nicht machen, aber so verdammt gewalttätig ist es nun auch wieder nicht. Er ist ja total provoziert worden. Der andere Kerl hat das Gleichgewicht verloren und ist zu Boden gegangen. Lag am Suff. Keine große Sache, die anderen Gäste hat's kaum interessiert. In dem Augenblick sind aber blöderweise zwei Streifenpolizisten reingekommen, die eigentlich nur eine Bockwurst auf die Hand wollten. Stattdessen haben sie dann den Araber mitgenommen – zur Feststellung seiner Personalien, wie es hieß. Mehr war nicht.«

»Danke«, sagt Ritchie, strahlt sie an und kippt den Schnaps. »War schön bei dir.«

ZEHN

»Das ist nicht fair!« Carla läuft mit dem Telefon in der Hand durchs Haus und versucht, den Ärger aus ihrer Stimme herauszuhalten. »Seit Wochen freuen wir uns auf das Konzert. Triosence ist die verdammt beste Jazzband, die ich je gehört habe. Aber es ist ja nicht nur wegen der Musik. Schau mal in deinen Kalender, wann wir zuletzt zusammen etwas unternommen haben. Hast du eine Ahnung, wie schwierig es war, an die Karten zu kommen?«

»Ich weiß sogar, wie teuer sie waren.« Moritz klingt geduldig und vernünftig, was Carla zusätzlich auf die Palme bringt.

»Was will deine Ex denn nun von dir?«

»Es geht um Flori.«

»Ist er krank?«

»Nein. Er hat ziemlichen Mist gebaut. Marion braucht Unterstützung. Ich muss mit ihm reden.«

Moritz' geschiedene Frau ist Schauspielerin am Wiener Burgtheater, und der gemeinsame Sohn lebt bei ihr. Als Carla und Moritz sich im letzten Jahr kennenlernten, hat er von ihm erzählt und keinen Zweifel daran gelassen, dass Florian den ersten Platz in seinem Leben einnimmt. *Er ist zwölf. Zweimal im Monat besuche ich ihn, und diese Wochenenden geben praktisch den Grundrhythmus meines Lebens vor.* Carla hat sich damit abgefunden, alle vierzehn Tage ein Wochenende allein zu verbringen, und ihr Leben entsprechend eingerichtet. Auf den Rhythmus ist immer Verlass gewesen. Bis eben.

»Ist was Schlimmes passiert?«

»Er hat sich geprügelt. Ziemlich übel.«

»Hat er gewonnen?«

»Wenn man es so ausdrücken will: Die anderen beiden mussten ärztlich behandelt werden.«

»Ernsthaft? Gleich zwei?«

»Ja. Ich weiß, eine Prügelei zwischen Jungen in dem Alter ist nicht so ungewöhnlich, aber Florian ist eigentlich ausgesprochen gutmütig. Das passt überhaupt nicht zu ihm. Bevor er jemandem die Nase bricht, muss einiges passiert sein.«

Stimmt, denkt Carla. *Was musste passieren, damit Natascha Berling ihrem Freund ein Messer in den Hals rammte.*

»Okay«, lenkt sie ein. »Fahr hin und find es heraus.«

»Danke.« Moritz wirkt erleichtert. »Sehen wir uns heute Abend?«

»Gern. Ich komme zu dir.«

Carla legt auf und versucht, die Frustration und die nagende Eifersucht in den Griff zu bekommen. Seit Moritz ihr erzählt hat, dass seine Ex-Frau sich von ihrem Liebhaber, einem Bildhauer, getrennt hat, quält sie der Gedanke, dass er vielleicht insgeheim zu seiner Familie zurückwill. Was zunächst nur eine vage Befürchtung war, hat sich still und leise zu einem Verdacht entwickelt. In den letzten drei Wochen hat Marion ihn viermal angerufen, was Carla in den Monaten vorher praktisch niemals mitbekommen hat. Zwei Telefonate hat sie mit angehört, und der entspannte Ton und die Vertrautheit zwischen den beiden hat sie beunruhigt und gekränkt, was Moritz' Aufmerksamkeit natürlich nicht entgangen ist.

»Was soll der Quatsch!«, hat er gesagt. »Wir waren lange verheiratet, die Scheidung war einvernehmlich, und wir haben ein gemeinsames Kind. Hast du ernsthaft erwartet, dass wir uns angiften?«

Er hat recht. Natürlich hat er recht, aber das ändert überhaupt nichts daran, wie Carla sich fühlt. Sie wirft das Handy in einem hohen Bogen Richtung Sofa, und es beginnt tatsächlich, im freien

Flug zu klingeln. Genauer gesagt setzt Freddie Mercurys Stimme mit den Anfangszeilen von »Bohemian Rhapsody« ein. *I see a little silhouetto of a man, Scaramouch, Scaramouch* ... Carla stöhnt auf. Sie muss diesen verdammten Klingelton endlich loswerden. Tausendmal haben ihre Neffen ihr schon versprochen, das für sie zu ändern. Beim nächsten Pokerabend muss sie unbedingt dran denken.

Carla angelt nach dem Telefon und sieht Ritchies Namen auf dem Display.

»Ich bin's«, sagt er überflüssigerweise.

»Und?«

»Ich war in dieser Kneipe in Offenbach.«

»Das hoff ich doch. Und weiter?«

»Sind Sie irgendwie gereizt?«

»Hört man das?«

»Nur, wenn man sensibel ist. Also, ich habe der Wirtin das Foto gezeigt und sie direkt gefragt, was da vorgefallen ist. Sie sagt, von Schlägerei könne keine Rede sein. Abbas sei den ganzen Abend von einem besoffenen Rassisten beleidigt und provoziert worden, habe das aber locker weggesteckt. Erst, als der Kerl ihn außerdem noch angetatscht hätte, sei es Abbas zu bunt geworden und er hätte dem Säufer eine Ohrfeige verpasst. Ja, Sie hören richtig. Eine Ohrfeige. Keinen Faustschlag oder so etwas. Wegen seines Alkoholpegels sei der Mann dennoch gestürzt, und zwei zufällig im Lokal auftauchende Polizisten hätten Abbas dann mitgenommen.«

»Die Polizei ist also von niemandem gerufen worden?«

»Die Wirtin sagt Nein. Ein klassischer Fall von Racial Profiling, wenn Sie so wollen.«

»Was für ein Laden ist das?«

»Typische Eckkneipe. Ein Gastraum und Toiletten. Kein Hinterzimmer. Treffpunkt für Fans der Offenbacher Kickers. Scheißessen, anständiges Bier, nette Chefin.«

»Präzise Beschreibung«, sagt Carla anerkennend. »Wie passt

Abbas ins Bild? Der war da doch so fehl am Platz wie ein Hering am Weihnachtsbaum.«

»Die Wirtin meint, er habe vielleicht jemanden treffen wollen. Der aber nie aufgetaucht ist.«

»Ich wette, er hat diesen Treffpunkt nicht selbst ausgewählt. Das heißt, man hat ihn dort hinbestellt und dann versetzt?«

»Und zwar mehrfach.«

»Okay. Zur Untermauerung der These, dass Abbas ein brutaler Schläger war, gegen den Natascha Berling sich mit allen Mitteln wehren musste, taugt diese Geschichte jedenfalls nicht.«

»Es wäre interessant, zu erfahren, wie es nach der Festnahme bei der Polizei weiterging. Ich kann da gerne nachhaken, aber wahrscheinlich erzählen die Ihnen eher was als mir.«

»Ich kümmere mich drum«, sagt Carla. »Gar nicht mal so schlechte Arbeit.«

Sie legt auf, bevor Ritchie antworten kann, und wählt Rossmüllers Nummer. Nach dem sechsten Klingeln hört sie ihn schnaufen.

»Ich wollte gerade Feierabend machen. Was gibt's denn, Frau Winter?«

»Geben Sie mir drei Minuten. Ich revanchier mich, versprochen.«

Rossmüller seufzt mitleiderregend. »Zweimal am Tag mit Ihnen zu tun zu haben, ist nichts für Weicheier.«

Carla geht nicht darauf ein. »Ich hatte einen Anruf von einem gewissen Nowak von der *Deutschen Zeitung*. Er behauptet, das Opfer im Fall Berling sei bereits wegen eines Gewaltdeliktes aufgefallen und auch festgenommen worden. Die Medien hätten das natürlich unter den Tisch gekehrt. Die übliche Leier. Ist da was dran?«

»Ach, die Geschichte in Offenbach. Natürlich sind wir über den Vorfall auch gestolpert. Da gab's eine Aktennotiz, die es tatsächlich ins System geschafft hat, keine Ahnung wieso. Das Ganze war lächerlich. Eine Maulschelle, ich bitte Sie! Keine Anzeige, kein

Verfahren, gar nichts. Die Kollegen haben die Situation falsch eingeschätzt und überreagiert. Das war's.«

»Danke«, sagt Carla betont freundlich. »Sie haben was gut bei mir.«

ELF

Nach einer weitgehend ereignislosen Restwoche verbringt Carla ein ebenso langweiliges Wochenende allein zu Hause. Bischoff ist nach Mainz gefahren und trifft sich mit ehemaligen Kollegen aus dem Römisch-Germanischen Zentralmuseum. Im Jahr 2017 hat er mit ihnen im Frankfurter Polizeipräsidium die Ausstellung KRIMINALARCHÄOLOGIE organisiert. Seitdem veranstalten sie einmal im Jahr eine zwanglose Fachtagung, die Bischoff zufolge zuverlässig einen feuchtfröhlichen Verlauf nimmt. Seine Einladung, mitzukommen, hat Carla dankend abgelehnt.

Ihre Schwester Ellen ist samt Söhnen und Ehemann für eine Woche nach Paris geflogen, und ihr fällt tatsächlich niemand sonst ein, mit dem sie das Wochenende verbringen möchte.

Also badet sie lange, liest zum dritten Mal *Fräulein Smillas Gespür für Schnee,* lässt sich Pizza liefern – und wartet auf Moritz' Anruf.

Der kommt am Sonntagabend. Carla hechtet zum Telefon, sieht seinen Namen auf dem Display und lässt ihn gar nicht zu Wort kommen. »Grundgütiger, warum dauert das immer so ewig, bis du anrufst? Weißt du, wie langweilig mein Leben ohne dich ist?« Sie seufzt theatralisch. »Ich vermisse dich! Wann kommst du zurück?«

»Weiß ich noch nicht«, sagt Moritz. Er klingt ein wenig bedrückt. »Ich habe gehofft, dass du vielleicht zu mir kommst.«

»Mmhh«, sagt Carla überrascht, »das ließe sich einrichten.« Sie hat die seltene Gabe, beim Sprechen ihren Stimmton wahrnehmen zu können, und hört, dass sie tatsächlich ein wenig schnurrt.

»Aber ich wette, die Sache hat einen Haken.«

»Ich brauche deine Hilfe. Als Anwältin.«

»Aber nicht wegen Florian, oder?«

»Doch. Die ganze Angelegenheit hat sich zugespitzt. Flori hat die anderen beiden Jungen offenbar schwerer verletzt, als es zunächst den Anschein hatte. Zumindest behaupten deren Eltern das. Der eine hat einen gebrochenen rechten Arm, mit dem er angeblich mindestens drei Monate nicht mehr Cello spielen kann. Blöderweise ist er sowas wie ein Cello-Wunderknabe, der sich gerade auf ein hochkarätiges Förderprogramm für junge Talente vorbereitet hat, als er Flori in die Hände gefallen ist. Nach Ansicht seiner Eltern ist sein Leben jetzt quasi ruiniert.«

Carla pfeift anerkennend durch die Zähne.

»Bei seinem Freund mit der gebrochenen Nase sieht es auch nicht erfreulicher aus. Dessen Eltern haben ein medizinisches Gutachten vorgelegt, aus dem hervorgeht, dass eine besonders teure kosmetische Operation nötig ist, um nachteilige Folgen für den armen Kerl auf seinem weiteren Lebensweg zu vermeiden. Beide Elternpaare haben sofort Rechtsanwälte eingeschaltet. Die Rede ist von Körperverletzung und Diebstahl. Marion ist schon ganz durch den Wind.«

»Sag ihr, das kriegen wir hin. Florian ist noch nicht strafmündig, und ihr habt doch garantiert eine Haftpflichtversicherung. Die kümmert sich um sowas.«

Moritz schweigt einen Augenblick. »Das ist noch nicht alles«, sagt er schließlich, und der unglückliche Klang seiner Stimme ist Carla völlig neu. »Es gibt noch ein drittes Elternpaar, das außer sich ist. Florian hat eine Schulfreundin. Emilia. Sie ist seit dem Tag der Prügelei verschwunden. Die Polizei sucht sie und ermittelt. Vielleicht ist sie weggelaufen und versteckt sich irgendwo, vielleicht aber auch entführt worden oder noch Schlimmeres. Ihre Mutter denkt jedenfalls, dass Flori irgendetwas damit zu tun hat, weil die beiden dauernd zusammen rumgehangen haben und er sich jetzt ausgesprochen unkooperativ verhält.«

»Inwiefern?«

»Er schweigt. Beantwortet keine Fragen. Hat völlig dichtgemacht. Marion und ich dringen nicht zu ihm durch.«

»Und du denkst, dass er mir etwas erzählt?«

»Ich erzähle dir doch auch alles.«

»Das will ich hoffen. Aber mal ernsthaft ... ich habe keine Ahnung von Kindern. Wahrscheinlich gibt es kaum jemanden, der ungeeigneter wäre, einen störrischen Dreizehnjährigen zum Reden zu bringen, als ich.«

»Aber deine Neffen lieben dich doch über alles.«

»Das qualifiziert mich für gar nichts. Ich habe Tom und Chris aufwachsen sehen, aber es war Ellen, die sie großgezogen und durch den Alltag gebracht hat. Ich war die tolle Tante, die regelmäßig wie ein Paradiesvogel mit irgendwelchen irren Geschenken reingeschneit ist.«

»Bitte komm einfach und versuche es.«

Carla zögert immer noch. Eine pädagogische Krisensituation, der sie sich in keiner Hinsicht gewachsen fühlt, klingt nicht nach dem besten Moment, um Moritz' Sohn samt Mutter kennenzulernen.

»Ist Marion das recht, wenn ich mich da einmische?«

»Sie hat ausdrücklich darum gebeten.«

»Gut. Morgen Mittag bin ich da.«

ZWÖLF

Moritz' Ex-Frau ist klein und zierlich, hat rotblonde Locken und eine sehr helle Haut. Sie bewegt sich schnell und lebhaft, und ihr Sprechtempo ist so hoch, dass Carla sich konzentrieren muss, ihren Sätzen zu folgen. Moritz hat einmal gesagt, sie sei »kapriziös«. Carla ahnt jetzt, was er damit gemeint haben könnte.

Kaum hat Moritz sie einander vorgestellt, zieht Marion Carla am Arm den Flur entlang und deutet mit dem Finger auf eine Tür voller Sticker. In Augenhöhe ist ein seriös wirkendes Hinweisschild angebracht: *Zentrum für Chaosforschung – Kein Zutritt!*

»Er ist da drin.«

Carla blickt auf ihre Armbanduhr. Es ist noch nicht mal eins. »Sollte er nicht in der Schule sein?«

Marion zuckt mit den Schultern. »Er weigert sich.«

»Aha!« Carla reißt sich zusammen. Sie hat nicht die geringste Lust auf das, was jetzt kommt, aber sie wird es durchziehen. »Am besten, du lässt mich allein mit ihm sprechen.«

Marion zögert einen Augenblick, dann nickt sie und geht. Als Carla klopft, wird die Musik ausgestellt, die Tür öffnet sich und Moritz' Sohn steht vor ihr. Er ist groß für dreizehn und ziemlich kräftig. Dunkelblonde Haare, eine Haut noch ohne Pubertätsakne, dafür jede Menge Sommersprossen und ebenmäßige Gesichtszüge. Florian hat das gute Aussehen seiner Mutter geerbt – aber offenbar nicht deren Mitteilungsbedürfnis.

»Und?«, sagt er und starrt Carla an. »Wer sind jetzt Sie?«

»Carla Winter. Rechtsanwältin. Dein Vater schickt mich.«

»Wozu?«

»Wozu? Echt jetzt? Guckst du keine Ami-Filme? Die Leute bauen Scheiße, und das Erste, was sie danach sagen, ist: *Ich will einen Anwalt!* Der kommt dann und sagt: *Sagen Sie kein Wort!* Aber diese glorreiche Taktik ist dir ja schon selbst eingefallen.«

»Und was wollen Sie dann noch?«

»Ich werde dir aus der Nummer raushelfen. Und zwar, ohne dass dir was passiert. Und Emilia auch nicht.«

Für einen Jungen seines Alters ist Florian erstaunlich beherrscht, aber Carla registriert ein winziges Erschrecken, als sie den Namen seiner Freundin erwähnt.

»Lässt du mich rein?«

»Hab ich eine Wahl?«

»Nicht wirklich.«

Florian gibt die Tür frei, und Carla betritt das Zimmer, das entgegen dem Türschild ziemlich aufgeräumt wirkt. Helle Kiefernmöbel, Flickenteppiche, ein Laptop auf dem Schreibtisch, an den Wänden Poster von Ed Sheeran und Jason Statham. Carla lächelt schwach. *Interessante Kombi. Romantiker und Schläger.*

Der Junge ist sofort auf der Hut. »Irgendwas komisch?«

Carla zeigt auf den Schreibtischstuhl. »Darf ich mich setzen?«

Er nickt und hockt sich auf die Bettkante. Carla hält die Schriftsätze der Anwälte, die Moritz ihr bei der Ankunft in die Hand gedrückt hat, in die Höhe. »Böse Briefe!«

Keine Antwort.

»Ich möchte, dass du mir erzählst, was passiert ist. Alles – und zwar von vorn.«

Florian schweigt und starrt auf den Teppich vor seinem Bett. Carla holt ihr Handy heraus und fängt an, gelangweilt darauf herumzutippen. In ihrem Kopf hört sie das leise Lachen ihrer Schwester Ellen. *In solchen Situationen ist es wichtig, klarzustellen, wer wen ignoriert und alle Zeit der Welt hat.*

Florian hält fünf Minuten durch, dann hebt er den Blick.

»Sind Sie die Anwältin aus Frankfurt, die mit meinem Vater schläft?«

»Unter anderem.« Carla hat sich schon gefragt, wann das Thema zur Sprache kommt. »Manchmal diskutieren wir auch oder essen was. Ist das ein Problem für dich?«

Der Junge überlegt und schüttelt dann langsam den Kopf. »Besonders nett sind Sie nicht.«

Carla ist einen Augenblick verdutzt, dann grinst sie breit. »Da hast du verdammt recht. Ich bin gut in meinem Job, halte mich an das Gesetz und passe auf meine Freunde auf. Aber nett bin ich nicht! Allerdings«, sie macht eine kleine Kunstpause und verwandelt das Grinsen in ein herzliches Lächeln, »breche ich auch keine Nasen oder Arme.«

»Mein Vater sagt, Sie sind die Art von Prinzessin, die den Drachen selber tötet.«

»Dein Vater kennt sich aus.«

»Und Sie lassen nicht locker.«

»Niemals!«

Florian senkt wieder den Kopf und scheint intensiv nachzudenken.

Carla beschließt, die Dinge ein wenig zu beschleunigen. »Hast du die Fotos gelöscht?«

»Das hätte nichts gebracht, die haben sie ...« Florian bemerkt die Überrumplung und funkelt Carla böse an. »Woher zum Teufel wissen Sie das?«

»Ich hab dir doch gesagt, ich bin gut.« Carla tippt auf die beiden Anwaltsschreiben vor ihr auf dem Tisch. »Aber, um ehrlich zu sein, so schwierig war das nicht. Wenn du es nicht erzählen willst, probier ich es mal. Soll ich?«

Florian zuckt mit den Schultern.

»Gut«, beginnt Carla. »Was haben wir hier? Da gibt es einen ausgesprochen netten Jungen, der plötzlich zwei Mitschüler angreift und erheblich verletzt. Warum tut er das? Es muss etwas geschehen sein, das ihn unfassbar wütend gemacht hat. Außerdem, so steht's hier in diesen Briefen, raubt er seinen Opfern ihre Mobiltelefone. Was will er damit? Er hat selbst eines. Bestimmt ein neues Modell mit guter Kamera ... dazu komme ich noch. Schlussendlich ist da noch ein Mädchen, das unserem Helden nahesteht. Fangen wir mal da an. Ist Emilia deine Freundin?«

Er schüttelt heftig den Kopf. »Wir sind nur Freunde. Hängen zusammen ab, quatschen viel.«

»Aber es wäre schön, wenn da mehr liefe, oder?«

Florian wird rot, aber er schüttelt die Verlegenheit ab. »Ich kapier schon, wenn ich keine Chance habe. Emilia ist ein Jahr älter als ich.«

Carla nickt verständnisvoll, und sie versteht es tatsächlich. Als Chris und Tom vor Jahren eine nervenzermürbende Pubertät durchmachten, hat sie in langen Gesprächen mit Ellen eine Menge gelernt, was ihr jetzt zugute kommt.

»Ich wette, Emilia ist sehr hübsch und schon fast eine Frau. Die Jungs, die für *sie* infrage kommen, sind sechzehn, siebzehn oder achtzehn. Womöglich mit Führerschein.«

»Ja.« Florian nickt deprimiert, und Carla legt gleich nach. »Dreizehn ist für Jungs ein Scheißalter. Die Mädchen, die man toll findet, sind unerreichbar, und die jüngeren interessieren einen nicht.« Carla zitiert eine von Ellens Weisheiten wie ein ehernes Naturgesetz und schafft es, Florian zu verblüffen.

»Woher wissen Sie das?«

»Hörensagen. Aber kommen wir mal zu dem zurück, was passiert ist. Diese beiden Jungs haben dich so sauer gemacht, dass du sie verdroschen und ihnen die Handys abgenommen hast. Nicht, um damit zu telefonieren, sondern weil da etwas drauf ist, das du haben wolltest. Da beinahe zeitgleich Emilia abgetaucht ist, nehme ich an, dass dieses ›etwas‹ mit ihr zu tun hat. Ich tippe auf kompromittierende Fotos. Was war es denn? Bekifft, besoffen oder halb nackt?«

Florian ist erneut rot angelaufen, schafft es aber, Carla anzuschauen. »Es war alles dabei. Eine Oberstufenparty, auf der sie gar nicht hätte sein dürfen. Sie hat sich reingeschmuggelt und abfüllen lassen. Barnie und Ralf haben dann die Fotos gemacht.«

»Wann ging die Erpressung los?«

»Gleich am nächsten Tag. Emilia kam zu mir und war mit den Nerven am Ende. Sie hat geheult, gezittert und gekotzt, alles gleichzeitig. Sie konnte gar nicht richtig erzählen, was passiert war.«

»Ist sie ... missbraucht worden?«

Florian schüttelt stumm den Kopf.

»Wie haben die Jungs Kontakt aufgenommen?«

»Über Telegram. Zwölf Fotos und ein kurzer Text.«

»Zeig mal die Handys. Ich will alles sehen!«

Florian zögert. »Ist das nötig? Die Fotos sind sehr privat und peinlich.«

»Eben deshalb muss ich sie sehen.«

Widerstrebend zieht Florian sein eigenes Handy aus der Tasche und wischt ein wenig darauf herum. »Emilia hat die Nachricht an mich weitergeleitet. Die Fotos nicht. Aber sie hat sie mir gezeigt. Ich kann beschreiben, was drauf ist. Reicht das?«

Carla nickt. »Zuerst die Nachricht.«

Florian reicht ihr das Handy. Die Botschaft ist unmissverständlich. »Fotos zu verkaufen. Preis Verhandlungssache. Your Call: Cash oder viral! Treff: Grabdenkmalhain Waldmüllerpark.«

Carla lacht. »Nicht besonders clever, die beiden. Und du bist dann an Emilias Stelle zu dem Treffen gegangen? Mutig – alleine gegen zwei.«

»Hab ich nicht drüber nachgedacht!«

»Was ist auf den Fotos zu sehen?«

»Auf drei Bildern raucht sie einen Joint, dann mehrere mit nassem T-Shirt, eins ohne Shirt, und auf den anderen liegt sie weggetreten zwischen einem Haufen Flaschen.«

»Und du bist sicher, dass diese Fotos auch auf den Handys sind, die du eingesackt hast?«

»Ja, das von Barnie habe ich mir angesehen. Er hat mir seine PIN verraten.«

»Einfach so?«

»Als ich seinen Arm verdreht habe. Leider war er nicht schnell genug mit der Antwort.«

»Du meinst, sonst könnte er jetzt vielleicht noch Cello spielen?« Carla schüttelt konsterniert den Kopf. »Was für eine romantische Geschichte. Als Emilia bei dir auftauchte, war das die Chance deines Lebens. Du hast die schimmernde Rüstung angezogen, bist aufs Pferd gestiegen und hast ihr zu Ehren ein paar Knochen gebrochen. Chapeau, mein Lieber.«

Florian verzieht das Gesicht. »So wie Sie das erzählen, klingt es total bescheuert. Blöderweise hat es ja auch nichts gebracht. Barnie sagt, sie haben die Fotos in der Cloud und können sie jederzeit viral gehen lassen.«

»Das klären wir gleich. Aber vorher eine letzte Frage: Wo ist Emilia abgeblieben?«

»Im Atelier von Paul Banzer. Das ist Mamas Ex. Er ist gerade in Schottland und hat mir den Schlüssel gegeben, damit wir da abhängen können. Paul ist echt korrekt.«

»Gut zu wissen. War Emilia eigentlich angemessen beeindruckt von dem, was du getan hast?«

Florian lächelt verträumt. »Ich glaub schon.«

»Na, wenigstens. Dann wollen wir das Happy End mal einläuten.« Carla nimmt ihr Telefon zur Hand, liest von dem einen Anwaltsschreiben die Nummer ab und wählt. »Wie praktisch. Beide Kollegen arbeiten für dieselbe Kanzlei.« Nach dem achten Klingeln hebt jemand ab. »Grüß Gott, mein Name ist Winter. Ich hätte gerne mit Herrn Manthei oder Herrn Heidmann gesprochen. Es geht um Ihre Schreiben in der Sache Florian Nikolai. Dauert nicht lange.«

Während die Sekretärin sie verbindet, stellt Carla das Handy auf Lautsprecher und legt es auf den Tisch.

»Manthei.« Eine kühle Stimme, ziemlich arrogant.

»Guten Tag, Winter hier. Ich vertrete die Interessen von Florian Nikolai.«

»Der Schläger aus dem Waldmüllerpark?«

»Exakt der. Ich möchte Sie gerne auf den neuesten Stand bringen und einen Deal vorschlagen.«

»Sie machen mich neugierig«, sagt Manthei betont gelangweilt.

»Dann hören Sie gut zu: Florian Nikolai ist erst dreizehn und damit, wie es bei Ihnen so schön heißt, nicht deliktfähig und auch nicht zu Schadensersatz verpflichtet. Bei den Söhnen Ihrer Mandanten sieht das anders aus. Wie ich den Geburtsdaten in Ihren Schreiben entnehme, sind sie beide fünfzehn und fallen damit unter das Jugendstrafrecht. Wir werfen ihnen Folgendes vor: Sie haben einer Vierzehnjährigen Drogen und Alkohol verabreicht, sie teilweise entkleidet, kompromittierende Fotos geschossen und das Mädchen anschließend mit der Drohung, die Bilder ins Internet zu stellen, erpresst.«

»Wie bitte?« Rechtsanwalt Manthei klingt jetzt deutlich ernüchtert. »Das können Sie alles beweisen?«

»Die Jungs haben es dankenswerterweise selbst dokumentiert. Wir schicken Ihnen die Handys per Kurier zu, und Sie schauen sich bitte zusammen mit den Eltern die Fotos und die Erpresserbotschaft selbst an. Alle Beweismittel liegen uns natürlich in Kopie vor.«

»Natürlich«, sagt Manthei säuerlich. »Natürlich! Das ändert die Lage. Was genau wollen Sie?«

»Wir verzichten unter folgenden Bedingungen auf eine Strafanzeige: Alle Fotos auf den Handys und in der Cloud werden gelöscht. Sollten sie jemals irgendwo auftauchen, wissen Sie ja, was passiert. Zweitens, Sie lassen die Schadensersatzansprüche gegen Florian Nikolai fallen, die sowieso wenig Aussicht auf Erfolg hätten.

Überzeugen Sie Ihre Mandanten davon, dass die ganze Angelegenheit in Ruhe begraben werden kann, wenn alle vernünftig sind. Die Handys gehen Ihnen bis 15 Uhr per Kurier zu. Bis spätestens 17:30 Uhr erwarte ich Ihre Rückmeldung. Meine Nummer haben Sie ja auf dem Display.«

»Ja«, sagt Manthei. »Ist ja gut. Wie war noch mal Ihr Name?«

»Winter. Carla Winter!« Sie beendet das Gespräch und schenkt Florian ein breites Grinsen. »Und jetzt rufst du Emilia an und sagst ihr, dass es dir gelungen ist, das ganze Problem aus der Welt zu schaffen. Endgültig und für immer.«

»Sie meinen, ich soll ...?«

»Na klar! Ich war praktisch gar nicht hier. Aber Emilia soll sich bei ihren Eltern melden und ihnen sagen, dass sie heute Abend nach Hause kommt. Lasst euch eine anständige Geschichte einfallen, warum sie verschwunden war.«

Florian nickt versonnen. »Ich glaube, Sie haben keine Vorstellung, was Sie für mich getan haben.«

»Hör mal. Jetzt, wo wir das Geschäftliche erledigt haben – die Anwältin, die mit deinem Vater schläft, heißt Carla und kann auch mal ganz nett sein.«

Er grinst. »Danke, Carla.«

»De nada. Her mit den Handys. Ich rufe einen Kurierdienst an. Danach gehe ich mit deinen Eltern was essen und erzähle ihnen, wie es gelaufen ist. Willst du mitkommen?«

»Nein, sorry, ich muss telefonieren«, sagt Florian und kramt zwei iPhones aus seiner Sockenschublade.

Carla fragt sich, ob er dieses Grinsen jemals wieder aus dem Gesicht bekommt.

»Alles klar. Viel Spaß dabei. Und komm uns doch mal in Frankfurt besuchen. Mit oder ohne Emilia.«

»Auf jeden Fall.« Er wischt schon auf seinem Handy herum, und als eine helle Mädchenstimme zu hören ist, wendet er sich ab und holt tief Luft. »Hey. Du kannst dich wieder runterkühlen. Ich hab das geregelt. Die Anwältin von meinem Vater hat – also, die Fotos werden gelöscht. Alles easy.«

So sieht's aus, denkt Carla und tritt leise hinaus auf den Korridor.

DREIZEHN

Moritz hat für Carla und sich ein Zimmer in dem Hotel unweit des Hundertwasser-Hauses gebucht, wo er regelmäßig übernachtet, wenn er in Wien ist. Das späte Mittagessen dort schmeckt nicht nur fabelhaft, sondern verläuft auch ausgesprochen heiter. Carla gibt einen kurzen Abriss ihres Gesprächs mit Florian, schildert das Telefonat mit Rechtsanwalt Manthei und endet mit ihrem Vorschlag an Florian, sich den glücklichen Ausgang der ganzen Geschichte selbst auf die Fahnen zu schreiben.

Marion, die sich bei näherem Kennenlernen als sehr umgängliche Person mit großem komödiantischem Talent entpuppt, gefällt besonders der letzte Teil des Berichts. »Das ist praktisch das Sahnehäubchen. Ich kenne diese Emilia nicht gut, sie war nur einmal kurz bei uns, aber wenn sie denkt, dass Flori all ihre Sorgen einfach weggezaubert hat, verbessert das seine Chancen eindeutig. Und falls er tatsächlich bei ihr landen kann, werde ich in den nächsten Monaten einen pflegeleichten Wolkentänzer statt eines mürrischen Querulanten um mich haben. Das wird großartig! Dafür ein Extradankeschön!«

Moritz grinst. »Ich bin immer wieder überrascht, wie schnell du bei jeder Angelegenheit den für *dich* wichtigen Aspekt ins Auge fasst.«

Marion lächelt unbeeindruckt zurück. »Das ist eine Gabe, mein Lieber. Aber man kann es auch lernen: Wenn der Bub sich das nächste Mal krank vor Liebeskummer durch den Tag pöbelt, schicke ich ihn dir einfach vorbei.«

»Wie wäre es mit Dessert?«, fragt Carla.

Moritz und Marion blicken sie verdutzt an und brechen dann gleichzeitig in Gelächter aus.

»Entschuldigung«, sagt Moritz. »Ein kleiner Rückfall in alte Zeiten, im Grunde reine Nostalgie.«

»Ja«, ergänzt Marion. »Es war nicht *alles* schlecht.«

»Schon okay. Ich hätte trotzdem gerne einen Nachtisch, und zwar diesen hier.« Carla lässt ihren Finger über die Dessertkarte gleiten. »Ein Powidltascherl.«

»Gute Wahl«, sagt Moritz. »Mächtig, aber lecker.«

Noch bevor die Süßspeise serviert wird, empfängt Carlas Handy eine SMS. Sie überfliegt sie und grinst in die Runde. »Mantheis Mandanten akzeptieren den Deal. Alles begraben und vergessen. Und er fragt, ob ich mal Lust habe, mit ihm essen zu gehen.«

Marion verschluckt sich vor Lachen an ihrem Mineralwasser. »Jetzt will er für das Affentheater auch noch *belohnt* werden?«

Sie beschließen, nach dem Dessert direkt zu Kaffee und Konfekt überzugehen, und krönen das Ganze mit einem Marillenbrand. Als Marion sich am Nachmittag verabschiedet, ist Carla froh, nur noch satt und zufrieden in einen Fahrstuhl steigen zu müssen, der sie in wenigen Sekunden auf ihr Zimmer befördert. Angezogen wirft sie sich aufs Bett und streckt Arme und Beine aus. »Das war ein guter Tag. Bin gespannt, ob er noch besser wird.«

»Ja, es war großartig. Erfolg auf der ganzen Linie.« Moritz streift seine Schuhe ab und macht es sich neben ihr bequem. »Du hast uns sehr geholfen, und Marion und Flori sind absolut begeistert von dir. Er hat mir übrigens noch geschrieben: *Alles super und danke, danke, danke!* Dein Einsatz wird in Zukunft auch für mich manches leichter machen.«

Carla küsst ihn. »Für mich war dieser Tag auch aus einem anderen Grund gut. Als du unser Konzertwochenende gecancelt hast, um herzukommen, war ich nicht nur stinkwütend, sondern ehrlich gesagt auch eifersüchtig. Ich wusste von dem Familienfoto in deinem Arbeitszimmer, dass Marion sehr attraktiv ist, und du hast mir erzählt, dass eure Scheidung ihre Idee war. Und da ...«

»Was?« Moritz runzelt die Stirn.

»Na ja, nachdem sie sich von ihrem Bildhauer getrennt hat, habe ich befürchtet, dass ihr euch wieder näherkommt. Auch wegen Florian. Es hat gutgetan, euch mal zusammen zu erleben.« Moritz schüttelt den Kopf und erwidert ihren Kuss. »Darum musst du dir wirklich keine Sorgen machen. Wir haben nach der Scheidung eine Ebene gefunden, auf der wir uns verstehen und mit der Florian klarkommt. Er weiß, dass wir beide für ihn da sind, wenn er uns braucht. Diese Erfahrung hat er auch heute gemacht – wunderbarerweise mit deiner Hilfe. Ansonsten hat sich an Marions Gründen, mich zu verlassen, nichts geändert. Wir wissen beide genau, warum wir kein Paar mehr sind.«

Carla lächelt verhalten. »*Inshallah,* hätte mein verstorbener Ex-Mann an dieser Stelle gesagt.«

»Heißt was?«

»Eigentlich: *So Gott will.* In der Umgangssprache kann es aber je nach Situation alles Mögliche bedeuten: von *schauen wir mal* bis *wird sowieso nichts.*«

»Dann hätte dein Ex an dieser Stelle unrecht gehabt. Aber jetzt, wo du Marion kennengelernt hast – erzähl mir auch mal von ihm.«

»Du hast doch im letzten Jahr alles Nötige mitbekommen, um dir ein Bild zu machen«, weicht Carla aus.

»Eigentlich weiß ich nur, dass er gestorben ist und dass die Beziehung sehr unbeständig und schwierig war. Aber warum hast du ihn geheiratet? Was war er für ein Mensch?«

Carla holt tief Luft und überlegt einen Augenblick, ob sie wirklich mit Moritz über Felix sprechen will, dann nickt sie. »Ich gebe dir eine Kurzversion: Felix Winter war die große Liebe meines Lebens und zugleich die größte Enttäuschung. In den vier Jahren unserer Ehe waren wir ziemlich genau fünfzehn Monate wirklich zusammen. Diese fünfzehn Monate waren sehr schön. Den Rest der Zeit hat er auf Reisen verbracht – hauptsächlich im Nahen Osten.« Sie zögert, ob sie Moritz erzählen soll, was Felix getan hat, wenn er offiziell im Auftrag einer Meerwasserentsalzungsfirma unterwegs war, und entscheidet sich dagegen. Jeder Satz, den sie sagt, zieht weitere Fragen nach sich, und sie will dieses Thema so kurz wie möglich abhandeln. »Er war ein Abenteurer, früher hätte man Glücksritter gesagt. Skrupellos, egoistisch und unehrlich. Aber auch freundlich, großzügig und zärtlich. Eine harte Nuss für Freunde der moralischen Schwarz-Weiß-Malerei. Im letzten Jahr hat er den Bogen allerdings überspannt und ist daraufhin in Anatolien ermordet worden.«

»Hat dich sein Tod traurig gemacht?«

»Ja, natürlich. Ich wollte ihn niemals wiedersehen – aber doch nicht, dass er stirbt.«

Moritz nickt nachdenklich. »So oder so, ein interessanter Mann. Und danach hast du dir einen langweiligen Neurologen zugelegt.«

Als sie sich im letzten Jahr kennenlernten, hat Moritz ihr erzählt, Marion habe ihn verlassen, weil sie ihn schlicht zu langweilig fand. Diese Einschätzung macht ihm offenbar immer noch zu schaffen.

Carla schüttelt nachdrücklich den Kopf. »Der Neurologe war eine von meinen wirklich guten Entscheidungen.« Sie sieht ihm an, dass er an dieser Behauptung immer noch Zweifel hegt, aber sie ist sich selten einer Sache so sicher gewesen. »Schau, natürlich kann man absolute Unberechenbarkeit spannend finden, aber in Wahrheit ist sie das nicht, sondern nur mörderisch anstrengend, ermüdend und frustrierend. Jedenfalls war das bei Felix der Fall, und vielleicht ging es Marion mit ihrem aufregenden Bildhauer auch so.«

»Sie wollte mit mir nicht über die Trennung sprechen.«

»Florian fand ihn nett, oder?«

»Ja, aber nicht so cool, wie er dich fand!«

»Ich finde ihn auch cool. Danke, dass du mich angerufen hast.«

»Ich wusste, dass du ihn im Handumdrehen weichklopfst.«
»Hätte ich echt nicht gedacht. Aber mit Ellens pädagogischen Weisheiten im Hinterkopf war es auf einmal ganz einfach. Es hat sich angefühlt wie Familie.«
»Darauf soll es hinauslaufen«, sagt Moritz und küsst sie.

VIERZEHN

»Sind Sie zu sprechen?« Mathilde steht nach einem kurz angedeuteten Klopfen in der Tür und scheint trotz der noch frühen Morgenstunde schon komplett genervt zu sein.

Carla schaut von ihrem Tablet und der morgendlichen Zeitungslektüre hoch. »Kommt drauf an, für wen.« Sie ist mehr als bereit, sich von der schlechten Laune ihrer Sekretärin anstecken zu lassen. Die lange Autofahrt, die sie gestern mit Moritz in seinem alten Volvo hinter sich gebracht hat, steckt ihr noch in den Knochen, und geschlafen hat sie auch nicht gut.

Mathilde rollt mit den Augen. »Ich habe einen Franzosen am Telefon. Hat einen irre starken Akzent, schwer zu verstehen. Er sagt, er wäre ein alter Freund von Till Bischoff, und Ihre Bekanntschaft hätte er letztes Jahr in Anatolien gemacht. Im Moment hockt er in einem Café auf der anderen Straßenseite und würde gerne kurz zu Ihnen raufkommen, wenn Sie gestatten.«

Carla ist so überrascht, dass sie nicht gleich antworten kann. Dass sie diesen Mann noch einmal wiedersieht, hätte sie nicht gedacht. Was für einen Grund kann er haben, ausgerechnet sie aufzusuchen? Und will sie diesen Grund überhaupt wissen?

»Was soll ich ihm sagen?«, drängt Mathilde.

Carlas Neugier überwiegt. »Bitten Sie ihn hoch. Und seien Sie freundlich!«

»Bien sûr, Madame«, sagt Mathilde und schließt die Tür betont leise.

Carla grinst und kehrt mit ihren Gedanken ins letzte Jahr zurück. Der Mann auf dem Weg zu ihr heißt Jean-Luc Delors, und sie hat ihn kennengelernt, als sie versuchte, etwas über die näheren Umstände von Felix' Tod herauszufinden. Delors arbeitet für Interpol in Lyon und hat ihr damals sehr unverblümt mitgeteilt, was er von ihrem Ex-Mann hielt.

Carla fand ihn deshalb von Herzen unsympathisch, hat sich aber später insgeheim eingestehen müssen, dass er mit seiner Einschätzung ziemlich richtig lag.

Aber das ist alles Schnee von gestern. Sie zwingt ihre Gedanken in die Gegenwart zurück. Felix ist tot, und niemand interessiert sich noch für den Fall, wegen dem Carla nicht nur mit Interpol, sondern auch mit der türkischen Polizei die Ehre hatte.

Es klopft an der Tür, und Mathilde streckt ihren Kopf herein. »Herr Delors ist da.«

Der Franzose schiebt sich an ihr vorbei in den Raum, und Mathilde schließt hinter ihm die Tür. Delors hat sich seit dem letzten Jahr zumindest äußerlich nicht verändert. Seine beleibte Gestalt steckt in einem zu engen braunen Anzug, und das rundliche Gesicht ist unrasiert und verschwitzt, obwohl er garantiert mit dem Fahrstuhl hochgekommen ist.

»Guten Morgen, Madame. Nett von Ihnen, mich ohne Termin zu empfangen.«

Carla deutet mit der Hand auf den Besuchersessel und nimmt wieder hinter ihrem Schreibtisch Platz. »Auch Ihnen einen guten Morgen, Herr Delors. Ich war viel zu neugierig, um Sie nicht zu empfangen. Niemals hätte ich damit gerechnet, Sie noch einmal zu treffen. Wenn ich heute früh beim Aufwachen zwanzig Jahre jünger gewesen wäre, hätte ich nicht überraschter sein können.«

Delors macht es sich umständlich in dem Sessel bequem, legt sein Handy vor sich auf den Tisch und blinzelt belustigt. »Nun ... so ähnlich ging es mir auch, als Till Bischoff erzählt hat, er sei bei Ihnen eingezogen. Der Mann ist ein Glückspilz.«

»Ach was.« Carla lächelt höflich. »Darf ich Ihnen etwas anbieten? Cappuccino, Tee, Wasser ...?«

»Vielen Dank. Ich bleibe nicht lang. Nachher habe ich ein paar berufliche Verabredungen im Bundeskriminalamt in Wiesbaden, und abends gehe ich mit Bischoff essen und ein bisschen über alte Zeiten plaudern. Da ich schon mal in Frankfurt bin, wollte ich die Gelegenheit nutzen, mich kurz mit Ihnen auszutauschen.«

»Sie machen es wirklich spannend. Außer, Sie wollen wieder über Felix Winter reden. Bei dem Thema bin ich raus.«

Delors schüttelt entschieden den Kopf. »Nein, ganz und gar nicht. Es geht um Ihren aktuellen Fall. Ich habe erfahren, dass Ahmad Abbas ums Leben gekommen ist und dass Sie die Frau verteidigen, die ihn getötet hat.«

»Und zwar in Notwehr nach exzessiver häuslicher Gewalt«, stellt Carla klar.

»Ja, auch davon habe ich gehört. Was wissen Sie über den Toten?«

»Ich weiß das, was die Polizei mir mitgeteilt hat. Abbas stammte aus dem Irak und kam 2003 als Flüchtling nach Deutschland. Seinem Asylantrag wurde stattgegeben, und im Jahr 2011 erhielt er die deutsche Staatsbürgerschaft. Nach Erlangung der entsprechenden Zertifikate machte er sich als vereidigter Dolmetscher und Übersetzer für Arabisch, Deutsch und Englisch selbstständig. Er hatte ein Büro im Westend und führte ein unauffälliges Leben. Keine Kinder, keine Familie, keine Probleme – abgesehen davon, dass er offenbar ein gewalttätiger, jähzorniger Kontrollfreak war.«

Delors nickt nachdenklich. »Das ist alles?«

Widerwillig denkt Carla an die Ermittlungsergebnisse ihres neuen Assistenten. Sie hatte noch gar keine Gelegenheit, sich damit auseinanderzusetzen. »Wie wäre es, wenn Sie mit den geheimnisvollen Andeutungen mal aufhören und auf den Punkt kommen? Warum interessiert sich ein französischer Interpol-Beamter für einen Dolmetscher, der in Frankfurt im Rahmen einer

Beziehungstat erstochen wurde?« Carla gibt sich keine Mühe mehr, ihre Ungeduld zu verbergen.

Wie schon im letzten Jahr schafft es Delors, ihr mächtig auf die Nerven zu gehen und gleichzeitig ihre unhöfliche Reaktion darauf an sich abprallen zu lassen. Er quittiert ihren Ausbruch einfach mit einem liebenswürdigen Lächeln.

»Weil das möglicherweise gar keine Beziehungstat war. Und weil dieser Dolmetscher nicht ganz so bedeutungslos war, wie Sie offenbar annehmen. Ahmad Abbas war ein Hawaladar.«

FÜNFZEHN

»Aha«, sagt Carla verdrossen. »Und was ist das, bitte schön?«

»Geduld, ma chère. Ich erkläre es ja.« Der Franzose ist die Ruhe selbst. »Abbas war eine Art Banker. Das arabische Wort *Hawala* können Sie auf Deutsch etwa mit *Wechsel* übersetzen. Es handelt sich um ein informelles Geldtransfersystem, dessen Grundidee schon in den heiligen Schriften des Islams beschrieben wird. Hawala funktioniert ausschließlich mit Bargeld und beruht, ob Sie es glauben oder nicht, auf Vertrauen.«

»Im Ernst jetzt?«

»Aber ja. Das System wird in islamischen Ländern parallel zum ungleich teureren offiziellen Bankwesen genutzt – oder aber in Staaten, in denen es wegen Krieg und Chaos gar keine regulären Banken mehr gibt. Es ist preiswert, schnell, anonym und sicher. Wir gehen davon aus, dass Ahmad Abbas das Geschäft von seinem Dolmetscherbüro aus betrieben hat.«

»Okay«, sagt Carla. »Jetzt haben Sie mich. Wie läuft das ab?«

»Abbas hatte sich auf Syrien, Irak und Jordanien konzentriert. In diesen Ländern hatte er in den Haupt- und Großstädten Mittelsmänner, die das Gleiche machen wie er. Wir denken, dass er mit insgesamt etwa dreißig Kollegen zusammengearbeitet hat.«

»Moment«, sagt Carla. Sie greift nach Block und Kugelschreiber und macht sich ein paar Notizen.

Delors wartet höflich, bis sie das letzte Stichwort aufgeschrieben hat, bevor er weiterspricht. »Stellen Sie sich Folgendes vor. Ein in Frankfurt lebender Syrer hat fünfhundert Euro, die er seiner kranken Mutter in Aleppo schicken will. Er händigt Abbas das Geld aus und bekommt ein Codewort, häufig einen Koran-Vers oder auch eine Zahlenkombination. Abbas schreibt seinem Mittelsmann in Aleppo eine Nachricht, die in verschlüsselter Form die Höhe der Summe und das Codewort beziehungsweise den Empfänger enthält. Jetzt braucht sein Frankfurter Kunde seiner Mutter nur noch das Codewort zukommen zu lassen. Damit geht diese zu dem Hawala-Banker in Aleppo und bekommt fünfhundert Euro. Quittungen? Garantien? Belege? Fehlanzeige.«

»Und was ist mit Gebühren?«, fragt Carla. »Die Bank muss doch mitverdienen.«

»Der Clou bei Hawala ist, dass das Geld nicht tatsächlich fließt. Abbas behält pro Transaktion einen bescheidenen Betrag, der unabhängig von der Größe der transferierten Summe ist, und alle sind glücklich. In regelmäßigen Abständen rechnet er mit seinen Kollegen ab, Überhänge werden ausgeglichen und man klärt, wer wem wie viel schuldet. Er vertraut seinen Kollegen, und sie vertrauen ihm. Sie oder seine Kunden zu betrügen, würde unendliche Schande über ihn bringen und kommt tatsächlich so gut wie nie vor.«

»Wow! Das wusste ich alles nicht. Aber warum interessiert sich Interpol dafür?«

Delors setzt zu einer Antwort an, als sein Telefon klingelt. Er greift danach und nimmt den Anruf entgegen. Carla wird Zeuge eines Wortwechsels in rasend schnellem Französisch, den der Polizist schließlich mit einem missmutigen *Salut* beendet.

»Ich muss los«, sagt er zu Carla. »Mein erster Termin in Wiesbaden wurde vorverlegt. Ihre Frage können Sie sich mit ein bisschen Phantasie auch selbst beantworten. Der klandestine Charakter des Hawala-Systems, die Anonymität und Diskretion machen es attraktiv für alle möglichen Interessenten – nicht nur für brave Menschen, die ihre Verwandten unterstützen möchten. Wenn Sie mehr wissen wollen, fragen Sie Bischoff. Und – vielleicht wollen Sie sich mit Ihrer Mandantin ja noch mal in Ruhe unterhalten.«

Delors hat es jetzt sehr eilig. Er springt auf, streckt Carla die Hand entgegen und verschwindet mit einem hastigen »Au revoir, Madame« durch die Tür.

Carla überlegt einen Augenblick und wählt dann Bischoffs Nummer. »Schön, dass du schon wach bist«, sagt sie, als er sich mit verschlafener Stimme meldet. »Ich brauche deine Gelehrsamkeit und ein Frühstück.«

»Erst das Frühstück – dann alles andere«, erwidert er. »In dreißig Minuten.«

SECHZEHN

»Du hattest in aller Herrgottsfrühe schon Besuch von Interpol?«
Bischoff grinst und knuspert genüsslich an einem Croissant. »Delors hat mich gestern Abend noch angerufen. Ob er dich spontan besuchen könne, wollte er wissen, und ich hab ihm geraten, es auf gut Glück zu probieren.«
»Hast du gewusst, was er wollte?«
»Nur allgemein. Seine Kollegen in Lyon sind auf ein weitverzweigtes Hawala-Netzwerk gestoßen, das der Geldwäsche in großem Stil verdächtigt wird. In dem Zusammenhang hat er von diesem Ahmad Abbas und seinem Ableben in Frankfurt erfahren und dass du die Frau verteidigst, die ihn getötet hat. Ich glaube, er wollte einfach, dass du ein genaueres Bild von dem Mann bekommst.«
Carla zuckt mit den Achseln. »Ich sehe nicht, was das eine mit dem anderen zu tun haben soll. Mag ja sein, dass Abbas sich mit irgendwelchen Geldtransfergeschäften strafbar gemacht hat, aber das ist mir ehrlich gesagt scheißegal. *Nicht* egal ist mir, dass er eine Frau mit einer Whiskeyflasche geschlagen hat.«
»Ich werde Delors heute Abend beim Essen noch ein bisschen ausquetschen. Wenn ich alles richtig verstanden habe, ist seinen Kollegen in Lyon nicht klar, welche Rolle Abbas konkret bei den Geldwäschegeschäften gespielt hat.«
»Wie Hawala funktioniert, habe ich ja verstanden, aber hat das wirklich eine so erhebliche kriminelle Dimension? Normale Banken machen doch schließlich auch krumme Geschäfte.«

»Gar keine Frage, aber Hawala bietet natürlich ein paar unübersehbare Vorteile. Das System erlaubt, Gelder nahezu ohne jede Möglichkeit der Rückverfolgung zu transferieren. Das Bundesfinanzministerium schätzt, dass weltweit jährlich etwa 200 Milliarden Dollar durch Hawala-Systeme fließen.«

»Woher weißt du so ein Zeug?«

»Ich habe mich lange genug mit Raubgräberei und illegalem Antikenhandel herumgeschlagen, um zu wissen, wie ärgerlich es ist, wenn man der Spur des Geldes nicht folgen kann.«

Bischoff hält seine Tasse in die Höhe, damit Carla ihm aus der French Press nachschenkt.

»Danke. Weil du nach der kriminellen Dimension gefragt hast. Willst du ein paar Fakten hören?« Der Form halber wartet er, bis Carla nickt. Dann referiert er zufrieden: »Der vermutlich größte Hawala-Banker der Welt, ein indischer Geschäftsmann in Dubai, der 2009 aufflog, soll zwei Milliarden Dollar am Tag bewegt haben. Zu seinen Kunden gehörten lateinamerikanische Drogenkartelle genauso wie al-Qaida.«

»Wow!«, sagt Carla. »Davon habe ich nichts mitgekriegt.«

»Ja, komisch, oder? In den Medien kommt das System praktisch nicht vor, obwohl der ökonomische Schaden und die kriminelle Energie beträchtlich sind. In Norditalien wurde ein pakistanischer Friseur verhaftet, der am Tag bis zu vier Millionen Euro zwischen der Mafia und afghanischen Drogenhändlern hin- und hergeschickt haben soll. Und natürlich ist auch hierzulande einiges los. Bei einer bundesweiten Razzia gegen illegales Hawala-Banking wurden im letzten Jahr Geld, Fahrzeuge, Gold und Schmuck im Wert von 22 Millionen Euro beschlagnahmt.«

Carla schüttelt ungläubig den Kopf. »Wenn du von illegalem Hawala-Banking sprichst, bedeutet das, es gibt auch eine legale Variante?«

»Jepp! In Deutschland ist Hawala nicht komplett verboten, sondern es gibt Überweisungsbüros, die eine reguläre Zulassung haben. Sie dürfen ihre Dienste legal anbieten, sofern sie die allgemein gültigen bankenrechtlichen Vorschriften beachten. Hawala-Banking, das ohne staatliche Aufsicht und Kontrolle durchgeführt wird, ist dagegen strafbar. Und der Staat versteht da keinen Spaß: Steuerhinterziehung, Geldwäsche, Verstöße gegen Embargo-Bestimmungen und weiß der Himmel, was noch alles. Da kommt ganz schön was zusammen.«

»Wenn du heute Abend von Delors noch etwas Konkretes über Abbas erfährst, will ich das wissen, okay?«

»Versteht sich.«

»Super. Entschuldige mich kurz.« Carla greift nach ihrem Handy, wählt Rossmüllers Nummer und stellt auf Lautsprecher.

»Frau Anwältin«, sagt der Polizist müde. »Was kann ich heute für Sie tun?«

»Ein paar Fragen beantworten. Das wäre sehr nett.«

»Nichts, was ich lieber täte.«

Carla sieht Till Bischoffs breites Grinsen und erwidert es.

»Folgendes. Heute Morgen habe ich erfahren, dass der Mann, den meine Mandantin getötet hat, von Interpol verdächtigt wird, Teil eines Geldwäschenetzwerks gewesen zu sein. Sind Ihnen diese Verdachtsmomente bekannt?«

»Nein.« Rossmüller klingt direkt etwas wacher.

»Ist seine Wohnung hier in Frankfurt durchsucht worden?«

»Natürlich nicht. Wieso auch? Der Mann war das Opfer einer Straftat und kein Beschuldigter.«

»Sie wissen also nicht, ob sich in seiner Wohnung oder in seinem Büro ein großer Bargeldbestand befunden hat?«

»Nein!«

»Okay, ich schicke Ihnen die Handynummer von dem französischen Beamten, mit dem ich gesprochen habe. Er ist gerade in Wiesbaden und heute Abend und morgen noch in Frankfurt. Wenn Sie sich mit der Sache befassen wollen, rufen Sie ihn einfach an.«

»Ich denk drüber nach«, sagt Rossmüller, bevor er auflegt.

»Was ist mit dir?«, fragt Bischoff. »Willst du die Verdachtsmomente gegen Abbas irgendwie in deine Verteidigungsstrategie einbeziehen?«

Carla schüttelt den Kopf. »Ich glaube nicht. Was Delors erzählt hat, ist alles ziemlich vage. Und es tut auch nichts zur Sache für meinen Fall. Die ganze Geschichte würde die argumentative Wucht der Notwehrlage nur verwässern. Für mich zählt, dass Abbas versucht hat, meine Mandantin mit einer Pfanne zu erschlagen, und dass sie sich dagegen wehren musste. Basta!«

SIEBZEHN

DREI MONATE SPÄTER

Carla lässt ihren Blick durch den großen Sitzungssaal wandern. Noch fünf Minuten.

Seit ihrem Besuch in Wien sind, was die Kanzlei betrifft, zwölf wenig ereignisreiche Wochen vergangen, und die sehr überschaubare Anzahl von neuen Mandanten hat Mathilde in Sorge versetzt und sie selbst in eine merkwürdige Lethargie verfallen lassen. Die Verhandlung im Fall Berling gibt ihr endlich wieder etwas Vernünftiges zu tun. Carla ist froh, dass Richterin Brüggemann ihr Versprechen, sich in der Sache für einen schnellen Prozessbeginn einzusetzen, gehalten hat.

Und noch aus einem anderen Grund freut sie sich, dass es nun endlich losgeht. Nachdem der Prozessbeginn feststand und öffentlich einsehbar war, ist die rassistische Hetze in den sozialen Medien noch einmal kräftig hochgekocht, und es war unendlich mühsam, sich gegen die unerwünschte Schützenhilfe aus dem rechtskonservativen Lager abzugrenzen und bei dem überbordenden Hass einen kühlen Kopf zu bewahren. Carla muss sich eingestehen, dass sie bei aller Sympathie für Natascha Berling den ganzen Fall gründlich satthat.

Privat sind die Dinge in den letzten Monaten allerdings gut gelaufen. Unter juristischen Gesichtspunkten eine Bagatelle, hat die Hilfe für Florian auf ihre Beziehung zu Vater und Sohn eine wunderbar positive Wirkung gehabt. Flori hat angefangen, ihr regelmäßig zu schreiben und Fotos von sich und Emilia zu schicken. In den Herbstferien will er seinen Vater in Frankfurt besuchen, was er noch nie gemacht hat. Moritz ist überglücklich darüber und hat tatsächlich drei Karten für ein Ed-Sheeran-Konzert ergattert. Glänzende Aussichten für einen goldenen Herbst. Sie muss nur noch diesen Prozess über die Bühne bringen.

Es ist der dritte und letzte Tag der Hauptverhandlung, die mit der heute zu erwartenden Urteilsverkündung ein Ende finden soll. Alle Plätze sind besetzt. Jede Menge Presse, aber auch viele Schaulustige und Hobby-Kriminologen, darunter etliche, die Carla vom Sehen her kennt. Es gibt erstaunlich viele Menschen, die von einem Gerichtssaal zum nächsten pilgern und Strafprozesse verfolgen wie andere Leute Krimis im Fernsehen. In den Sitzungspausen kann man sie auf den Gängen fachsimpeln hören.

Und leider sind auch zahlreiche Besucher da, die Carla erkennt, auch wenn sie ihnen niemals persönlich begegnet ist. Glatzen und Scheitel-Nazis aller Couleur, die ganze illustre Gesellschaft. Gestern haben sie durch Buhrufe die Verlesung des Anklagesatzes gestört und später applaudiert, als die Angeklagte zur Sache vernommen wurde und schilderte, wie Ahmad Abbas in ihrer Küche zu Tode kam. Erst die barsche Drohung der Vorsitzenden Richterin, beim nächsten Zwischenruf den Saal räumen zu lassen, hat dem Zirkus ein Ende gemacht. Der heutige Sitzungstag ist bis jetzt zum Glück störungsfrei verlaufen.

Carla schaut zu Bischoff hinüber, der eingeklemmt zwischen zwei hochbetagten Damen in der dritten Reihe sitzt und ihr aufmunternd zunickt, als ihre Blicke sich treffen. Sie dreht den Kopf weiter nach links und sieht, dass ihre Mandantin sie dankbar und vertrauensvoll anlächelt. Carla lächelt zurück. Natascha Berling hat sich gut geschlagen.

Ruhig und dennoch sichtbar aufgewühlt hat sie dem Gericht dargelegt, wie glücklich sie war, in der Mitte ihres Lebens noch jemanden wie Abbas kennenzulernen. Einen gutaussehenden, gebildeten Mann, der sie wertschätzte und begehrte, sie in teure Restaurants einlud und versprach, mit ihr alt zu werden. Und wie sie ganz langsam begriff, dass der Preis für das alles ihre vollständige Unterwerfung war. Die Vorsitzende Richterin hat Verständnis und Mitgefühl nicht aus ihrer Mimik verbannen können, was dem Staatsanwalt übel aufgestoßen ist.

Der hat von Anfang an keine guten Karten gehabt. Carla weiß, dass er die Eröffnung des Strafverfahrens trotz der eindeutigen Notwehrlage durchgedrückt hat. Ein Fehler, den er jetzt mit Sicherheit bereut. Seine Versuche, die Notwehrlage zu zerpflücken, sind gescheitert. Die gesamte Beweisaufnahme hat die Schilderung der Angeklagten zweifelsfrei untermauert. Rossmüller hat die Ergebnisse der polizeilichen Ermittlungen und kriminaltechnischen Untersuchungen glaubwürdig und präzise zusammengefasst, und Zeugen für den Tathergang gab es schließlich nicht.

Die Vorsitzende Richterin räuspert sich. »Frau Winter, wenn Sie dann anfangen würden?«

Carla steht auf, überwindet den Anflug von Lampenfieber, der auch nach sieben Jahren Prozessalltag nicht ganz verschwunden ist, und beginnt zu plädieren.

»Wir verhandeln hier heute, weil ein Mensch zu Tode gekommen ist. Aufgabe dieses Verfahrens war und ist es, die näheren Umstände dieses Todes zu untersuchen und zu prüfen, ob die Person, die dafür verantwortlich ist, sich im Sinne des Gesetzes strafbar gemacht hat. Diese Prüfung ist in den letzten Tagen erfolgt. Auch die Vorgeschichte der Ereignisse, die zu Ahmad Abbas' Tod führten, ist im Verlauf des Verfahrens ausführlich beleuchtet worden.

Die in jeder Hinsicht geständige Angeklagte Natascha Berling hat berichtet, wie sie Abbas kennenlernte und wie ihre romantische Liebesbeziehung sich nach und nach in einen Albtraum von Verdächtigungen, Eifersucht und Gewalt verwandelte. Ihr zunächst freundlicher und liebevoller Partner entpuppte sich als

Kontrollfanatiker, der sie rund um die Uhr zu beherrschen versuchte, sie schlug und – als sie sich von ihm trennen wollte – beinahe umbrachte. Wie konnte es dazu kommen?«

Carla macht eine winzige Pause, hebt den Blick und versichert sich, dass sie die ungeteilte Aufmerksamkeit der Zuhörer und der Vorsitzenden Richterin hat. Dann richtet sie sich direkt an die Rechtsaußen-Fraktion in den schwarzen Jacken.

»Dieses Verfahren ist in den sozialen Medien und in der Presse mit viel Anteilnahme verfolgt worden. Es gab nicht wenige Stimmen, und etliche davon sind heute in diesem Saal, die versucht haben, den Prozess für ihre Zwecke zu instrumentalisieren, indem sie als wahre Ursache für das tödliche Drama die arabische Herkunft des Opfers und den Islam verantwortlich machten, der mit deutschen Werten nicht vereinbar sei. Dass dies rassistischer Unsinn ist, kann man schon daran erkennen, dass deutsche Frauenhäuser voll sind mit Frauen, die von ihren *deutschen* Männern dort hingeprügelt wurden.«

Unwilliges, empörtes Geraune aus der Glatzenecke, aber auch halblaute Zustimmung ist zu hören.

»Ruhe!« Die Stimme der Richterin hat einen schönen eisigen Unterton, der unterstreicht, dass sie keine weitere Störung mehr duldet.

Auf ihr Zeichen hin fährt Carla mit dem Plädoyer fort. »Der tatsächliche Grund für die Ereignisse ist ein krankhafter Männlichkeitswahn, der offenbar in allen Kulturen anzutreffen ist und Frauen auf der ganzen Welt das Leben schwermacht. In unserem Fall hat sich eine Frau *gewehrt,* hat um ihr Leben gekämpft, und am Ende war ihr Peiniger tot.«

»Und das ist auch gut so!«, sagt eine laute Frauenstimme. Erneut wird die Sitzung unterbrochen, als die Richterin zwei Justizwachtmeister anweist, die Zwischenruferin aus dem Saal zu geleiten.

»Aus Sicht der Verteidigung gibt es nicht den geringsten Zweifel daran, dass Natascha Berling ihren Partner Ahmad Abbas in Notwehr getötet hat«, führt Carla aus. »Notwehr und Nothilfe sind in § 32 StGB eindeutig geregelt. Zunächst möchte ich auf das Vorliegen einer Notwehrlage eingehen, die bei einem gegenwärtigen rechtswidrigen Angriff gegeben ist. Gegenwärtig ist ein Angriff dann, wenn er unmittelbar bevorsteht, gerade stattfindet oder noch fortdauert. Das in der juristischen Literatur gern angeführte Beispiel für einen unmittelbar bevorstehenden Angriff ist der gerade ausholende Faustschlag. Dieses Beispiel lässt sich eins zu eins auf die Situation meiner Mandantin übertragen. In der engen Küchenzeile kam der Mann, der sie bereits mehrfach misshandelt und drangsaliert hatte, auf sie zu und holte mit einer schweren gusseisernen Pfanne zu einem Schlag auf ihren Kopf aus. Als Natascha Berling nach hinten auswich und er sie verfehlte, taumelte er einen Schritt nach vorn, was ein Hinweis auf die enorme Vehemenz des Schlages ist. Meine Mandantin hat dann eines der Küchenmesser aus dem Messerblock zu fassen bekommen und dem Angreifer in absoluter Panik einen Stich versetzt. Die Absicht, ihn zu töten, hatte sie dabei keineswegs.«

Carla wandert mit den Augen kurz über das Auditorium und sucht dann direkten Blickkontakt zur Richterin. »Der Herr Staatsanwalt hat meine Mandantin gefragt, warum sie, nachdem sie erfolgreich ausweichen konnte, nicht einfach geflohen sei. Die Verteidigung hält diese Frage für abwegig. Sie ignoriert nämlich, dass Natascha Berling das *Recht* hatte, sich zu *wehren*. Deswegen heißt es ja Not*wehr* und nicht Not*flucht*. Es gilt der Grundsatz: Das Recht braucht dem Unrecht nicht zu weichen! Der Gesetzgeber räumt einer angegriffenen Person ausdrücklich das Recht ein, sich zu wehren, und regelt im § 32 StGB, wie und unter welchen Bedingungen das geschehen darf.«

Carla hält kurz inne und sieht Natascha Berling trotzig nicken. Dann fährt sie mit dem Plädoyer fort.

»Kommen wir zu dem Messer, das meine Mandantin benutzt

hat. Ist der Einsatz dieser tödlichen Waffe durch die gesetzlichen Bestimmungen gedeckt? Durchaus! Die Notwehr selbst kennt keine Beschränkung der Mittel, und das bedeutet, dass auch tödliche Gewalt ausgeübt werden darf. Allerdings muss die angegriffene Person zu ihrer Verteidigung das relativ mildeste Mittel einsetzen. Das bedeutet, wenn zwei Mittel zur Verfügung stehen, die beide *gleichermaßen geeignet* sind, den Angriff abzuwehren, muss dasjenige genommen werden, das den Angreifer am wenigsten schädigt. In der abstrakten Darlegung leuchtet das ein. Wenn ich ein Pfefferspray und eine Pistole habe und es offensichtlich ist, dass das Spray ausreicht, um mich zu verteidigen, darf ich meinen Angreifer nicht erschießen.

Nur, diese Wahl hatte meine Mandantin gar nicht. Der Angriff erfolgte völlig überraschend, und es gab keine anderen Mittel in erreichbarer Nähe, wenn man von Schüsseln und Tellern, die herumstanden, einmal absieht. Der Griff zu dem Messer war also durch § 32 StGB gedeckt, Natascha Berling hat sich buchstäblich in höchster *Not* damit *gewehrt*.«

Carla nimmt Blickkontakt zur Richterbank auf und weiß trotz des neutralen Gesichtsausdrucks der Vorsitzenden Richterin, dass sie gewonnen hat. Es wird Zeit, den Sack zuzumachen.

»Auf zwei Einschränkungen des Notwehrrechts will ich nur kurz eingehen. Wenn ein tödliches Verteidigungsmittel zum Einsatz kommt, muss in der Regel eine *Warnung* erfolgen, also etwa ein Warnschuss bei Schusswaffengebrauch. In der Situation, in der meine Mandantin sich befand, spielte sich jedoch alles so rasend schnell und impulsiv ab, dass an eine Warnung gar nicht zu denken war. Hinzu kommt, dass hier eine Warnung vor dem Messer gleichbedeutend mit einer völligen Entwertung des Messers als Verteidigungswaffe gewesen wäre.

Die *Verhältnismäßigkeit* der Verteidigung, die der Gesetzgeber ebenfalls fordert, war angesichts der Heimtücke des Angriffs und der Vorgeschichte in jedem Fall gegeben, und dass meine Mandantin die Notwehrsituation *nicht provoziert* hat, ist offenkundig und unstrittig.

Ich komme somit zum Schluss meines Plädoyers: Der Notwehrtatbestand schützt den Bürger, der sich in einer Notwehrsituation wehrt. Es handelt sich bei der Tat meiner Mandantin um eine Körperverletzung mit Todesfolge, die zweifellos in Notwehr begangen wurde. Die Beschuldigte hat also nicht rechtswidrig gehandelt, sondern ihr Handeln war gerechtfertigt. Ich stelle deshalb den Antrag, meine Mandantin freizusprechen.«

Nachdem Carla geendet hat, zieht sich das Gericht zur Beratung zurück. Zwanzig Minuten später verlässt Natascha Berling als freie und unbescholtene Person den Saal.

ACHTZEHN

Carla nippt an einem von Mathilde unaufgefordert servierten Espresso, lehnt sich zurück und legt die Füße auf den Schreibtisch. Sie ist satt, müde und außerordentlich zufrieden mit sich. Nicht, dass sie großartige Zweifel am Ausgang des Verfahrens gehabt hätte, aber ihre Mandantin war bis zum letzten Augenblick entsetzlich aufgeregt, und nach der Urteilsverkündung die Freude und Erleichterung auf ihrem Gesicht zu sehen, hat Carla gutgetan. Was für ein gelungener Vormittag.

Beim Verlassen des Sitzungssaales mussten sie sich durch eine Horde von Reportern und Fotografen drängeln und waren plötzlich auch von vier oder fünf Glatzen in schwarzen Lederjacken umringt, die Carla die Hände entgegenstreckten.

»Herzlichen Glückwunsch, Frau Winter, das haben Sie großartig gemacht!«

Carla hat den feisten Wortführer angefunkelt und alle Verachtung, derer sie fähig ist, in ihre Stimme gelegt. »Der Ausgang des Prozesses hat was mit Rechtsstaat zu tun. Davon verstehen Sie nichts!«

Mit Mühe konnten sie sich zum Hauptportal durchschlagen, sind in ein vorbestelltes Taxi gesprungen und haben in einem persischen Restaurant in der Leipziger Straße den Erfolg mit einem phantastischen Essen gefeiert.

Natascha Berling ist fröhlich, gelöst und so hungrig gewesen, dass sie mühelos ein zweites Dessert verdrücken konnte. Bischoff hat ein paar launige Anekdoten aus seiner Zeit als Archäologe im

Irak zum Besten gegeben, und Carla selbst findet, dass sie für heute genug gearbeitet hat.

Ihre Gedanken schweifen ein wenig ab. Warum ist sie überhaupt in die Kanzlei zurückgefahren, statt sich wie Bischoff zu Hause ein Mittagsschläfchen zu gönnen? Schade, dass Moritz Dienst hat. Wenn sie jetzt zu ihm fahren und ihm von dem Prozess erzählen könnte, das wäre genial. Und danach ...

Ein Klopfen an der Tür reißt sie aus ihren Gedanken. Mathilde stürmt herein, stutzt und guckt ein wenig schuldbewusst. »Hab ich Sie beim Tagträumen gestört?«

Seit Carla Ritchie eingestellt hat, ist Mathilde um Einfühlung und Rücksichtnahme bemüht. Schwer zu sagen, wann diese Phase enden wird.

»Schon okay. Haben Sie die Post mitgebracht?«

»Natürlich. Deshalb bin ich hier. Ein Brief mit dem Vermerk ›privat/persönlich‹, den ich selbstverständlich nicht geöffnet habe.«

Mathilde reicht ihr den Umschlag und legt den restlichen Stapel Post auf den Tisch. Carla öffnet das Kuvert, holt den Inhalt heraus und gibt ein überraschtes kleines Ächzen von sich. In ihren Händen hält sie ein DIN-A4-Blatt, auf das jemand wie in einem altmodischen Erpresser-Krimi aus Zeitungen ausgeschnittene Wörter geklebt hat.

»Was ist das?«, will Mathilde wissen.

»Ein anonymer Hinweis.« Das Sammelsurium von unterschiedlichen, vielfarbigen Schriftzeichen und Wortfetzen wirkt fröhlich und harmlos. Sie bilden nur einen Satz: »DIE SCHLAMPE LÜGT WIE GEDRUCKT!«

Mathilde holt tief Luft. »Bezieht sich das auf Ihre Mandantin?«

»Auf Hillary Clinton jedenfalls nicht.«

Mathilde lacht leise. »Mag sein, aber den Wisch brauchen Sie nicht ernst zu nehmen. Das ist irgendein Spinner, dem der Ausgang des Prozesses nicht passt. Jemand, der denkt, dass wieder mal typischerweise ein Deutscher, der einen Muslim umgebracht hat, mit einem blauen Auge davonkommt. Und dann die ausgeschnittenen Buchstaben. Reichlich altmodisch, oder?«

»Auf jeden Fall immer noch effektiv. Eine Methode, die keine digitalen Spuren hinterlässt. Handelsübliches Papier, Zeitungsschnipsel, die man nicht zurückverfolgen kann, irgendein abgelegener Briefkasten am Stadtrand, so blöd ist das gar nicht.«

»Aber was soll es jetzt noch? Der Prozess ist gelaufen, und Berling ist frei, es gibt vermutlich auch keine Revisionsanträge. Und warum bekommen *Sie* diesen Brief und nicht der Staatsanwalt oder die Kripo? Wenn die Behauptung mehr ist als eine böswillige Schmähung und die Person, die den Brief abgeschickt hat, irgendwelche Beweise hat, wäre es jedenfalls sinnvoll gewesen, vor oder während des Verfahrens gegenüber den Ermittlungsbehörden damit herauszurücken.«

Carla nickt und schweigt dann eine Weile.

Mathilde macht aus ihrer Ungeduld keinen Hehl. »Ja, und was machen wir jetzt damit? Soll ich Rossmüller bitten, den Schrieb kriminaltechnisch untersuchen zu lassen?«

»Das wird er nicht tun. Kriminaltechnik kostet Geld und wird sparsam verwaltet. Der Brief steht in keinem Zusammenhang mit irgendeinem laufenden Ermittlungsverfahren, kein Name, nichts Konkretes. Genau genommen ist sogar ein Zusammenhang mit dem heute abgeschlossenen Prozess nicht bewiesen. Die KTU können wir vergessen.«

»Okay, trotzdem rät Ihnen Ihr Bauchgefühl, den Wisch nicht einfach zu ignorieren. Richtig?«

»Ja!«

»Und jetzt?«

»Rufen Sie Ritchie an. Er soll Nachforschungen anstellen über Natascha Berling und Ahmad Abbas. Wann und wie genau sind beide ins Land gekommen? Berling hat als Buchhalterin für kleine Betriebe gearbeitet, und Abbas hat sein Geld mit Dolmetschen und

Übersetzen verdient. Ritchie soll mal mit ihren Kunden und Auftraggebern reden. Und vielleicht findet er jemanden, der etwas über die Beziehung der beiden erzählen kann.«

Mathilde nickt, geht zurück in ihr Büro und hängt sich ans Telefon. Carla schließt die Augen und registriert, wie wütend sie von einem Augenblick auf den anderen geworden ist. Die Hochstimmung, die ihr noch bis vor ein paar Minuten den Tag versüßt hat, ist verschwunden.

Was soll der Schrieb? Dass er ausgerechnet am Tag des Freispruchs bei ihr eintrifft und der Gebrauch des Wortes »Schlampe« lassen kaum einen Zweifel daran, dass Natascha Berling gemeint ist. Wenn aber die Person, die all diese Buchstaben ausgeschnitten und aufgeklebt hat, sich ihrer Sache so sicher ist, warum hat sie die Berling dann nicht einfach beim Namen genannt? Warum nicht gleich eine konkrete Beschuldigung? Und wenn sich der Vorwurf der Lüge auf Berlings Schilderung des Tathergangs bezieht, was soll da bitte schön gelogen sein? Die Ermittlungen von Polizei und Staatsanwaltschaft haben zweifelsfrei ergeben, dass ihre Mandantin die Wahrheit gesagt hat. Der Satz in dem anonymen Schreiben ist ebenso allgemein wie gehässig. Der Absender könnte auch einfach ein Frauenhasser sein, der Dampf ablässt, ohne mit dem Fall konkret etwas zu tun zu haben. Mathilde hat jedenfalls recht damit, dass der Brief eindeutig zu spät kommt, um noch von praktischer Relevanz zu sein. Was er allerdings vermag, ist, Carla den restlichen Tag zu versauen und einen giftigen Zweifel zu säen. Vielleicht war gerade das der Zweck der Sache. Wie auch immer. Sie wird sich besser fühlen, wenn Ritchie der Geschichte nachgeht.

NEUNZEHN

Ritchie ist seit dem Frühstück unterwegs. Gleich morgens um acht hat er mit einem Schreinermeister und einem Dachdecker in Bockenheim gesprochen. Für beide Betriebe macht Natascha Berling die Buchhaltung inklusive Steuererklärungen, und beide Meister sind des Lobes voll.

»Engagiert, kompetent, zuverlässig und faire Preise«, hat der Dachdecker gesagt. »Wenn alle meine Geschäftspartner so wären wie Frau Berling, dann ging's mir besser.«

Aus ihrem erstaunlich großen Kundenkreis hat Ritchie dann noch den Leiter eines Architekturbüros in Höchst und zwei Bäckereifachgeschäfte in Bornheim herausgesucht und von allen Befragten die gleichen positiven Auskünfte erhalten. Natascha Berling genießt einen ausgezeichneten Ruf, der durch die Tötung eines Mannes offenbar in keiner Weise gelitten hat. Im Gegenteil. Der Dachdecker und der Architekt äußerten unverblümt die Überzeugung, der Araber habe bekommen, was er verdiente, und wo man denn hinkäme, wenn eine Frau sich nicht mal mehr wehren dürfe. Niemand, den Ritchie fragte, hat allerdings vor dem Prozess von Berlings Beziehung zu dem Toten gewusst, und alle schienen erstaunt, dass sie überhaupt ein Privatleben hatte.

Und dieses Leben hat sich ja, Berlings eigenen Worten zufolge, nicht nur in der Wohnung abgespielt. *Wir sind oft ausgegangen. Dauernd lud er mich in gute Restaurants oder ins Kino ein.* Carla hat erzählt, dass Natascha Berling das bei dem Haftprüfungstermin und auch beim Prozess ausgesagt hat. Um die Mittagszeit hat er versucht herauszufinden, ob sich in den von ihr im Prozess genannten Restaurants jemand an das Paar erinnert, was nicht der Fall war. Aber was heißt das schon. Abgesehen davon, dass seitdem Monate vergangen sind, ist die Neigung der Angestellten, Auskünfte über ihre Gäste zu erteilen, erkennbar gering gewesen. Einige haben den Kopf geschüttelt, ohne die Handyfotos auch nur anzuschauen. Frustriert und mit knurrendem Magen ist Ritchie schließlich in Ermangelung einer besseren Idee zu Abbas' letzter Adresse gegangen.

Eigentlich weiß er nicht, was er in dieser Straße will. Klar, der Mann hat hier gewohnt. Nummer vierundfünfzig, dritter Stock. Aber das ist Monate her, und die Wohnung ist selbstverständlich nach seinem Tod so schnell wie möglich neu vermietet worden. Was sie wohl mit seinen Sachen gemacht haben? Einfach alles ausgeräumt? Er versucht sich an seine juristische Schmalspurausbildung zu erinnern. Muss nicht ein Nachlassgericht eingeschaltet werden, wenn ein Mensch ohne Angehörige oder Erben plötzlich stirbt? Wie auch immer, Ahmad Abbas ist tot, und von seinem Leben ist nichts übrig geblieben. Keine Spuren jedenfalls, denen Ritchie folgen könnte.

Er steht vor dem Haus, schaut an der Altbaufassade hoch in Richtung dritter Stock, lässt den Blick dann wieder hinuntergleiten und sieht direkt in ein Schaufenster im Erdgeschoss, das ein großer Schriftzug ziert. *Akademische Buchhandlung und Modernes Antiquariat Karl Goldberg.* Das Fenster ist gekonnt dekoriert und überrascht angesichts des Geschäftsnamens. Bunte Verlagsplakate, die Bestseller der Saison werbewirksam in Szene gesetzt, geschmackvolle Accessoires. Alles wirkt durchaus einladend und weder akademisch noch antiquiert.

Ritchie drückt die Klinke herunter und betritt den Laden. In der Luft hängt ein schwacher Duft von Zigarrenrauch. Das Innere des Geschäfts ist ein schlauchartiger Raum, der in der Länge durch eine freistehende Regalwand in zwei Gänge aufgeteilt ist. Am Ende des einen Ganges taucht jetzt ein Mann auf, der gemächlich auf ihn zuschlurft. Er ist mindestens siebzig Jahre alt, entsprechend faltig und trägt einen hellen Leinenanzug mit Weste, der elegant und gleichzeitig lässig wirkt. Der Alte grüßt mit einem breiten Grinsen, das sein ausgemergeltes Gesicht ein wenig totenschädelig aussehen lässt.

»Hallo! Ich hoffe, Sie wollen nichts kaufen. Da kann ich nämlich nicht helfen. Der Laden gehört jetzt meiner Tochter, und ich habe hier nichts mehr zu melden. Sie hat mich gebeten, eine kleine Weile aufzupassen, aber ich frage mich, wozu?« Er zuckt theatralisch mit den Achseln. »Ich darf nichts verkaufen, und die Kasse hat sie abgeschlossen. ›Halt mal 'ne halbe Stunde die Stellung‹, hat sie gesagt. Was für ein Quatsch! Reine Beschäftigungstherapie.«

Eine lange, bittere Klage. Das breite Lächeln des alten Mannes ist verschwunden, und seine Stimme ist mit einem wehleidigen Quengelton unterlegt. »Ich bin übrigens Karl Goldberg.«

»Angenehm«, sagt Ritchie. »Ich kann ohne Weiteres auf Ihre Tochter warten. Wollte sowieso nur ein bisschen rumgucken. Ich brauch noch was Spannendes für den Flug morgen.«

»Wo geht's denn hin?«

»Mykonos.«

Über das Gesicht des Alten gleitet ein schwärmerisches Lächeln. »Aahh«, sagt er, »Kroatien.«

»Mykonos ist griechisch.«

»Mögen Sie Cevapcici?«

»Das ist ein serbisch-kroatisches Gericht.«

Der alte Mann nickt weise. »Sage ich doch. Kroatien.«

Ritchie lächelt ihn an. »Wo finde ich denn die Krimis?«

»Am Ende des Ganges.«

Ritchie folgt der vagen Richtungsangabe und betrachtet dann nachdenklich die Buchrücken. Was macht er hier? Das ist reine Zeitverschwendung ... obwohl – einen Versuch ist es wert. Er dreht sich um und intensiviert das Lächeln noch einmal: »Wohnen Sie auch in diesem Haus?«

»Klar, es gehört uns. Also, meiner Tochter und mir. Gott sei Dank! Wenn wir fünftausend Euro Miete für den Laden aufbringen müssten, könnten wir uns die Buchhandlung gar nicht leisten. Das wäre sehr schade. Meine Tochter liebt ihren Beruf, auch wenn das Geschäft nicht viel abwirft.«

»Wenn Sie hier wohnen, kannten Sie bestimmt auch Herrn Abbas, den Dolmetscher.«

»Natürlich. Ein netter Mann. Kam oft zu mir in den Laden. Schade, dass er gestorben ist.«

»Hat er seine Bücher bei Ihnen gekauft?«

»Aber nein, Ahmad war kein Leser. Kommen Sie, trinken Sie einen Kaffee mit mir. Habe ich frisch gekocht, bevor Sie kamen.«

Karl Goldberg winkt einladend, und Ritchie folgt ihm den schmalen Gang entlang in ein winziges Büro, das nur Platz für einen Schreibtisch, zwei Stühle und eine Kaffeemaschine bietet. Der Alte schenkt aus einer Thermoskanne schwarzen Kaffee ein und öffnet eine altmodische Keksdose. »Selbstgebacken. Ist ein Hobby von mir.«

Ritchie nimmt sich einen staubtrockenen Hartweizenkeks, der auch als Hundekuchen durchgehen würde, und kaut demonstrativ genüsslich darauf herum.

Goldberg nickt beifällig. »Warum interessieren Sie sich für Herrn Abbas?«

Ritchie ignoriert die Frage einfach. »Haben Sie mitbekommen, auf welche Weise er gestorben ist?«

»Klar, das stand ja in allen Zeitungen. Er ist irgendwie ausgetickt und hat eine Frau angegriffen. Die hat sich gewehrt und ihn erstochen. Ein Beziehungsdrama. War wohl eindeutig Notwehr.«

»Was haben Sie gedacht, als Sie diese Geschichte gehört haben?«

»Wir waren schockiert, meine Tochter und ich. Ich habe gedacht, dass man tatsächlich keinen Menschen wirklich kennt.

Niemand zeigt sein wahres Gesicht. Jeder ist zu allem fähig, wenn die Umstände entsprechend sind.«

»Aber Sie waren schon ... außer schockiert, sagen wir mal ... überrascht?«

»Absolut! Ich kannte den Mann nicht gut, aber ich mochte ihn.«

»Die Frau, die er angegriffen hat, war seine Freundin. Haben Sie die mal mit ihm zusammen gesehen?«

Goldberg schüttelt stumm den Kopf.

»Sie haben vorhin gesagt, Bücher hätte er bei Ihnen nicht gekauft. Weshalb kam er dann überhaupt in den Laden?«

»Um mit mir Schach zu spielen. Bücher interessierten ihn nicht. Er hat überhaupt nichts gelesen, außer vielleicht Fachliteratur für seinen Beruf. Wir haben oft darüber gelacht, dass ein Mensch wie er, dem Bücher derart gleichgültig waren, sich in einer Buchhandlung so wohlfühlte. Wir hatten ein kleines Ritual. Meine Tochter erlaubt mir eine Zigarre in der Woche, die ich in diesem Büro rauche. Immer mittwochs. Ahmad kam dann dazu, ich genoss die Cohiba, und wir spielten Schach. Meistens habe ich verloren.«

Der alte Mann wirkt jetzt traurig, die Erinnerungen an die Nachmittage mit Ahmad Abbas scheinen ihm zu schaffen zu machen. Und dann blitzt so etwas wie Misstrauen auf. »Ich hätte gerne gewusst, was Sie mit dem Mann zu tun haben. Warum fragen Sie das alles?«

Ritchie hat eine gute Intuition dafür, wann es sich auszahlt, *nicht* zu lügen. »Ich stelle Nachforschungen an, im Auftrag einer Rechtsanwältin. Sie denkt, dass vielleicht etwas nicht stimmt mit Abbas' Tod.«

»Hat diese Anwältin auch einen Namen?«

»Da muss ich leider passen. Aber kennen Sie vielleicht jemanden, der mir noch etwas über Abbas erzählen könnte?«

Der Alte schüttelt den Kopf. »Ich weiß, dass er 2003 oder 2004 nach Deutschland gekommen ist. Er hat gesagt, dass er da schon etwas Deutsch sprach und sich rasch einlebte. Familie hatte er hier nicht, Freunde wahrscheinlich schon. Ich kenne aber niemanden.«

»Was hat er in seiner Freizeit gemacht? Hatte er Hobbys?«

»Keine Ahnung. Er war kein besonders strenggläubiger Muslim und ging gerne in eine Bar. O'Henrys, im Bahnhofsviertel.«

»Mmhh«, sagt Ritchie, »ein Mann mit Geschmack.«

Karl Goldberg sieht ihn ernst an. »Wenn Sie herausfinden, dass etwas nicht stimmt mit seinem Tod ... kommen Sie vorbei und erzählen mir davon?«

»Versprochen«, sagt Ritchie.

ZWANZIG

Das O'Henrys ist eine gediegene kleine Bar, die höchstens dreißig Gästen Platz bietet. Die Einrichtung wirkt, als hätte ein amerikanischer Innenarchitekt einen gemütlichen irischen Pub im hypermodernen Manhattan Style aufgemischt. Edle Hölzer und eine altmodisch messingglänzende Zapfanlage einerseits, viel Chrom, Glas und abstrakte Bilder an den Wänden andererseits.

Die Bar ist seit geraumer Zeit ein Szenegeheimtipp und mittlerweile so angesagt, dass man am Wochenende reservieren muss, wenn man einige der ausgefallenen Cocktails, die hier kredenzt werden, kennenlernen möchte. Natürlich kann man auch mit ganz normalen Daiquiris, Tom Collins oder schlichtem Gin Tonic durch die Nacht kommen, aber als Ritchie die Bar betritt, ist er entschlossen, einen Butterfly Mojito mit Rum, Minze, geklärter Limette und Soda zu probieren, der laut der Website des O'Henrys hier erfunden wurde.

Er schließt die Tür hinter sich und ist beeindruckt von der überaus angenehmen Atmosphäre, die ihn umgibt. Die Klimaanlage ist perfekt eingestellt, die Beleuchtung dezent, aber nicht schummerig, die Geräuschkulisse wird bestimmt von drei Gästen, die an einem Ecktisch plaudern, und leisem Cool Jazz, der aus verdeckten Lautsprechern durch den Raum weht. Es ist gerade mal 20:30 Uhr. Extrem früh für einen Laden wie diesen.

Der Barkeeper, ein gutaussehender mediterraner Typ in den Dreißigern, trägt ein T-Shirt mit der Aufschrift *O'Henrys for ever* und auf der Brust ein kleines Namensschild, auf dem Louis steht.

Seine Arme sind beinahe vollständig tätowiert, und sein Lächeln ist von ansteckender Freundlichkeit.

»Guten Abend. Sie sind allein?«

Ritchie grinst zurück. »Allein wie eine Mutterseele.«

»Wow! Sie haben eine geile Stimme. Singen Sie?«

»Niemals! Seien Sie froh!«

Louis lächelt höflich. »Ich kann Ihnen einen Platz bei mir an der Bar anbieten. Die Tische sind alle reserviert.«

Er tippt mit dem Finger auf die polierte Mahagonitheke, und Ritchie klettert auf einen der Hocker. Der Form halber studiert er die Getränkekarte mit all den klangvollen Namen und wirft einen langen Blick auf eine Kreidetafel, auf der der *Cocktail of the day* notiert ist: Barrio Libre mit Rum und hausgemachter »Cola« aus Aroniabeeren, Orangen, Limonen und diversen Gewürzen. Spontan beschließt er, den Plan zu ändern. Er winkt dem Barmann zu, zeigt auf die Tafel und erntet ein zufriedenes Lächeln.

»Eine ausgezeichnete Wahl.«

Ritchie wartet auf seinen Drink und überlegt, wie er vorgehen soll. Es ist ein sehr vager Hinweis, dem er folgt. Selbst wenn Abbas in dieser Bar so etwas wie ein Stammkunde war, heißt das noch lange nicht, dass jemand hier etwas über sein Privatleben oder seine Interessen und Vorlieben weiß. Die meisten Menschen, die nicht allein zu Hause trinken wollen, sondern dafür eine Bar aufsuchen, tun das, weil sie in Gesellschaft sein und dennoch anonym bleiben möchten. Und wer der Versuchung nicht widerstehen kann, nach Mitternacht den Barkeeper vollzuquatschen, vertraut darauf, dass der Mann das Geschwätz am nächsten Tag vergessen hat oder es zumindest für sich behält. Diskretion kann man kaufen, wie alles andere auch. Er muss also behutsam vorgehen und wird trotzdem nicht umhinkönnen, irgendwann das Foto aus der Tasche zu ziehen und ein paar konkrete Fragen zu stellen.

Der Barmann bringt den Cocktail, stellt ihn vor Ritchie auf

einem frischen Untersatz ab und legt eine kleine Serviette daneben. »Ich hoffe, er schmeckt Ihnen.«

Ohne auf eine Antwort zu warten, widmet er sich wieder dem Polieren der zahlreichen Gläser. Ritchie erschnüffelt ein wenig von dem Aroma über dem Glas, lächelt und trinkt dann einen winzigen Schluck. Schon die kleine Menge löst eine phantastische Geschmacksexplosion aus, also lässt er einen etwas größeren Schluck folgen. Das Gesöff ist absolut grandios. Der Mann hinter dem Tresen registriert seinen begeisterten Gesichtsausdruck und nickt zufrieden.

Ritchie nickt zurück und schließt für einen Moment die Augen.

»Dies ist ein wunderbarer Ort«, sagt er dann.

»Allerdings«, antwortet der Barkeeper.

Ritchie öffnet die Augen wieder und blickt auf das Namensschild. »Louis. Darf ich Sie Louis nennen?«

»Deswegen hab ich den Namen draufgeschrieben.«

Ritchie lächelt, wartet einen Augenblick und beschließt dann, es zu probieren. »Ein Freund hat mir diese Bar empfohlen. Ich glaube, er war oft hier.«

»Warum haben Sie ihn nicht mitgebracht?«

»Er ist gestorben.«

»Oh!« Der Barmann hält inne und beugt sich zu Ritchie. »Was ist passiert?«

»Jemand hat ihn erstochen.«

Die Wirkung dieser Worte ist erstaunlich. Louis nimmt seine Bewegung wieder auf und poliert das Glas mit Wucht. Ritchie bemerkt die prächtigen Muskeln unter den Tattoos. Noch eindrucksvoller aber ist die Mimik. Der Barkeeper schafft es, Erschrecken, Trauer und Wut in einem einzigen Gesichtsausdruck unterzubringen. Dann gibt er sich einen Ruck, stellt das Glas ins Regal und baut sich vor Ritchie auf, der augenblicklich froh ist über die breite Mahagoniplatte zwischen ihnen. »Wer sind Sie?«

»Ein Freund von Ahmad.«

»Nie im Leben. Jemanden wie *Sie* hätte er erwähnt.«

»Dann haben Sie ihn gut gekannt? Erzählen Sie mir von ihm.«

Der Barkeeper schüttelt verbittert den Kopf. »Einen Teufel werde ich tun. Es sind so viele gottverdammte Lügen verbreitet worden. In den Medien, im Prozess, nichts als Lügen. Alles wurde verdreht und in den Schmutz gezogen. Ich werde zu diesem Schmierentheater nichts beitragen. Diese Frau hat ihn zweimal getötet. Einmal mit dem Messer und ein zweites Mal, indem sie seinen Ruf zerstört hat.«

»Welche Lügen meinen Sie?«

»Das wissen Sie wirklich nicht?«

Ritchie schüttelt den Kopf.

Louis dreht sich um und ruft: »Miriam!?«

Die Neugier hat gesiegt. Offenbar will er jetzt doch reden. In der verspiegelten Wand hinter ihm öffnet sich eine Tür, und eine junge Frau mit blond-violett gefärbten Haaren steckt den Kopf hindurch.

»Kannst du hier mal für 'ne halbe Stunde übernehmen? Ich muss kurz was besprechen.«

Der Barkeeper wirkt immer noch aufgewühlt, Wut und Trauer sind auch in seiner Stimme deutlich zu hören. Seine Kollegin nickt und wirft ihm einen besorgten Blick zu. Er winkt Ritchie, ihm zu folgen, der schnappt sich seinen Drink, und beide nehmen an einem Ecktisch Platz.

»Also, wer zum Teufel sind Sie?«

»Mein Name ist Lambert. Ich stelle Ermittlungen im Auftrag einer Anwaltskanzlei an.«

»Als Sie sagten, Sie hätten Ahmad persönlich gekannt, haben Sie also gelogen.«

Ritchie nickt. »Ich konnte ja nicht wissen, dass *Sie* ihn offenbar so gut kannten.«

»Für welche Kanzlei arbeiten Sie?«

»Spielt das eine Rolle?«

»Allerdings ...« Louis stutzt einen Augenblick, dann weiten sich seine Augen. »Moment mal, ermitteln Sie etwa für die Anwältin, die vor Gericht Kübel voller Dreck über Ahmad ausgeschüttet hat?«

»Jetzt bleiben Sie mal auf dem Teppich«, sagt Ritchie, und der frostige Ton seiner Stimme scheint den Barmann etwas auszubremsen. »Sie hat nur ihren Job gemacht. Jeder Mensch hat das Recht auf eine anständige Verteidigung. Und bei diesem Prozess musste sie noch nicht mal die Hälfte von dem auspacken, was sie draufhat, weil der Fall nämlich eindeutig war. Kein vernünftiger Mensch hat die Notwehrsituation angezweifelt. Die Mandantin war absolut glaubwürdig, ebenso wie die Vorgeschichte und ihre Verletzungen, die dazu passten. Abbas' Fingerabdrücke waren überall in der Wohnung. Auch auf der Pfanne, mit der er versucht hat, sie zu töten, und auf der Whiskeyflasche, mit der er sie etliche Tage zuvor geschlagen hat. Man muss sich schon reichlich stur stellen, um das alles nicht wahrhaben zu wollen.«

Louis ist jetzt sehr blass. »Ich höre, was Sie sagen, aber ich glaube ...«

»Was Sie glauben, interessiert mich einen Scheiß«, unterbricht ihn Ritchie absichtlich grob. »Schauen Sie einfach auf die Beweise!«

Der Barkeeper schüttelt wütend den Kopf. »Ich sag's mal anders: Ich habe gute Gründe, an Ihrer Wahrheit zu zweifeln, weil ich Ahmad gekannt habe wie kein Zweiter. Ich habe mit ihm gegessen, gelacht, diskutiert und gevögelt. Fast ein Jahr lang waren wir zusammen. Bis zwei Monate vor seinem Tod. Und ich versichere Ihnen, es gab keinen freundlicheren, sanfteren und zärtlicheren Menschen als ihn. Er war ausgeglichen und in sich ruhend, da waren keine heimlichen Dämonen, kein Kontrollverlust. Auch nicht, wenn er getrunken hatte. Er wurde dann einfach müde, mehr nicht. Die Behauptung, er hätte versucht, eine Frau zu erschlagen, ist völlig irre!«

EINUNDZWANZIG

Ritchie hat das Gefühl, dass sein Verstand einen Augenblick aussetzt. Hat er das gerade wirklich gehört? Gegessen, gelacht, diskutiert und *gevögelt*? Er nimmt einen großen Schluck von dem Cocktail, der seine Stimme noch heiserer klingen lässt. »Warum sind Sie damit nicht zur Polizei?«
»Was hätte das noch gebracht? Klar, für einen lebenden Ahmad hätte ich alles Menschenmögliche getan, aber als Leumundszeuge für einen toten Araber ...? Haben Sie die Berichterstattung und die Kommentare in den rechten Medien nicht mitgekriegt? Die Hetze auf Twitter? Es gab 'ne Menge Leute, die der Frau am liebsten einen Orden umgehängt hätten. Schlechte Chancen für einen schwulen Barkeeper. Ich kann keinen Ärger oder Publicity gebrauchen. Ich bin hier nur angestellt.«
Ritchie sitzt da und versucht, sich seine Aufregung nicht anmerken zu lassen. Louis' Worte haben in seinem Kopf ein Gedankenkarussell gestartet, das zügig Fahrt aufnimmt. Der Mann scheint vollkommen überzeugt von der Sanftmut seines toten Ex-Freundes und offenbar entschlossen, sich von den Fakten nicht beeindrucken zu lassen. Eine Denkweise, die ziemlich in Mode gekommen ist. Und wie passt seine Beziehung zu Abbas zu dessen Affäre mit Natascha Berling?
»Hat es Sie gestört, dass Ahmad bisexuell war?«
Louis zieht erstaunt die Augenbrauen hoch. »Wie kommen Sie denn darauf? Das ist doch der harte Kern der ganzen Lügengeschichte, die mich so auf die Palme bringt. Er war nicht bisexuell,

sondern hundert Prozent schwul. Genauso wie ich! Ahmad hat sich nicht das Geringste aus Frauen gemacht. Never ever! Keine Ausnahmen!«

»Warum haben Sie sich getrennt?«

Louis verzieht das Gesicht. »Ich habe ihn betrogen. Treue ist nicht so mein Ding.«

Ritchie nickt verständnisvoll, nimmt einen weiteren Schluck von dem Barrio Libre, der auf einmal nicht mehr so großartig schmeckt, und stellt sich Frau Winters Gesicht vor, wenn er ihr von Louis erzählt. Das wird ihr nicht gefallen.

Er holt sein Telefon heraus und wählt ihre private Handynummer. Louis begreift, dass das Gespräch beendet ist, steht auf und geht zurück hinter den Tresen, während Ritchie überlegt, wie er seiner Chefin die unerwartete Wendung beibringen soll. Ihre üble Laune spürt er schon, bevor sie zum Reden ansetzt.

»Ich nehme an, es ist wichtig, wenn Sie mich um diese Zeit anrufen.«

»Ihnen auch einen guten Abend. Ja, es ist so wichtig, dass ich gerne bei Ihnen vorbeikommen würde, um persönlich Bericht zu erstatten.«

»Machen Sie das, der Tag ist eh schon im Eimer.«

ZWEIUNDZWANZIG

Als die Haustür geöffnet wird, sieht Ritchie sich einem alten Mann gegenüber, der ihn freundlich angrinst. Cordhosen, Strickjacke, heitere blaue Augen hinter dicken Brillengläsern. Natürlich weiß er, wer das ist. Zahlreiche Gespräche zwischen seiner Mutter und Tante Tilde haben sich um den Mann gedreht, und meistens ist er dabei nicht gut weggekommen. Stur, eigenbrötlerisch und obsessiv sei er, hat Tante Tilde behauptet, und natürlich haben die beiden Damen ausgiebig darüber spekuliert und gelästert, was Carla Winter wohl bewogen haben mag, mit ihm eine Wohngemeinschaft einzugehen.

Ritchie ist mehr als gespannt auf den Alten. Er streckt ihm die Hand entgegen und erwidert das Grinsen. »Professor Bischoff, nehme ich an. Ich bin ...«

»... Ritchie Lambert, ich weiß. Der Neue für alle Fälle. Kommen Sie rein.« Der alte Mann tritt beiseite und winkt ihn mit einer lässigen Handbewegung ins Wohnzimmer durch. Offensichtlich hat er gerade für Carla und sich eine Flasche Bordeaux geöffnet. »Setzen Sie sich doch.« Er deutet auf das Sofa und nimmt selbst in einem vorsintflutlichen Ohrensessel Platz, den er vermutlich aus seinem Haus in Neu-Isenburg mitgebracht hat. So hässlich, wie das Möbel ist, muss die Chefin den Alten wirklich gernhaben.

Neben der Rotweinflasche auf dem Tisch liegen ein Tablet und ein Historienwälzer von Ken Follett sowie zwei Schachteln Salzcracker. Sieht alles nach einem gemütlichen Abend aus – der allerdings ein ungemütliches Ende nehmen könnte, denn Ritchie hat auf der Fahrt beschlossen, das Spiel seiner Chefin nicht mehr mitzuspielen. Er hat es satt, wie ein Laufbursche abgefertigt zu werden, und sich an eine Berufsweisheit von Philip Marlowe erinnert, die sich schon nach der ersten Lektüre von *Der lange Abschied* in sein Gedächtnis eingegraben hat.

Es zahlt sich nicht aus, wenn der Kunde sämtliche Regeln bestimmt. Wenn er mit einem umspringen kann, wie er will, nimmt er an, dass andere Leute das ebenfalls können, und dafür hat er einen ja nicht engagiert.

Es wird dringend Zeit, ein wenig Paroli zu bieten.

»Carla ist oben«, sagt Bischoff und reckt den Daumen in Richtung Zimmerdecke. »Telefonieren. Kann etwas länger dauern, hat sie gesagt. Ich soll Sie bei Laune halten.«

»Probieren Sie's«, sagt Ritchie und versucht nicht, seinen Ärger zu verbergen. »Meine Stimmung ist gerade dabei, sich der von Frau Winter anzunähern.«

»Ja, ich sehe schon, das wird nichts«, grinst Bischoff. »Ich habe Carla gefragt, wie ich das machen soll ... Sie bei Laune halten. Erzähl ihm diesen einen Witz, den du kennst, hat sie geantwortet. Wollen Sie den hören?«

»Später vielleicht«, antwortet Ritchie höflich. »Ich komme darauf zurück.« Er versucht, noch einen Augenblick ernst zu bleiben, dann kann er nicht anders und erwidert Bischoffs Grinsen. Dieser alte Professor scheint nicht annähernd so vernagelt zu sein, wie Tante Tilde permanent behauptet. Während er noch überlegt, ob er sich den Witz doch anhören soll, kommt Carla Winter, zwei Stufen auf einmal nehmend, die Treppe herunter.

»Hallo«, sagt sie. »Wie ich sehe, haben Sie sich mit Professor Bischoff schon bekanntgemacht. Wollen Sie ein Bier?«

Ritchie schüttelt den Kopf. »Ich nehme lieber was von dem Bordeaux.«

Sie zieht ein wenig die Augenbrauen hoch, geht zu einem Vitrinenschrank, holt drei Weingläser heraus und gießt sie halbvoll.

Ritchie nimmt sich eines der Gläser und kostet einen Schluck. »Ist ein bisschen zu kalt.«

»Das Angebot mit dem Bier steht noch«, sagt Frau Winter.

»Kein Problem, ich wärm das Glas mit den Händen. Bevor ich berichte, was ich heute herausgefunden habe, möchte ich was Persönliches klären.«

»Nur zu!« Falls Ritchies Chefin überrascht ist, lässt sie es sich nicht anmerken. »Wollen wir unter vier Augen reden, oder kann der Professor dabei sein?«

»Kein Problem. Das kann er ruhig hören.«

»Dann legen Sie los.«

»Okay! Also, ich weiß, dass Sie mich nur widerstrebend eingestellt haben und Tante Tilde Sie praktisch dazu genötigt hat. Mir ist außerdem klar, dass ich auf diesen Job angewiesen bin. Wenn ich ihn verliere, bekomme ich riesige Probleme mit meiner Mutter, mit Tante Tilde und mit dem Jobcenter, das mich unbedingt wieder zum Fassadenschrubben schicken will. Und ehrlich gesagt gefällt mir die Arbeit für Ihre Kanzlei ganz gut – aber leider ist mir der Preis für den Job zu hoch.«

Jetzt sieht sie doch überrascht aus. »Wie meinen Sie das?«

»Wenn man für Sie arbeitet, ist man offenbar verpflichtet, Ihre Launen und schlechten Manieren klaglos zu ertragen. Als Fußabtreter bin ich aber gänzlich ungeeignet. Ich schlage also vor, dass Sie Ihr Verhalten überdenken. Wenn Sie weiter auf mir rumhacken, kündige ich und erzähle Tante Tilde, dass Sie mich gezielt rausgeekelt haben.«

Fertig. Noch während er spricht, begreift er, was mit der Formulierung »sich um Kopf und Kragen reden« gemeint ist. Darauf ein großer Schluck Bordeaux. Aus den Augenwinkeln sieht er den Professor grinsen. Er hat nicht vorgehabt, so weit zu gehen, vor allem die Drohung am Schluss ist ihm einfach rausgerutscht, aber zu seinem Erstaunen breitet sich auf dem Gesicht seiner Chefin ein Lächeln aus, das immer wohlwollender wird.

»Wow, Sie können ja *doch* beißen! Ich habe mit Mathilde eine Wette laufen, wie lange Sie die Weicheierei noch durchhalten. Sie war sicher, dass Sie in den nächsten zwei Wochen explodieren. Aber sie kennt Sie ja auch schon länger. Das war eine gute Ansprache. Vor allem die Idee, mir mit meiner eigenen Sekretärin zu drohen.«

Ritchie spürt, wie er rot wird und nicht das Geringste dagegen tun kann. Das ist der peinlichste Augenblick seines Lebens, seit er mit zehn auf der Schultreppe ins Stolpern geriet und direkt vor den Füßen des schönsten Mädchens der Mittelstufe landete. Wenn er sich bloß eher an Marlowes Erfahrungsschatz erinnert hätte! Ärger und Erleichterung liefern sich in seinem Kopf einen heftigen Streit, und nach und nach gewinnt die Erleichterung die Oberhand.

»Das war ein Scheiß*test?*«

»Ein Eignungstest«, verbessert ihn Frau Winter. »Auf Resilienz. Arbeitsrechtlich äußerst fragwürdig. Willkommen im Team, ich heiße Carla, Till Bischoff hast du ja gerade kennengelernt, mein Freund Moritz kann heute leider nicht dabei sein.«

Sie hebt ihr Glas und prostet ihm zu. Ritchie kann nichts anderes tun, als den Toast zu erwidern.

»Okay, lass uns über die Arbeit reden?« Carla blinzelt ihn über den Rand ihres Rotweinglases hinweg erwartungsvoll an.

»Äh, ja. Ich war in einigen von den Restaurants, die Natascha Berling mit Ahmad Abbas aufgesucht haben will. Niemand konnte sich an das Paar erinnern.«

»Das muss nichts heißen. Wer merkt sich schon über Monate die Gesichter von Leuten, die er vielleicht drei- oder viermal gesehen hat? Und wenn doch, warum sollten sie irgendwelche Auskünfte erteilen? Bei achtzig Euro pro Menü ist Diskretion im Preis natürlich inbegriffen. Wer weiß, wie viele Chefs da mit ihren Sekretärinnen aufkreuzen statt mit ihren Ehefrauen.«

Ritchie nickt. »Das habe ich mir auch gedacht. Aber danach

habe ich noch mit einem Buchhändler und einem Barkeeper gesprochen. Und deswegen bin ich jetzt hier.«

Er berichtet detailliert, was Karl Goldberg und Louis gesagt haben, und sieht, wie sich Carlas Gesicht zunehmend verdüstert. Als Ritchie fertig ist, schweigt sie eine Weile und stellt dann ihr Weinglas beiseite.

»Okay, lasst uns die Widersprüche nacheinander durchgehen und bewerten. Berling hat erzählt, Abbas hätte sie im Park auf ein Buch angesprochen, das auch zu seinen Lieblingsbüchern gehörte. So hätte sie ihn kennengelernt.«

»*Macht's gut und danke für den Fisch*«, sagt Ritchie.

»Was?«

»So hieß das Buch.«

»Richtig. Kenn ich nicht.«

»Da hast du was verpasst, meine Liebe«, wirft Bischoff ein.

»Mag sein, aber das spielt jetzt keine Rolle. Interessant ist, dass dieser Buchhändler behauptet, Abbas habe niemals irgendwelche Bücher gelesen. Ist das die Wahrheit, und woher kann er das so genau wissen?«

»Warum sollte Goldberg bei einem für ihn so nebensächlichen Punkt lügen?« Ritchie zuckt mit den Achseln. »Wenn er sagt, Abbas habe kein Interesse an Büchern gehabt, dann weiß er das, weil Abbas es ihm gesagt hat. Und der wiederum hatte nun wirklich keinen Grund, seinen Schachpartner zu belügen.«

»Vielleicht hat er die *Frau* belogen«, wirft Bischoff ein. »Wäre doch denkbar. Er sieht sie mit dem Buch auf einer Parkbank und möchte sie gerne ansprechen. Er erinnert sich zum Beispiel an etwas, das er womöglich in der Verfilmung des Buches gesehen hat, und daran, dass im Fernsehen vor geraumer Zeit von Douglas Adams' viel zu frühem Tod die Rede war. Also beschließt er zu improvisieren. Er geht zu ihr und sagt: *Ein tolles Buch, oder? Nicht mehr ganz neu, aber immer noch super. Was hat Ihnen am besten daran gefallen?* Über Bücher zu schwadronieren, die man gar nicht gelesen hat, war während meiner Studienzeit die akademische Königsdisziplin.«

Carla nickt. »Ist zwar spekulativ, aber immerhin könnten so die Aussagen von Goldberg und Berling zusammenpassen. Nur, was dieser Barkeeper behauptet hat, ist ein anderes Kaliber. Und wieder stehen zwei Fragen im Raum. Erstens, hatte er wirklich eine homosexuelle Beziehung mit Abbas? Vermutlich ja, warum sollte er sich so etwas ausdenken. Zweitens, wie sicher können wir sein, dass seine Einschätzung, Abbas habe sich nichts aus Frauen gemacht, korrekt ist?«

»Das gilt auch für das Charakterbild, das er von Abbas gezeichnet hat«, mischt sich Ritchie ein. »Freundlich, sanft und affektiv stabil. Was die erste Frage angeht, glaube ich auch, dass er die Wahrheit sagt. Er hat Abbas geliebt und war immer noch emotional aufgewühlt, als er über die Beziehung sprach. Und wütend darüber, dass sein ehemaliger Geliebter vor Gericht und in den Medien als gewalttätiger Hetero-Kontrollfreak dargestellt wurde.«

»Was Abbas' Verhältnis zu Frauen betrifft, kann Louis aber nicht sicher sein, auch wenn er sich das einbildet«, sagt Bischoff. »Es passiert doch umgekehrt auch, dass schwule Männer, die es nicht wagen, sich zu outen, jahrelang bei ihren Ehefrauen bleiben und mit denen auch Sex haben, unabhängig davon, ob er ihnen Spaß macht oder nicht.«

»Trotzdem kommt auch hier die Möglichkeit ins Spiel, dass Abbas die Frau hinsichtlich seiner sexuellen Orientierung einfach belogen oder, besser gesagt, getäuscht hat und Louis richtig lag.« Carla verzieht frustriert das Gesicht. »Aber warum sollte er das tun? Möchte noch jemand Wein?«

»Danke.« Ritchie schüttelt den Kopf. »Diese Möglichkeit wirft die mit Abstand interessanteste Frage auf: Wenn Louis recht hat und Abbas tatsächlich keinerlei erotisches Interesse an Frauen hatte, warum hat er dann etwas mit Natascha Berling angefangen?«

Bischoff räuspert sich und streckt Carla sein leeres Glas entgegen. »Vielleicht, weil er eine Absicht verfolgte, die mit Sex oder Romantik nichts zu tun hatte. Was uns zu der Überlegung führt, dass Louis möglicherweise hinsichtlich des Charakters seines Ex-Geliebten im Irrtum war. Von wegen ausgeglichen, sanftmütig und zärtlich.«

»Stimmt!« Carla füllt Bischoffs Glas und wendet sich Ritchie zu. »Gute Arbeit. Ich möchte, dass du weitermachst. Bohr nach, dreh jeden Stein um, versuche, über dieses Paar herauszubekommen, was immer möglich ist.«

»Alles klar, mach ich. Aber, um ehrlich zu sein, ich verstehe nicht, warum. Okay, dass bei einem scheinbar glasklaren Fall im Nachhinein plötzlich solche Ungereimtheiten auftreten, ist ärgerlich, aber die Sache ist doch gelaufen. Was immer Abbas vorhatte, nun ist er tot und deine Mandantin ist in Sicherheit und auf freiem Fuß. Du hast gewonnen. Reicht das nicht?«

»Das genau ist die Frage, die ich mir stelle«, sagt Carla. »Und zwar aus folgendem Grund: Ich weiß etwas über Abbas, das ich dir nicht erzählt habe. Vor einiger Zeit habe ich erfahren, dass er von Interpol verdächtigt wurde, Mitglied eines Geldwäscherings zu sein. Till kann dir das besser erklären.«

Sie macht eine einladende Geste in Bischoffs Richtung. Der lässt sich nicht lange bitten und erklärt Ritchie in acht Sätzen das sogenannte Hawala-System.

Als er fertig ist, hat Ritchies Stimmung deutlich gelitten. »Warum hast du mir das nicht erzählt?«, fragt er seine Chefin und bemüht sich, nicht gekränkt zu klingen.

»Weil es für meinen Fall keine Rolle spielte. Es ging um Notwehr bei häuslicher Gewalt und nicht um dubiose Geldgeschäfte. Wenn ich erfahren hätte, dass Abbas regelmäßig beim Black Jack beschissen hat, hätte ich dir das ebenso wenig erzählt und ich hätte auch nicht versucht, es im Prozess zu verwenden.«

»Und jetzt?«

»Jetzt haben wir eine andere Situation. Du hast die entscheidende Frage eben selbst gestellt: Wenn Louis recht hat und Abbas tatsächlich keinerlei erotisches Interesse an Frauen hatte, warum hat er dann was mit Natascha Berling angefangen?«

»Richtig«, stimmt Bischoff zu. »Wenn es nicht um Sex und Romantik ging, um was ging es dann? Was, wenn das, was er plante, etwas mit seiner Nebentätigkeit als Geldwäscher zu tun hatte? Was, wenn Abbas bei seinem Plan nicht allein war? Und vor allem: Was, wenn jemand diesen Plan zu Ende bringen möchte?«

»Ich kümmere mich darum«, sagt Ritchie. »Und in Zukunft möchte ich gleichberechtigten Zugang zu allen Informationen, die Fälle betreffen, an denen ich dran bin.«

Carla nickt. »Ab jetzt. Ich verspreche es!«

DREIUNDZWANZIG

Ritchie beginnt mit Ahmad Abbas. Er telefoniert mit dem Bundesamt für Migration und Flüchtlinge, mehreren Einwohnermeldeämtern, der Ausländerbehörde und dem Gewerbeaufsichtsamt der Stadt Frankfurt sowie mit einer Reihe von anderen Dienststellen, die auf die eine oder andere Weise mit in Deutschland lebenden Ausländern befasst sind. Abwechselnd gibt er sich als Abbas' Rechtsvertreter oder als Mitarbeiter der Frankfurter Staatsanwaltschaft aus, was allerdings niemanden beeindruckt. In beinahe allen Fällen lässt man ihn abblitzen, gibt aus Datenschutzgründen keine Informationen preis und zeigt sich ausgesprochen unkooperativ.

Dennoch hat er dank seines Talents wie immer eine gewisse Erfolgsquote. Die einzigartige Mischung aus gespielter Hilflosigkeit, Humor, Improvisationstalent und Chuzpe bringt seine Telefonpartner dazu, nicht gleich aufzulegen, sondern vielleicht doch etwas im Computer nachzusehen oder dem netten jungen Mann irgendwie aus der Patsche helfen zu wollen. Wie er Carla schon beim Vorstellungsgespräch gesagt hat: *Die Leute erzählen mir gerne was.*

Oft sind es nur kleine Hinweise, Informationskrümel oder winzige Mosaiksteine, die für ihn abfallen, aber nach einem fünfstündigen Telefonmarathon mit zahlreichen Notizen ergibt sich ein Bild, das unter anderem auf Angaben beruht, die Abbas während seines Asylverfahrens selbst zu Protokoll gegeben hat.

Geboren 1970 in der irakischen Stadt Erbil, die schon damals eine Hochburg der Kurden war, wuchs er ebendort auf und absolvierte an der Salahaddin University ein Lehramtsstudium für Englisch und Französisch. Nach etlichen Jahren Unterrichtstätigkeit verließ er im Jahr 2003 die Region, weil er sich, wie es in seinem Asylantrag hieß, sowohl von der Kurdischen Autonomiebehörde als auch vom irakischen Geheimdienst verfolgt und drangsaliert fühlte. Er kam über die Türkei und Griechenland nach Deutschland, dem Asylantrag wurde stattgegeben, und nach Aufenthalten in diversen Flüchtlingsunterkünften bezog er zunächst ein bescheidenes Zimmer in Bockenheim und später die kleine Wohnung im Haus des Buchhändlers Goldberg. Nach seiner Einbürgerung im Jahr 2011 machte er sich mit dem Übersetzungsbüro selbstständig und arbeitete als vereidigter Dolmetscher unter anderem auch für deutsche Gerichte und Behörden. Keine Vorstrafen, keine Angehörigen, keine Kinder. Nichts Verdächtiges. Der Mann hat ein völlig unauffälliges Leben geführt.

Vielleicht ist es lohnender, sich den Hintergrund von Natascha Berling näher anzuschauen. Die Frage ist nur, wie man von Frankfurt aus etwas über die Identität eines Menschen in Kasachstan herausfindet, der 1978 in der Stadt Syrjanowsk, die heute aus unerfindlichen Gründen Altai heißt, geboren wurde.

Die Google-Recherche bringt nicht viel. Es handelt sich um einen Industriestandort in Ostkasachstan, dessen Ursprünge bis ins 18. Jahrhundert zurückreichen. Bergbau, Blei- und Zinkverarbeitung, heute knapp 40 000 Einwohner, die meisten davon Russen. Gibt es in dem Kaff ein zuverlässiges Geburts- und Sterberegister? Ein Meldewesen, das mit dem deutschen irgendwie vergleichbar ist? Oder Menschen, die sich noch an eine Frau erinnern, die 2003 nach Deutschland übergesiedelt ist? Wie kann er das herausfinden?

Ritchie erweitert die Google-Suche und stößt auf einen Eintrag, der ihm auf unerklärliche Weise vielversprechend vorkommt. Kurzentschlossen greift er nach dem Handy und tippt eine Nummer in Berlin ein.

Eine freundliche Frauenstimme meldet sich: »Deutsch-Kasachische Handelsgesellschaft e. V., mein Name ist Beate Gregorieff, was kann ich für Sie tun?«

Eine relativ junge Stimme, Ritchie schätzt die Frau auf unter dreißig und senkt seine Reibeisenstimme noch ein wenig ab. »Lambert hier. Richard Lambert. Ich arbeite für die Anwaltskanzlei Winter in Frankfurt am Main.«

»Sind Sie erkältet?«

»Nein, ich spreche immer so.«

»Echt? Wow! Gut, wie kann ich Ihnen helfen?«

»Es geht um Folgendes. Unsere Kanzlei vertritt in einer Erbschaftsangelegenheit eine Mandantin, die aus Kasachstan nach Deutschland übergesiedelt ist. Das war im Jahr 2003. Der Name ist Natascha Berling, geboren in Syrjanowsk, dem heutigen Altai. Die Dame hat von ihrem verstorbenen Lebensgefährten eine große Summe Geld und ein Haus in Wiesbaden geerbt. Dieses Erbe wird nun angefochten mit dem Argument, unsere Mandantin habe hinsichtlich ihrer Identität, was Name, Geburtsort und Geburtsjahr angeht, falsche Angaben gemacht.«

»Aha. Und was soll *ich* da jetzt machen?«

Ritchie hört in ihrer Stimme, dass sie gerne etwas tun *möchte*, und entscheidet sich für die Mitleidstour. »Ich hatte gehofft, dass Sie mir vielleicht schnell und unbürokratisch helfen können. In dieser Angelegenheit wurden ein paar wichtige Fristen versäumt, und jetzt bin ich in Zeitnot. Wenn die Kanzlei den offiziellen Weg über die Botschaft gehen muss, verliert sie den Fall, Frau Berling verliert das Erbe und ich meinen Job.«

»Sie haben die Sache persönlich vermasselt?«

»Ja«, sagt Ritchie kleinlaut. Der zerknirschte Tonfall ist eine Spezialität von ihm, die stets gut ankommt.

»Brauchen Sie was Schriftliches?«

»Gott bewahre, nein! Das kann ich nachreichen. Ich brauche erst Mal nur die Auskunft. Sie sprechen doch bestimmt Russisch.

Können Sie für mich bei der Stadtverwaltung anrufen und um die Information bitten, ob in Syrjanowsk 1978 eine Natascha Berling geboren wurde, die 2003 nach Deutschland übersiedelte? Das sind doch keine sensiblen Daten.«

»Ich kann es versuchen, aber ich weiß nicht, ob man mir da Auskunft gibt. Heute sowieso nicht mehr. In Kasachstan ist es 18:15 Uhr. Alle Bürokraten haben Feierabend. Rufen Sie mich morgen um 11 Uhr an.«

VIERUNDZWANZIG

Am Nachmittag des nächsten Tages steht Carla vor der Wohnungstür ihrer Mandantin. Mittags hat Ritchie angerufen und ihr von seinem Telefonat mit der hilfsbereiten Dame von der Deutsch-Kasachischen Handelsgesellschaft erzählt. Sein Bericht hat bei Carla eine Übelkeit hervorgerufen, die bis jetzt nicht gewichen ist. Auf der Fahrt hierher hat sie Mühe gehabt, sich auf den Verkehr zu konzentrieren, und die ganze Zeit gegrübelt, wie sie dieses Gespräch angehen soll. Sie hat sich für den Frontalangriff entschieden.

Natascha Berling öffnet die Tür und schenkt ihr ein strahlendes Lächeln. »Wie schön, dass Sie gekommen sind. Ich freue mich.«

Anders als bei ihrem Prozess sieht sie heute entspannt und glücklich aus. Gesunde Gesichtsfarbe, dezentes Make-up. Der dunkelgrüne Cashmere-Pullover, die Bernsteinkette und eine helle, weitgeschnittene Palazzohose sorgen für eine damenhafte, elegante Ausstrahlung.

»Ich habe schon Tee gemacht. Kommen Sie rein.«

Carla folgt ihr ins Wohnzimmer und nimmt auf dem Sofa Platz, während ihre Gastgeberin sich in der Küche zu schaffen macht. Dann tritt Frau Berling mit einem Teetablett wieder ins Zimmer, blickt Carla an, und ihr Gesichtsausdruck verändert sich.

»Stimmt etwas nicht? Was ist passiert?«

»Das wollte ich eigentlich *Sie* fragen: Was ist passiert?« Carla deutet auf den Sessel. »Setzen Sie sich!«

Ihre Mandantin stellt das Tablett ab und hockt sich auf die

Kante der Sitzfläche. Die damenhafte Souveränität ist verschwunden, und ihr Gesicht zeigt sofort wieder den gehetzten und ängstlichen Ausdruck, den Carla bei ihrer ersten Begegnung wahrgenommen hat. Auch dieses Mal berührt der Anblick etwas in ihrem Inneren, löst das Bedürfnis aus, ihr Gegenüber in den Arm zu nehmen und zu beschützen. Aber das wird nicht geschehen. Carla unterdrückt den Impuls und hat auch keine Lust auf irgendeine Art von höflichem Vorgeplänkel.

»Ich will wissen, wer Sie sind. Sie haben sich unter dem Namen Natascha Berling aus Syrjanowsk ein Leben in Deutschland aufgebaut. Name und Geburtsort sind allerdings falsch.« Carla verbirgt ihre Wut hinter einem sachlichen, neutralen Ton. »In der früheren kasachischen Stadt Syrjanowsk gab es tatsächlich eine Frau, die Natascha Berling hieß und 1978 geboren wurde, die ist aber schon seit vielen Jahren tot.«

»Woher wollen Sie das ...?«

»Woher ich das weiß? War nicht so schwer herauszufinden. Mag sein, dass die Geburts- und Sterberegister in Ostkasachstan nicht unbedingt vertrauenswürdig sind, aber das spielt in diesem Fall keine Rolle. Natascha Berling ist nämlich in der Stadt immer noch so etwas wie eine traurige Berühmtheit. Man muss nur nach ihr fragen. Viele Leute erinnern sich an sie, weil sie auf besonders tragische und brutale Weise zu Tode kam.«

Carla hält kurz inne und trinkt einen Schluck Tee, bevor sie weiterspricht. »Mit zwanzig verließ sie ihre Heimat, um an der Lomonossow-Universität in Moskau Jura zu studieren. Eine mutige, selbstbewusste Entscheidung, über die viel geredet wurde. Als dann ihre verstümmelte Leiche am Rand eines Open-Air-Konzerts in Moskau gefunden wurde, brannte sich ihr Schicksal endgültig in das kollektive Gedächtnis der Stadt ein. Also, wenn Sie nicht Natascha Berling sind, wer sind Sie dann?«

Carlas Gegenüber sitzt wie versteinert auf der Sesselkante, ihr regungsloses Gesicht zeigt keinerlei Emotionen, und doch laufen ihr Tränen die Wangen hinunter. Ein Kontrast, der Carla an weinende Marienstatuen erinnert.

Minutenlanges Schweigen. Als die Frau zu sprechen beginnt, klingt ihre Stimme gebrochen und merkwürdig leiernd.

»Mein Name ist Jamila Chovka. Ich bin neununddreißig Jahre alt und stamme aus Kurtschaloi. Das ist ein kleiner Ort im Nordkaukasus ... Es stimmt, Natascha Berling ist tot. Ich weiß das, weil ich geholfen habe, sie umzubringen.«

»Was?«

Jamila Chovka holt tief Luft, zögert einen Moment, dann bricht es aus ihr heraus. »Im Jahr 2003 war ich Mitglied einer Gruppe von Schahid, die das Rockfestival auf dem ehemaligen Flugplatz Tuschino in Moskau angegriffen hat. Dabei sind viele Menschen getötet worden. Auch Natascha Berling. Ich wollte, es wäre nicht passiert.«

Carla ist so überrascht, dass sie für einen Augenblick das Atmen vergisst. Sie hat mit einer dunklen Geschichte gerechnet, aber was sie jetzt erfährt, ist völlig surreal, und die Situation ist es auch. An einem trüben Frankfurter Nachmittag trinkt sie Tee mit einer ehemaligen tschetschenischen Selbstmordattentäterin. Sie nimmt einen Schluck aus der Tasse und hat Mühe, ihn hinunterzubekommen.

»Okay, ich will wissen, was geschehen ist. Alles! Von Anfang an!«

In Carlas Hals sitzt ein Kloß, der mit Tee nicht hinunterzuspülen ist, und ihre Stimme klingt kratzig. Jamila Chovka blickt starr an ihr vorbei, als sie die Ereignisse der Vergangenheit in ihrem Kopf noch einmal aufleben lässt. Quälende Minuten vergehen, bevor ihr Blick zu Carla zurückkehrt.

»Sind Sie gut in Geschichte? Können Sie sich das alles merken? Die Kriege und Massaker? Bosnien, Irak, Afghanistan, Kongo, Jemen ...? Tschetschenien? Ja, richtig, Tschetschenien, da war doch mal was. Sie erinnern sich?«

»Nicht mehr gut, aber das ist auch scheißegal. Ich bin nicht gekommen, um mir eine Geschichtsstunde abzuholen.«

Über Jamila Chovkas Gesicht zuckt ein wütendes Leuchten. »Das weiß ich! Sie sind gekommen, um mich zu überführen. Mich mit meinen Lügen zu konfrontieren und mich moralisch fertigzumachen. Die Gründe, die ich gehabt haben könnte, stören da nur. Aber Sie haben gerade gesagt, Sie wollen *alles* hören. Also werde ich Ihnen die *ganze* Geschichte erzählen. Und Sie schenken mir ein bisschen was von Ihrer kostbaren Zeit! Wäre das möglich?«

Carla zuckt mit den Achseln. »Meinetwegen.«

Ihr Gegenüber nickt. »Alles, was passiert, hat eine Vorgeschichte. Jeder weiß das, aber keiner will sie hören. *Meine* Vorgeschichte begann 1990. Sie wissen schon, als die Sowjetunion auseinanderbrach ... Da dachten die Tschetschenen, dass eine Republik, die jedes Jahr vier Millionen Tonnen Erdöl fördert, ganz gut ohne Moskauer Zentrale auskommen könnte. Natürlich haben die Russen das anders gesehen und das ganze Land in Schutt und Asche gelegt. Krieg Nummer eins.« Chovka holt ein Taschentuch raus und putzt sich umständlich die Nase, bevor sie weiterspricht. »Der zweite Tschetschenienkrieg begann 1999 mit Bombenanschlägen auf Wohnhäuser mitten in Moskau. Mindestens vierhundert Tote. Für die Anschläge wurden offiziell tschetschenische Terroristen verantwortlich gemacht, aber viele Menschen dachten, dass Putin und der FSB dahintersteckten, um einen Vorwand für einen neuen Krieg im Kaukasus zu haben. Viele gute Leute, auch Russen, haben versucht, diesen Verdacht zu erhärten, und wurden dafür umgebracht. Im Westen kennt man nur Alexander Litwinenko und Anna Politkowskaja, aber es waren viele mehr.«

Beide Namen lösen bei Carla die Erinnerung an alte Fernsehbilder aus. Ein radioaktiv vergifteter Mann in einem Londoner Krankenhaus und eine tote Journalistin vor einer Fahrstuhltür.

Chovka zündet sich eine Zigarette an und hustet ausgiebig, bevor sie weiterspricht. »Putin schaffte es jedenfalls, sich als starker

Mann gegen den Terror zu profilieren, und wurde in ganz Russland ein großer Held. Der Krieg dauerte noch einmal zehn Jahre ... Komisch eigentlich. Sah am Anfang nicht danach aus. Die Russen hatten den Großteil des Flachlands und die Hauptstadt Grosny erobert und dachten, das war's. Doch die Reste der tschetschenischen Truppen und zahlreiche internationale Dschihad-Kämpfer aus dem Nahen Osten leisteten Widerstand und trugen den Krieg nach Russland. Sie wissen schon ... die Geiselnahme im Moskauer Musik-Theater, die Schule in Beslan, der Anschlag auf die U-Bahn-Station Riga, es war eine lange blutige Liste.«

»Ich erinnere mich an die Nachrichten«, sagt Carla. »Als Reaktion zogen russische Todesschwadronen durchs Land und massakrierten die Zivilbevölkerung.«

Jamila Chovka nickt. »Jede Menge Hass auf beiden Seiten. Es war die Geburtsstunde der Schwarzen Witwen.«

»Selbstmordattentäterinnen?«

»Märtyrerinnen. Die Erste von uns war Ajsa Gasujewa. Im Sommer 2000 sprengte sie sich selbst und den russischen General Gadschijew samt acht seiner Leibwächter in die Luft. Und sie hatte verdammt gute Gründe dafür. Im Jahr zuvor waren sechzehn ihr nahestehende Familienangehörige von russischen Militärs getötet worden. Onkel, Tanten, Geschwister, Cousins, es war einfach niemand mehr übrig. Ajsas Ehemann hatte der General höchstpersönlich umgebracht. Als er sich auch noch weigerte, seinen Leichnam zur Bestattung freizugeben, besorgte sie sich den Sprengstoff, und der Krieg bekam eine neue Dimension. Ab da waren an fast allen Anschlägen auch Frauen beteiligt.«

Jamila Chovka scheint noch immer ein wenig stolz darauf zu sein.

»Und wie sind *Sie* da hineingeraten?«

»Ich war zweiundzwanzig und Studentin der Germanistik an der Universität in Grosny. Jung und naiv ... Ich hatte zwei kleine Kinder, deren Vater abgehauen war, und ich hasste ihn dafür.

Aber hundertmal mehr hasste ich die Russen. Ich wollte einfach kämpfen. Nichts zu tun, fühlte sich jeden Tag schlimmer an. Die Wut und das Gefühl der Hilflosigkeit waren kaum auszuhalten.« Chovka zieht heftig an ihrer Zigarette, die von selbst ausgegangen ist, und zündet den kurzen Stummel noch einmal an, bevor sie weiterspricht. »Zusammen mit Sulichan Elichadschijewa aus meinem Heimatdorf und einer Frau namens Sinaida Alijewa fasste ich den Plan, das Rockfestival anzugreifen. Sinaida kannte die richtigen Leute ... sie sorgte für die Sprengstoffgürtel und das Training. Meine Kinder brachte ich ins Dorf zu meinen Eltern. Es war ein schrecklicher Abschied ... die Kleinen haben geweint, und meine Eltern waren starr vor Trauer.«

Chovkas Stimme hat einen wehmütigen, brüchigen Klang angenommen. Sie schließt einen Augenblick die Augen, vielleicht, um die Erinnerung zu ertragen. Vielleicht auch, um die Tränen zu verbergen. Dann holt sie tief Luft.

»Der 5. Juli 2003 war ein warmer, sonniger Tag in Moskau. Die Wochen vorher waren verregnet und kühl gewesen, aber pünktlich zur Eröffnung des Festivals drehte das Wetter. 40 000 Leute waren gekommen, um die bekanntesten russischen Bands zu hören. Noch Stunden nach Konzertbeginn herrschte an den Kassenhäuschen dichtes Gedränge. Am frühen Nachmittag standen wir an verschiedenen Kassen in der Schlange. Uns war klar, dass es unmöglich wäre, auf das Gelände vorzudringen. Unmittelbar hinter dem Einlass begannen die Leibesvisitationen. Also mussten wir es in der Schlange tun, möglichst dicht bei den Kassenhäuschen. Sulichan rechts von mir machte den Anfang. Die nahe Detonation war irrsinnig laut, und die entsetzlichen Schreie versetzten mich in Panik. Mir war klar, dass ich jetzt an der Reihe war, aber ich konnte den Auslöser nicht betätigen. Plötzlich lähmte mich ein einziger Gedanke: Ich wollte nicht sterben. Vor und hinter mir rannten die Menschen auseinander. Die Frau in dem Kassenhaus schrie etwas, gestikulierte wild mit den Armen und riss mich damit aus der Schockstarre. Ich rannte nach links, und dann kam die zweite Detonation. Als ich mich dem nächsten Kassenhäuschen näherte, sah ich die ersten Toten und Verletzten. Es war entsetzlich. Auf einer Bordsteinkante saß ein Mädchen, das weiße T-Shirt über und über mit Blut bespritzt, auf ihren Knien lag ein abgetrennter Arm. Daneben hockte ein Mann, der auf seine blutüberströmten Füße starrte und unaufhörlich schrie. Jemand griff nach mir, ich riss mich los und stolperte über eine Frauenleiche. Ihr Gesicht war unversehrt, aber der Unterleib grauenvoll zerfetzt. Neben ihr lag ein kasachischer Pass. Das auffällige Blau habe ich sofort erkannt. Ich habe ihn genommen und bin geflohen. Ohne nachzudenken. Weg von dem Festivalgelände und raus aus Moskau. An die Flucht habe ich kaum Erinnerungen. Es hat lange gedauert, bis ich kapiert habe, dass ich gar nicht gesucht wurde, weil die Ermittler von zwei Attentäterinnen ausgingen. Eine dritte Schahid, die einfach nur zu feige war, hatte niemand auf dem Schirm ...«

Jamila Chovka bricht ab und schweigt eine Weile. Sie wirkt müde und ausgelaugt, die Erinnerungen an die blutigen Ereignisse scheinen sie zu quälen. Schließlich steht sie auf. »Ich habe noch irgendwo Schnaps. Wollen Sie auch was?«

Als Carla nickt, geht Chovka in die Küche und kommt mit einer schlanken, halbvollen Flasche und zwei Gläsern zurück.

»Das alles habe ich noch nie jemandem erzählt«, sagt sie, füllt die beiden Gläser und kippt ihres sofort hinunter.

Carla wirft einen Blick auf das Etikett der Flasche. Finnischer Wodka. Hat sie noch nie getrunken. Sie leert das Glas ebenfalls in einem Zug und verschluckt sich prompt an der grimmigen Härte des Fusels. Nach dem Hustenanfall braucht ihre Stimme einen Augenblick, bevor sie anspringt. »Wie kamen Sie auf die Idee, nach Deutschland zu gehen?«

Chovka zuckt die Schultern. »Ich habe schnell begriffen, was für ein einzigartiger Glücksfall dieser Pass war. Die Chancen, hier eingebürgert zu werden, standen für deutschstämmige Kasachen damals sehr gut. Alle wussten das. Ich hatte den Pass einer Kasachin mit einem deutschen Nachnamen, die mir auch noch ähnlich sah. Und durch das Germanistikstudium sprach ich sehr gut Deutsch. Dass ich den Einbürgerungsantrag eigentlich von meinem Heimatland aus hätte stellen müssen, war angesichts der Sprachkenntnisse kein großes Thema. Wäre heute wohl anders. Ich brauchte damals nur noch einen deutschen Stammbaum zu erfinden. Über Belarus und Litauen bin ich dann hierhergekommen.«

»Und haben Ihre Kinder in Ihrem Heimatort zurückgelassen?«

Jamila Chovka wirft Carla einen giftigen Blick zu. »Wenn ich sie kontaktiert hätte, wären sie in Gefahr gewesen. Ich hatte nicht nur Angst vor den Russen, sondern auch vor meinen eigenen Leuten. Ehrlose Feiglinge sind nicht beliebt in Tschetschenien. Es war für alle am besten, wenn ich als tot oder verschollen galt. Ich musste auch meine Eltern schützen.«

»Sie sind hier von Anfang an gut zurechtgekommen?«

»Ja, ich habe eine Ausbildung gemacht und bin Buchhalterin geworden. Alles war gut, nur ...« Ihre Stimme bricht ab, und die beherrschte und selbstbewusste Fassade beginnt zu bröckeln. Jamila Chovkas Augen füllen sich mit Tränen, sie macht keinen Versuch, sie abzuwischen oder das Weinen zu unterdrücken. Ihre Gesichtszüge sind verzerrt, und ihr Mund nimmt wieder die verzweifelte ovale Form an, die Carla bei ihrem ersten Zusammentreffen an Edvard Munchs Bild erinnert hat. Als sie erneut zu sprechen beginnt, ist sie kaum zu verstehen. »Ich habe die ganze Zeit versucht, den Verlust meiner Kinder zu verkraften, doch es hat nicht funktioniert. Zwei Therapien habe ich gemacht, aber ich konnte ja nie wirklich offen sprechen, und der Schmerz ist immer schlimmer geworden. Die ganze Zeit habe ich überlegt, nach Tschetschenien zurückzugehen, aber ich hatte zu viel Angst vor Ramsan Kadyrow.«

»Wer ist das?«

»Der Mann, der in Tschetschenien für Putin die Drecksarbeit macht. Ein Gangster als Präsident, mit einem langen Arm. Vor zehn Jahren hat er einen politischen Widersacher vor einem Wiener Supermarkt ermorden lassen. Als Warnung an alle Landsleute im Ausland.«

Tatsächlich erinnert sich Carla an den Fall, aber der Tod eines Exiltschetschenen ist nicht der Grund, warum sie hier sitzt, und langsam verliert sie die Geduld. »Kommen Sie doch mal zu der Stelle, wo Sie den Mann in Ihrer Küche erstochen haben.«

Jamila Chovka nickt. »Vor ungefähr vier Monaten war ich so verzweifelt, dass ich es nicht mehr ausgehalten habe.« Sie ist jetzt sehr blass, und auf ihrer Stirn glitzern winzige Schweißperlen. »Ich versuchte, meine Eltern anzurufen, um zu besprechen, wie ich gefahrlos zurückkommen konnte. Als zu Hause niemand ans Telefon ging, habe ich über das Internet Kontakt mit Nachbarn aufgenommen und erfahren, dass meine Eltern letztes Jahr gestorben sind. Erst meine Mutter, bald darauf mein Vater. Niemand wusste, wo meine Kinder waren. Da habe ich zum ersten Mal daran gedacht, mich umzubringen.«

»Das verstehe ich sehr gut, aber warum ist es dann *Abbas*, der tot ist?«

Chovka starrt sie aus tränennassen Augen fassungslos an. »Sie sind nicht mehr auf meiner Seite, oder?«

»Ich bin nach wie vor Ihre Anwältin«, weicht Carla aus. »Alles, was Sie mir erzählen, werde ich vertraulich behandeln. Aber wir haben die letzte halbe Stunde über einen Haufen Lügen gesprochen, die Sie mir aufgetischt haben. Reden wir darüber, was wirklich passiert ist.«

Chovka vollführt eine trotzig-wütende Bewegung mit den Händen. »Ja, ich habe gelogen. Ich habe Ahmad Abbas nicht in Notwehr getötet, sondern überlegt und in voller Absicht. Ich habe das getan, weil ich keine andere Wahl hatte. Man hat mich dazu gezwungen. Und am Ende war es völlig sinnlos.«

»Wer hat Sie dazu gezwungen?«

»Ein paar Wochen nachdem ich mit den Nachbarn meiner Eltern gesprochen hatte, bekam ich über Telegram ein Foto zugesandt. Es hat mich fast um den Verstand gebracht.«

Jamila Chovka nimmt ihr Tablet vom Tisch, fährt es hoch und dreht es so, dass Carla das Display sehen kann. Es zeigt eine junge Frau und einen jungen Mann, nebeneinander auf zwei Stühlen sitzend. Beide sehen verängstigt aus, weil ihnen zwei mit Sturmhauben maskierte Männer Pistolen an die Köpfe halten.

Carla zieht scharf die Luft ein. »Sind das Ihre Kinder?«

Chovka nickt. »Mein Sohn Eldar, neunzehn Jahre alt, und seine Schwester Madina, achtzehn.«

»Sind Sie ganz sicher? Sie haben sie lange nicht gesehen.«

»Wie können Sie so etwas fragen? Ich habe nicht den geringsten Zweifel. Für mich haben sie sich auch gar nicht so sehr verändert. Es sind ihre Gesichter von damals, nur eben älter.«

»Wie ging es weiter?«

»Eine Stunde später bekam ich eine Sprachnachricht. Eine Männerstimme in schlechtem Englisch mit einer eindeutigen Botschaft. Man habe mich aufgespürt und schon lange im Auge. Ich könne meine Kinder zurückbekommen, wenn ich in Frankfurt die Bekanntschaft von Ahmad Abbas suche und diesen töte. Abbas habe das tschetschenische Volk und den Heiligen Krieg verraten und verdiene den Tod. Wenn ich mich weigerte, würde man meine Kinder erschießen. Ich sollte vierundzwanzig Stunden über den Vorschlag nachdenken und dann auf die Nachricht einfach mit Ja oder Nein antworten. Nach achtzehn Stunden habe ich Ja gesagt.«

»Abbas war Araber. Was hatte er mit dem Tschetschenienkrieg zu tun? Haben Sie sich das nicht gefragt?«

»Nein, ich habe es ja schon erwähnt. Es waren jede Menge Dschihad-Kämpfer aus dem Nahen Osten in Tschetschenien, sehr viele aus Saudi-Arabien, aber auch aus anderen Staaten der Golfregion. Ich erinnere mich sehr gut an Ibn al-Chattab, einen fanatischen Islamisten und engen Verbündeten von Rebellenführer Bassajew.«

Carla nickt. »Gut, Sie haben also zugestimmt. Wie genau haben Sie es angestellt?«

»Der Plan, einen Menschen zu töten, war schrecklich, aber noch schlimmer war die Vorstellung, gefasst und eingesperrt zu werden. Ich wollte auch nicht fliehen oder untertauchen, sondern für meine Kinder da sein, wenn sie nach Deutschland kommen. Also ...«

»Also sind Sie auf die Idee mit der Notwehr bei häuslicher Gewalt gekommen. Sie dachten, das sei eine Möglichkeit, nach einem Tötungsdelikt freizukommen. Sie mussten nur den Eindruck einer langen, leidvollen Beziehung erwecken und sich die Hämatome selbst beibringen. Und Sie brauchten jemanden, der Sie anschließend aus der Sache rausboxt. Eine Anwältin wie mich. Brillant und naiv zugleich. So haben Sie mich ausgesucht, oder? Verdammte Scheiße ...« Carla ist jetzt so wütend und aufgeregt, dass sie Mühe hat, nicht aufzuspringen und im Raum herumzulaufen. Ihre Hand zuckt nach der Zigarettenschachtel auf dem Tisch, aber sie zieht sie zurück und reißt sich zusammen.

Chovka schüttelt den Kopf. »Ich hatte schon vor den Ereignissen von Ihnen in der Zeitung gelesen, und meine Bekannte Marie Lenz schwärmte davon, wie clever und engagiert Sie seien. Vor allem, wenn es um Gewalt gegen Frauen ginge. Deshalb stand ich an dem Abend vor Ihrer Tür.«

»Wie haben Sie es geschafft, Abbas kennenzulernen?«

»Ich habe im Supermarkt ein großes Glas Rote Bete vom Regal gefegt, gerade als er vorbeikam. Es ist zersplittert und hat eine Riesensauerei verursacht. Abbas hat mir mit den Scherben geholfen und mich samt meinen Einkäufen nach Hause gefahren. Er war sehr nett. Ich habe ihn daraufhin eingeladen, eine Woche später zum Tee bei mir vorbeizukommen, und versprochen, einen Kuchen zu backen. Zu Hause habe ich mir dann die Hämatome beigebracht, die ja zum Zeitpunkt seines Todes nicht mehr frisch sein durften.«

»Wie haben Sie das gemacht?«

»Ich habe die Whiskeyflasche auf meine linke Gesichtshälfte gelegt und mit einem Gummihammer daraufgehauen. So hart ich konnte. Zwei Mal. Hat sehr wehgetan, aber der Abdruck sah echt aus. So echt jedenfalls, dass Abbas erschrak, als er Tage später zu mir kam. Wir hatten noch Tee und Kuchen ... bevor ich ihn erstochen habe. Niemals zuvor habe ich etwas so furchtbar Hinterhältiges getan. Ich war wie in Trance. Mit dem Messer in der Hand bin ich neben ihn getreten und habe auf seinen Hals gezielt. Ich erinnere mich an sein ungläubiges Gesicht, als er auf die Knie fiel. Und an das viele Blut. Es dauerte schrecklich lange, bis er tot war.« Chovka schüttelt sich. »Die Fingerabdrücke zu platzieren war schwer, weil ich es kaum über mich brachte, ihn anzufassen. Aber es ging ja nur um den Pfannenstiel und die Whiskeyflasche. Auf vielen anderen Sachen in meiner Wohnung waren sowieso schon seine Abdrücke. Ach ja, im Bad hatte ich eine Zahnbürste, um die ich seine Finger gelegt habe. Die Bürste habe ich ihm außerdem noch in den Mund gesteckt ... wegen der DNA. Ich wollte den Eindruck erwecken, dass er öfter bei mir übernachtet hat ... Zwei Stunden später war ich dann auf dem Weg zu Ihnen. Ich wusste, dass ich Hilfe brauchte.«

Chovka hat wieder angefangen zu weinen, aber ihre Stimme klingt hart und mitleidlos.

»Sie sind ein verdammtes Miststück«, sagt Carla.

Ihre Mandantin zieht den Rotz hoch. »Ich bin eine Mutter!«

Carla schüttelt fassungslos den Kopf, und Jamila Chovka starrt sie wütend an. »Mir ist egal, was Sie denken. Es tut mir leid, dass Abbas sterben musste, aber das geht auf das Konto der Leute, die mich dazu gezwungen haben. Und die jetzt ihr Wort nicht halten. Zwei Wochen nach Abbas' Tod sollte ich Nachricht bekommen, wo ich meine Kinder abholen kann. Jetzt sind schon fast drei Monate vergangen, und nichts ... Ich habe einen Menschen umgebracht für nichts. Verstehen Sie, ich weiß, dass ich ein schweres Verbrechen begangen habe und eine Sünde vor Gott, aber was mich wirklich verzweifeln lässt, ist, dass diese Tat mir meine Kinder nicht zurückgebracht hat.«

»Lassen Sie mich die Sprachnachricht hören.«

»Die habe ich gelöscht. Ich habe damit gerechnet, dass die Polizei mein Telefon untersucht.«

»Aber das Foto haben Sie nicht gelöscht.«

»Das habe ich nicht über mich gebracht!«

»Schicken Sie es mir aufs Handy.«

Chovka zögert einen Augenblick. »Kann ich Ihnen noch vertrauen?«

»Natürlich können Sie das! Vorausgesetzt, Sie hören ab sofort mit dem Lügen auf.«

Carla starrt Jamila Chovka an. Die starrt ungerührt zurück. Ihr Blick sagt: Es war falsch, was ich getan habe, aber ich würde es jederzeit noch einmal tun.

Carla spürt das Adrenalin durch ihren Kreislauf zirkulieren und den Schweiß, der von ihren Achselhöhlen nach unten perlt. Niemals zuvor ist sie in ihrem Beruf derart hintergangen worden. Und, was noch schwerer wiegt, sie weiß nicht, was sie tun soll. Ihr schießt die Erinnerung an eine ehemalige Mandantin durch den Kopf, die behauptete, an einer multiplen Persönlichkeitsstörung zu leiden. In den Gesprächen mit ihr musste man höllisch aufpassen, mit wem man es gerade zu tun hatte. Auch in Carlas Kopf liefern sich mindestens drei Stimmen ein heftiges Gefecht. Da zankt sich eine clevere Intellektuelle, die nichts mehr hasst, als wenn man sie für dumm verkaufen will, mit einer kühlen Juristin, die einen interessanten Fall wittert, und einer überraschend warmherzigen Frau mit viel Verständnis für menschliche Nöte. Alle reden durcheinander wie in einer verdammten Talkshow.

Ihr Magen hat angefangen, im Zehnsekundentakt zu krampfen, schwach noch, aber Carla weiß, dass er zulegen wird, wenn sie die Wut der Juristin nicht schnell in den Griff bekommt. Sie hat sich belügen und benutzen lassen und einer Mörderin zu einem Freispruch verholfen. Aber *war* es Mord? Vorsatz und Heimtücke mögen als Tatmerkmale zutreffen, »niedrige Beweggründe« lagen allerdings nicht vor.

Da siehst du es. Die anderen Stimmen mischen wieder mit.

Ich bin eine Mutter, hallt Jamila Chovkas Stimme in Carlas Kopf nach. Eine denkwürdige Antwort. Ist es ein Vorrecht von Müttern, für ihre Kinder über Leichen zu gehen? Carla kennt nicht wenige Frauen, die diese Frage, ohne zu zögern, mit Ja beantworten würden.

Aber es kommt schon noch auf die Umstände an, oder? Die spontane, blindwütige Verteidigung der eigenen Brut ist etwas anderes als der kaltblütig geplante Mord, den Jamila Chovka begangen hat.

Ach ja? Vielleicht kann die Frau Anwältin die Paragraphen einen Augenblick beiseitelassen und *wie* ein normaler Mensch denken. Gerade die irrwitzige Situation hat einen kaltblütigen Plan erfordert. Wenn man Chovka den vorwirft, kann man auch gleich sagen, sie hätte ihre Kinder abschreiben sollen.

Ja. Möglicherweise ist das so. Sie hat ein Leben genommen, um zwei andere, die sie für wertvoller hielt, zu retten. Aber Selbstermächtigung ist so eine Sache. Vielleicht war Ahmad Abbas für jemand anderen genauso wichtig wie ihre Kinder für Chovka.

Aber kann eine Mutter, die sich verzweifelt Sorgen macht, wirklich solche Abwägungen anstellen?

Chovka ist allerdings nicht nur eine Mutter, sondern auch eine ehemalige Terroristin, die geplant hat, jede Menge Leute umzubringen, und seitdem ununterbrochen lügt.

Mal langsam, sie hat in Moskau niemanden getötet.

Geschenkt! Einen Mordplan aufzugeben, weil man den Mut verliert, ist keine moralische Entscheidung.

Macht aber juristisch einen gewaltigen Unterschied ...

Schluss jetzt, denkt Carla. *Haltet alle die Klappe!*

Jamila Chovka starrt sie fasziniert an, so als könnte sie das Toben in Carlas Kopf wie eine spannende Filmsequenz verfolgen. Ihr Gesicht hat sich verändert. Es ist bleich geworden, die Wangen sind eingefallen, und um ihren Mund haben sich zwei tiefe Falten gebildet. Carla fragt sich, ob ein Mensch innerhalb einer Stunde sichtbar altern kann, und spürt, wie ein sehr intensives Gefühl von ihr Besitz ergreift und alle anderen Emotionen und Urteile überlagert. Es dauert einen Augenblick, bis sie begreift, was es ist. Sie empfindet Sympathie und Mitleid. Ein überwältigendes Mitleid mit dieser Frau, die in einem aussichtslosen Krieg und im Kampf um ihre Kinder zum Äußersten bereit war und alles verloren hat.

Dieses Gefühl ändert alles. Dass sie angelogen und benutzt wurde, tritt in den Hintergrund. Jamila Chovka wurde auch angelogen und benutzt. Sie hat entsetzliche Dinge durchgemacht und entsetzliche Dinge getan, und wenn es eines lebenden Beweises bedarf, wie wenig die Zweiteilung in Opfer und Täter zum Verständnis eines Falles taugt, dann ist es diese Frau. Carla denkt an jenen Sommerabend, der nur ein paar Monate zurückliegt. Als sie aus dem Inneren ihres Autos heraus Jamila zum ersten Mal sah und ihre namenlose Verzweiflung und Verletzlichkeit wahrnahm. Und der Entschluss, ihr zu helfen, so plötzlich und selbstverständlich in ihrem Kopf war, als hätte dort jemand einen Schalter umgelegt.

Jamila Chovka greift nach den Zigaretten auf dem Tisch und zündet sich eine an. »Wie geht es jetzt weiter? Was werden Sie tun?«

Carla löst ihren Blick von der Zigarettenschachtel und widersteht erneut der Versuchung. »Ich weiß es noch nicht. Ich muss mich mit ein paar Leuten beraten.«

»Wie lange wird das dauern?«

»Keine Ahnung. Wenn ich klarer sehe, rufe ich dich an.«

Die unangekündigte und ungefragte Änderung der Anrede löst bei Jamila Chovka ein kurzes verblüfftes Stirnrunzeln aus, und sie scheint zu spüren, dass sich an dem Verhältnis zwischen ihnen etwas geändert hat. Nachdenklich nickt sie.

Carla steht auf und will gehen, aber ihre Mandantin ist noch nicht fertig. »Wenn ich meine Kinder nicht zurückbekomme, kann ich auch zur Polizei gehen und alles gestehen. Oder meinetwegen kannst *du* mit dem Staatsanwalt sprechen. Willst du das? Ich habe die ganze Geschichte erfunden, weil ich meine Kinder retten und nicht im Gefängnis sein wollte, wenn sie nach Deutschland kommen. Jetzt ist mir scheißegal, wo mein Bett steht.«

»Mal langsam. Erstens weißt du nicht, warum die Entführer deiner Kinder ihr Wort nicht gehalten haben. Alles Mögliche kann passiert sein. Du kennst die Verhältnisse dort doch besser als ich. Vielleicht bekommst du morgen schon ein Lebenszeichen. Zweitens. *Ich* werde ganz sicher nicht mit der Staatsanwaltschaft sprechen, weil du nach wie vor meine Mandantin bist und es meine Pflicht ist, deine Interessen wahrzunehmen, und nicht, sie zu verraten. Und außerdem kannst du wegen der gleichen prozessualen Tat nicht ein zweites Mal vor Gericht gestellt werden. Es gilt der alte Rechtsgrundsatz *ne bis in idem,* was so viel heißt wie ›nicht zweimal in der gleichen Sache‹. Eine Doppelbestrafung ist in Deutschland verboten.«

Carla geht zur Tür und dreht sich noch einmal um. »Du tust erst einmal gar nichts und wartest, bis du von mir hörst. Ich will dir keine falschen Hoffnungen machen, aber vielleicht kenne ich jemanden, der möglicherweise herausfinden kann, was mit deinen Kindern geschehen ist. Wenn ich Erfolg haben sollte und diese Information beschaffen kann, gehst du aus freien Stücken zur Staatsanwaltschaft und legst ein Geständnis ab. Was dann geschieht, kann ich nicht genau vorhersehen, aber ich werde deine Verteidigung übernehmen, wenn der Fall neu aufgerollt wird. Unter einer

Bedingung: Wenn du mich noch einmal anlügst, lege ich das Mandat nieder und du musst allein klarkommen.«

»Das wird nicht passieren. Danke, Carla, ich danke dir.«

FÜNFUNDZWANZIG

Sie hat Ritchie gebeten, um 20 Uhr zu ihr zu kommen, und als er es sich auf der Couch bequem macht, schlurft Till Bischoff die Treppe hinunter und gesellt sich zu ihnen. Carla deutet auf die Weingläser auf dem Tisch: »Beaujolais oder Primitivo? Im Keller habe ich auch noch einen Weißburgunder.« Als beide die Köpfe schütteln, verzichtet sie ebenfalls und legt den Korkenzieher beiseite.

Bischoff hat seine Strickjacke aufgeknöpft, und Carla registriert, dass er seit Neuestem seine Cordhosen mit Hosenträgern fixiert, weil er so stark abgenommen hat. Sie muss dafür sorgen, dass er mehr isst. Vor allem, wenn sie selbst nicht zu Hause ist. Vielleicht kann sie einen Lieferdeal mit ihrem Lieblingsitaliener abschließen. Bischoff liebt die Antipasti von »Don Giovanni« genauso wie sie.

Der Alte bemerkt Carlas Blick und lächelt ein wenig unbehaglich. »Wenn du so schaust, rechne ich immer mit unangenehmen Neuigkeiten. Dann erzähl mal. Deine Mandantin ist also nicht die Person, die sie zu sein vorgibt. Rein praktisch gesehen, könnte dir das egal sein. Der Prozess ist gelaufen. Die wahre Identität einer Angeklagten festzustellen, ist Aufgabe der Ermittler und nicht deine. Aber, wie ich dich kenne, ist es dir *nicht* egal. Also bist du der Dame auf die Pelle gerückt, um sie mit deinen Erkenntnissen zu konfrontieren, und hast noch mehr Dinge erfahren, die dir nicht gefallen. Tja, und jetzt habe ich das Gefühl, dass du da etwas ausbrütest, das ich mir besser erst mal ohne Rotwein anhöre.«

»Okay«, sagt Carla. »Genieße es nüchtern und trink den Wein danach, um es zu verdauen. Du kannst auch einen Grappa haben.«

»So schlimm?«

»Schlimmer!« Carla beendet die Frotzelei und beginnt, von ihrem Besuch bei Jamila Chovka zu erzählen, die ihnen bis zu Ritchies Rechercheergebnis als Natascha Berling bekannt war. Sie berichtet vom Krieg in Tschetschenien, dem Attentat auf das Rockkonzert, dem Tod der echten Natascha Berling und wie Jamila Chovka sich mit deren Identität in Deutschland ein neues Leben aufgebaut hat. Und jetzt nach fast zwanzig Jahren von ihrer Vergangenheit eingeholt und gezwungen wurde, einen Mord zu begehen, um ihre Kinder zu retten. Als Carla erzählt, wie kaltblütig die Tat geplant, ausgeführt und als Notwehr inszeniert wurde, zeigen die Gesichter ihrer beiden Zuhörer einen beinahe identischen Ausdruck völliger Fassungslosigkeit.

Carlas Blick wandert von einem zum anderen. »So wie ihr habe ich auch geguckt, als ich kapiert habe, was sie getan hat. Und natürlich hat am lautesten meine verletzte Eitelkeit aufgeschrien. *Sie hat dich belogen und ausgenutzt! Skandal! Schweinerei!* Über den Quatsch bin ich hinweg. Es geht hier nicht um mich.«

Ritchie hustet und deutet auf die Weingläser. »Mit dem Beaujolais – gilt das noch?«

Carla holt den Wein, öffnet die Flasche und füllt die drei Gläser.

Ritchie nimmt eines, inhaliert genüsslich das Bukett und blickt in die Runde. »*How to get away with murder.* Meine Lieblingsserie. Da geht es ganz unverhohlen darum, wie man das amerikanische Rechtssystem als *Mittel* für jede nur erdenkliche Schweinerei benutzen kann. Ich glaube, deine Mandantin hat alle Staffeln gesehen. Sie hat dich komplett verarscht.«

»Da wäre ich jetzt nicht draufgekommen«, sagt Carla, kühler als beabsichtigt.

Bischoff lässt seinen Blick zwischen ihnen hin und her gleiten. »Tut mir leid, Liebes, aber er hat recht. Was willst du jetzt tun?«

»Was *soll* ich, eurer Meinung nach, tun?«

Bischoff schüttelt nachdenklich den Kopf und zuckt dann mit den Achseln. »Eine wirklich schwierige Frage. Man hat der Frau eine mörderische Entscheidung aufgezwungen, bei der es kein richtig oder falsch gibt.«

»Besser hätte ich es nicht sagen können.« Carla setzt ihr Weinglas an und trinkt einen großen Schluck. »Sie hat eine Entscheidung getroffen: *Für* ihre Kinder, die sie in die Welt gesetzt hat und abgöttisch liebt, und *gegen* einen Mann, den sie nicht kannte und der ihr nichts bedeutete. Mit den Konsequenzen dieser Entscheidung muss sie leben, aber das ist ihr völlig klar.«

»Wie werden diese Konsequenzen denn aussehen?«, fragt Ritchie. Carla glaubt, einen dezent spöttischen Unterton herauszuhören, aber vielleicht ist das auch Einbildung. »Als ihre Anwältin unterliegst du der Schweigepflicht. Und diese Schweigepflicht erlischt auch nicht, wenn du die Mandantschaft beendest. So oder so – nichts von dem, was Jamila dir offenbart hat, dürftest du weitergeben. Streng genommen hättest du es noch nicht einmal in dieser Runde erzählen dürfen.«

»Okay«, mischt sich Bischoff ein. »Das weiß sie doch alles. Auch, dass die Chovka wegen des gleichen Tötungsdeliktes nicht ohne Weiteres ein zweites Mal angeklagt werden kann.« Er blickt Carla direkt in die Augen. »Sag uns, was du eh schon beschlossen hast. Was, zum Teufel, wirst du tun?«

Carla zögert nur kurz. »Den Punkt mit der gekränkten Eitelkeit habe ich abgehakt. Von meinen Pflichten als Strafverteidigerin her gesehen ist es übrigens so, dass ich auch bei Kenntnis der wirklichen Motive und des Tatablaufes hätte prüfen müssen, ob es eine Möglichkeit gibt, die Tat als Notwehr darzustellen. Es gibt jede Menge Kollegen von mir, die gar nicht wissen wollen, ob ihre Mandanten unschuldig sind oder was sie wirklich getan haben, sondern sich ausschließlich darauf konzentrieren, was die Staatsanwaltschaft beweisen kann oder nicht. Aber um den ganzen juristischen Kram geht es gar nicht mehr. Ich empfinde Sympathie für Jamila Chovka. Sie tut mir leid, und ich mag sie. Mehr, als ihr euch vermutlich vorstellen könnt. Das ist der zentrale Punkt, den ich euch mitteilen wollte – und die Entscheidung, die damit verknüpft ist. Ich werde mich *nicht* zurückziehen, sondern versuchen herauszufinden, was mit ihren Kindern geschehen ist. Wenn mir das gelingt, entbindet sie mich von der Schweigepflicht. Wir gehen zur Staatsanwaltschaft und machen reinen Tisch.«

»Mmhh«, sagt Ritchie, und es klingt so, dass Carla es nicht einfach durchgehen lässt.

»Mmhh bedeutet *was*?«

»Du weißt, dass meine juristischen Kenntnisse bescheiden sind – im Vergleich zu denen einer Anwältin sowieso. Aber eines weiß ich doch: Du bist als Strafverteidigerin bei allem Engagement ein Organ der Rechtspflege, wie es so schön heißt. Das bedeutet, dass die persönliche Verbundenheit zu deiner Mandantin eine gewisse Grenze nicht überschreiten darf. Für Jamila Chovka gab es im Strafverfahren keine Wahrheitspflicht. Als Angeklagte durfte sie lügen, so viel sie wollte. Für dich gilt das nicht. Du darfst zwar schweigen oder verschweigen, aber lügen darfst du nicht. Hast du diese rote Linie im Auge?«

»Ich gebe mir Mühe.«

SECHSUNDZWANZIG

Als Ritchie eine halbe Stunde später das Haus verlässt, zieht sich auch Bischoff in sein Zimmer zurück. Carla bleibt auf der Couch sitzen und genehmigt sich noch einen Schluck von dem Beaujolais. Dann schließt sie die Augen und denkt über den nächsten Schritt nach. Sie muss zu einem Entschluss kommen. *Möglicherweise kenne ich jemanden, der herausfinden kann, was mit deinen Kindern geschehen ist.* Das hat sie zu Jamila gesagt, und es war keine Prahlerei. Die Wahrscheinlichkeit mag nicht sehr groß sein, aber die *Möglichkeit* besteht.

Der Gedanke ist ihr gekommen, als Jamila Chovka erwähnte, dass sehr viele Islamisten im zweiten Tschetschenienkrieg gekämpft haben und es offenbar einen regen Austausch zwischen dem Nahen Osten und der Kaukasusrepublik gab. Carla hat nach dem Gespräch mit ihrer Mandantin mithilfe des Internets ihre Geschichtskenntnisse ein wenig aufgefrischt und ohne Mühe herausgefunden, dass Wahhabiten wie Ibn al-Chattab, Abu l-Walid al-Ghamidi und andere entschlossen waren, in Tschetschenien die Scharia einzuführen, und dafür jede Menge Unterstützung aus Saudi-Arabien und anderen Staaten der Golfregion erhielten.

Und sie weiß, dass es in Deutschland eine große Anzahl Exil-Tschetschenen gibt, von denen in den Großstädten nicht wenige regelmäßig mit dem Gesetz in Konflikt kommen.

Kann es sein, dass der Mann, dessen Bild ihr seit dem frühen Abend im Kopf herumspukt, mit Leuten aus dieser Szene in Verbindung steht? Oder zumindest etwas herausfinden kann? Carlas

Erinnerung an Asan Ekincis ist sehr lebendig. Er ist das, was die deutschen Medien einen arabischen Clan-Chef nennen, obwohl er genau genommen Kurde ist. Ekincis wurde in Anatolien geboren, wuchs im Libanon auf und ist seit knapp vier Jahrzehnten im Ruhrgebiet ansässig. Mit seinen unrasierten grauen Wangen und dem bis oben zugeknöpften karierten Hemd wirkt er äußerlich immer noch wie ein bescheidener Bauer, aber der Eindruck täuscht. Ihr ehemaliger Anwaltskollege Daniel Wegener, der damals den Kontakt herstellte, hat daran keinen Zweifel gelassen. *Das meiste, was über arabische Clans erzählt wird, trifft auch auf ihn zu, nur dass er nicht so auf dicke Hose macht wie andere Familienoberhäupter. Aber auch er verachtet die Gesetze dieses Landes und denkt, dass sie für ihn nicht gelten.*

Vor fünf Jahren hat Carla Ekincis vor einer Haftstrafe bewahrt und dafür ein fürstliches Erfolgshonorar kassiert, aber das war nur Geld, das in den Augen des Alten letztlich nicht zählte. *Sie haben weit mehr getan, als Sie hätten tun müssen,* hat er beim Abschied zu Carla gesagt. *Dafür schulde ich Ihnen Dank. Wenn der Tag gekommen ist, diese Schuld zu begleichen, rufen Sie mich an.* Im letzten Jahr hat Carla ihn beim Wort genommen, und er hat es gehalten.

Würde er ihr ein zweites Mal helfen? Er würde es vermutlich zumindest versuchen, aber die Sache hat einen gewaltigen Haken. Asan Ekincis ist ein Mann von Ehre, klug, besonnen und ausgesprochen gefährlich. Daniel Wegener hat auch das gut auf den Punkt gebracht. *Er kann extrem rücksichtslos sein, und selbst die Albaner gehen ihm aus dem Weg. Aber er ist kein Psycho. Oft ist er großzügig, manchmal überraschend freundlich. Man kann ihn ohne Weiteres um etwas bitten, aber man sollte sich vorher gut überlegen, ob man ihm wirklich etwas schulden möchte.* Und das ist der springende Punkt. Im letzten Jahr stand der alte Mann in Carlas Schuld, aber jetzt ist die Bilanz ausgeglichen. Wenn sie ihn noch einmal um Hilfe bittet, wird sie irgendwann eine Rechnung präsentiert bekommen.

Carla starrt auf das Display ihres Handys und die Liste mit

den Telefonkontakten, die von Ekincis' Tochter Aleyna angeführt wird. Eine sympathische und kluge Frau, mit der Carla sich im letzten Jahr angefreundet hat. Sie haben seither in unregelmäßigen Abständen telefoniert und versucht, den Kontakt nicht abreißen zu lassen. Wenn Carla mit Ekincis sprechen will, muss das über Aleyna laufen.

Was könnte er als Gegenleistung wollen? Mit Sicherheit etwas, das mit ihrem Beruf zu tun hat. Eine Bemerkung, die Mathilde vor einem Jahr beiläufig fallenließ, schießt ihr durch den Kopf. *Hat das türkische Konsulat nicht damals gegenüber den Medien behauptet, Sie seien so etwas wie die Hausanwältin der kriminellen Kurdenclans im Ruhrgebiet?* Das war sie definitiv nicht, aber was, wenn Ekincis genau das einfordern würde?

Der Preis wäre zu hoch und würde das Ende ihrer bürgerlichen Berufslaufbahn und Unabhängigkeit bedeuten. Ein vergoldetes Ende zwar, mit Porsche und Haus am Gardasee, aber eines, das gegen alle moralischen Prinzipien verstoßen würde, die sie sich in den Jahren ihrer Tätigkeit als Strafverteidigerin bewahrt hat.

Wie stark ist ihr Drang, Jamila Chovka zu helfen? Einer ehemaligen Terroristin, die in Moskau nur deshalb niemanden umgebracht hat, weil sie im entscheidenden Moment die Nerven verlor, und zwanzig Jahre später aus Liebe zu ihren Kindern zur Mörderin wurde.

Und der sie bereits zu einem Freispruch verholfen hat. Hat sie nicht schon genug getan für diese Frau?

Die Grübelei ist sinnlos. Diese Fragen lassen sich nur beantworten, wenn sie mit Asan Ekincis gesprochen hat und der tatsächlich eine Möglichkeit sieht, ihr zu helfen. Und offen ausspricht, was er dafür haben will.

Carla greift nach ihrem Handy und wählt Aleynas Nummer. Trotz der späten Stunde ist sie nach dem dritten Klingeln am Telefon.

»Hallo, meine Liebe, was für eine schöne Überraschung. Wie geht es dir?«

Aleyna ist in Deutschland geboren und aufgewachsen, aber das heißt nicht, dass sie auf die in ihrer Familie üblichen Umgangsformen und die jedem Gespräch vorausgehenden Höflichkeitsfloskeln verzichtet. Also beantwortet Carla bereitwillig Fragen nach Gesundheit, geschäftlichem Erfolg und ihrer Beziehung zu Moritz und stellt entsprechende Gegenfragen, bevor sie auf den Grund ihres Anrufes zusteuert.

»Ich habe ein Problem, bei dem ich auf die Hilfe deines Vaters gehofft habe. Kannst du ihn fragen, ob er bereit wäre, mit mir zu reden?«

Aleynas Antwort lässt ein paar Sekunden auf sich warten. Als sie zu sprechen beginnt, klingt ihre Stimme traurig und resigniert. »Das wird nicht möglich sein. Mein Vater ist sehr krank. Lungenkrebs. Weit fortgeschritten und inoperabel. Er spricht mit niemandem mehr.«

Carla umklammert ihr Telefon und flucht lautlos vor sich hin. Die Nachricht trifft sie wie ein Schlag, den sie nicht mal ansatzweise hat kommen sehen. Sie hat letztes Jahr zwar registriert, dass Ekincis für einen Sechzigjährigen alt und nicht gesund aussah, aber niemals hätte sie mit einer derart niederschmetternden Diagnose gerechnet.

»Drei Monate«, sagt Aleyna. »Vielleicht vier. Falls du das fragen wolltest.«

»Es tut mir sehr leid. Ich weiß einfach nicht, was ich sagen soll. Gibt es eine Möglichkeit, sich zu verabschieden?«

Aleyna schweigt und scheint nachzudenken. »Ich werde ihn fragen«, sagt sie schließlich. »Vielleicht macht er bei dir eine Ausnahme. Er respektiert dich auf eine besondere Weise. Weißt du, was er nach dem Prozess damals zu mir gesagt hat? *Diese Anwältin aus Frankfurt und deine Mutter sind die einzigen Frauen auf der Welt, mit denen ich mich auf gar keinen Fall anlegen werde.*«

Carla lächelt sparsam und hofft, Aleynas Mutter bei Gelegenheit kennenzulernen.

»Ich rufe dich in dreißig Minuten zurück«, sagt Aleyna und legt auf.

Carla wirft das Handy aufs Sofa und wischt ihre feuchte Hand an der Jeans ab. Wie stehen die Chancen, dass Ekincis seine Meinung ändert? Sie weiß, dass er sie schätzt, aber vielleicht hat er längst mit allem abgeschlossen und möchte einfach nicht mehr behelligt werden. Und natürlich braucht sie nicht nur seine Bereitschaft, ihr zu helfen, sondern er muss auch die Mittel und Möglichkeiten dazu haben. Anzunehmen, dass er irgendeine Verbindung nach Tschetschenien herstellen könnte, ist schon mehr als verwegen gewesen. Egal! Sie hat es versucht, und wenn der Alte Nein sagt oder einen inakzeptablen Preis verlangt, muss sie diesen Plan verwerfen und ... ja, was? Sie hat keinen Plan B für Jamila Chovka und deren Kinder.

Unweigerlich schweifen Carlas Gedanken zu dem Mann, dessen Kinder sie einst hätte bekommen wollen. Ein Lügner, Schmuggler und Mörder, der dennoch, ohne zu zögern, all seine eigenen Pläne über Bord geworfen hat, um ihr Leben zu retten. In den letzten Monaten hat Carla häufiger an ihn gedacht, als ihr guttat. Felix hätte diese Kinder gefunden und aus dem Kaukasus herausgebracht. Mit Geld, List und notfalls mit Gewalt.

Verärgert schüttelt Carla den Kopf. Felix ist tot.

Als ihr Telefon sich meldet, ist sie nach den ersten zwei Takten dran.

»Du hast Glück«, sagt Aleyna ganz ohne Vorgeplänkel. »Er will dich sehen. Möglichst bald, hat er gesagt. Wann kommst du?«

»Ich kann morgen Mittag in Duisburg sein. Holst du mich am Bahnhof ab?«

»Das werde ich müssen. Wo wir dieses Mal hinfahren, errätst du nie.«

Carla legt auf und streckt sich. Sie ist müde, aber entschlossen, auf Moritz zu warten, der versprochen hat, um spätestens 22 Uhr bei ihr zu sein. Sie muss ihm von Jamila erzählen und von ihrer

Verabredung mit Ekincis, und sie weiß, dass ihm nichts davon gefallen wird.

Ein leises Schellen an der Haustür reißt sie aus ihren Gedanken. Moritz ist tatsächlich pünktlich. Er hat eine besonders unaufdringliche Art, die Klingeltaste zu betätigen, nur einmal und mit wenig Druck. Carla geht zur Haustür und öffnet sie. Moritz strahlt sie an wie ein Schuljunge, und Carla fragt sich, ob es an den vielen Arztserien im Fernsehen liegt, dass total übermüdete Mediziner so attraktiv rüberkommen. Wie immer ist sie überwältigt von dem warmen Gefühl, das sie durchströmt, wenn sie ihn wiedersieht.

Moritz nimmt sie in den Arm und küsst sie. Carla erwidert den Kuss, nimmt ihm den Mantel ab, zieht ihn an der Hand ins Haus und bugsiert ihn entschlossen zum Sofa.

»Setz dich, ich muss mit dir reden.« Sie gießt ihm ein Glas Wein ein und bemerkt seinen irritierten Gesichtsausdruck. »Entschuldige, dass ich dich so überfalle. Aber ich muss dir etwas erzählen, und das kann nicht warten.«

Moritz nimmt einen Schluck von dem Wein und nickt. »Setz dich neben mich und schieß los.«

Carla hockt sich ebenfalls auf die Couch, und dann bricht die ganze Geschichte aus ihr heraus. »Ich habe heute Nachmittag erfahren, dass ich einen Freispruch für eine Mörderin erwirkt habe.«

»Wie bitte?« Moritz sieht völlig perplex aus.

Detailliert schildert Carla ihm, wie Natascha Berling Ahmad Abbas ermordete, um das Leben ihrer Kinder zu retten, diesen Mord als Notwehr in Szene setzte und wie der Plan am Ende gescheitert ist. »Die Entführer haben sie betrogen, sie hat ihre Kinder nicht zurückbekommen und ist jetzt restlos verzweifelt.«

Moritz schüttelt den Kopf und leert sein Weinglas in einem Zug. »Das ist die verrückteste Geschichte, die ich jemals gehört habe.«

»Ja. Aber sie ist meine Mandantin, und ich muss ihr helfen.«

»Auf gar keinen Fall! Leg das Mandat nieder und halt dich fern von ihr«, sagt Moritz entschieden. »Die Frau ist absolut toxisch.

Eine ehemalige Terroristin, die ihre Interessen mit allen Mitteln durchsetzt. Sie hat dich angelogen, manipuliert und benutzt. Genauso wie sie sich Abbas' Vertrauen erschlichen hat, um sein Leben gegen das ihrer Kinder einzutauschen.«

Carla verzieht das Gesicht. »Das Leben der eigenen Kinder zu retten ist schon ein sehr nachvollziehbarer Fall von *Interessen durchsetzen*, oder? Zu was wärest du denn bereit, wenn es um Florians Leben ginge? Die Antwort lautet doch wohl: Zu allem! Und du bist noch nicht einmal eine Mutter.«

»Das ist verdammt unfair.«

»Findest du? Denk mal an all die romantischen Phrasen, die gedroschen werden, um die Größe der Liebe zu bebildern: Ich würde mein Leben für dich geben, so sehr liebe ich dich. Vielleicht ist ja die Umkehrung der ultimative Beweis: Ich liebe dich so sehr, dass ich für dich töten würde!«

»Du hast irgendwie Verständnis für diese Frau, stimmts'?«

»Mehr als das. Ich mag sie. Sie tut mir leid, und ich respektiere ihren Mut, ihre Entschlossenheit und die Liebe zu ihren Kindern. Ich werde einen Versuch unternehmen, etwas über den Verbleib dieser Kinder herauszufinden.«

»Von Deutschland aus?«

»Ich fahre morgen ins Ruhrgebiet, um Asan Ekincis zu treffen. Ich habe dir von ihm erzählt. Er ist sterbenskrank, aber möglicherweise kann er mir helfen.«

Moritz macht ein ausgesprochen unglückliches Gesicht. »Gibt es eine Möglichkeit, dir das auszureden?«

Carla schüttelt stumm den Kopf.

»Hast du mal überlegt, was er dafür verlangen könnte, wenn er dir einen Gefallen tut?«

»Das ist der heikle Punkt, über den ich schon den halben Abend nachdenke. Ich weiß es nicht!«

Beide schweigen. Die unbehagliche Stille steht wie eine Wand zwischen ihnen.

Dann beschließt Carla, das Eis zu brechen. »Meinst du, ich sollte Hausanwältin eines Kurdenclans im Ruhrgebiet werden?«

Moritz sieht ihr Lächeln, begreift, dass die Frage nicht ernst gemeint ist, und geht darauf ein. »Wie wäre denn die Gage?«

»Üppig.«

»So üppig, dass *ich* mich zur Ruhe setzen könnte?«

Carla boxt ihn unsanft in die Rippen. »Es geht hier ausnahmsweise mal nicht um dich.«

Moritz streckt den Arm aus und zieht sie zu sich heran. »Tutto bene, Consigliera, tutto bene!«

»Möchtest du noch etwas trinken?«

Moritz schüttelt den Kopf und küsst sie. »Ich möchte gern in dein Bett. Wenn es geht, mit dir.«

SIEBENUNDZWANZIG

Als Carla am nächsten Tag um die Mittagszeit aus dem Zug steigt, sieht sie Aleyna schon von Weitem winken. Der Himmel hat sich verdunkelt, und ein jäh einsetzender frühherbstlicher Regenguss durchnässt sie bis auf die Haut, noch bevor sie in Aleynas kleinen BMW schlüpfen kann.

Die Begrüßung fällt kurz und herzlich aus. »Schön, dich zu sehen. Gedrückt und geküsst wird, wenn du wieder trocken bist.«

Carla lacht. »Fahr los!«

Der prasselnde Regen macht den Scheibenwischern mächtig zu schaffen, und Aleyna muss sich so sehr auf den Verkehr konzentrieren, dass Carla sich nicht traut, sie anzusprechen. Als der Regen nachlässt und die Sicht besser wird, haben sie die Innenstadt bereits verlassen.

»Wohin fahren wir?«

»Nach Essen.«

Déjà-vu, denkt Carla. Es ist eine Situation, die sich im letzten Jahr beinahe genau so abgespielt hat. Als Aleyna sie damals am Bahnhof abholte und mit ihr in einen heruntergekommenen Stadtteil Duisburgs fuhr, um den großen Clan-Chef zu treffen, der eine Audienz gewährte. Nur, dass die heute offenbar woanders stattfindet.

»Wohin in Essen?«

»Bredeney.«

»Wow«, sagt Carla. Sie hat schon gehört von Essen-Bredeney, das den maximalen Kontrast zu Duisburg-Marxloh darstellt. Während Marxloh für den Niedergang einer ganzen Region steht, repräsentiert Bredeney das alte Geld, das seit jeher im Ruhrgebiet zu Hause gewesen ist. Geschichtsträchtige Prunkbauten und luxuriöse Villen auf parkähnlichen Grundstücken in wunderschöner Landschaft. Definitiv die teuerste Gegend des Ruhrgebiets. Wenn die Familie Ekincis es geschafft hat, hier eine Immobilie zu erwerben, dann hat sie es tatsächlich weit gebracht.

Nach etwa vierzig Minuten erreichen sie den aufgeräumten und schicken Stadtteil im Süden Essens. Der Regen hat aufgehört, und zaghafte Sonnenstrahlen erhellen blitzsaubere Straßen und gediegene Fassaden.

»Es ist schön hier«, sagt Aleyna, lässt auf der Beifahrerseite das Fenster herunter und deutet ins Freie. »Bredeney hat alles, was man sich nur wünschen kann. Gehobene Gastronomie, Kindergärten, Schulen und fabelhafte Geschäfte. Dazu die Nähe zum Baldeneysee und eine optimale Verkehrsanbindung an die Essener Innenstadt. Ich bin froh, dass mein Vater sich für diesen Ort entschieden hat.« Aleyna nimmt den Fuß vom Gas und bummelt vorschriftsmäßig durch die Tempo-30-Zone. »Ursprünglich wollte er zum Sterben in sein Heimatdorf zurückkehren.«

»Nach Rashdiye in der Provinz Mardin?«

Aleyna dreht überrascht den Kopf. »Das weißt du?«

»Dein Vater hat es mir erzählt.«

»Danke, dass du es dir gemerkt hast. Ich glaube, es gab zwei Gründe, die für Bredeney sprachen: Erstens, mein Vater traut den türkischen Ärzten nicht, und zweitens, hier hinzuziehen war die Krönung seines Lebenswerkes. Der ultimative Beweis, dass er es geschafft hat.«

Carla lacht. »Der demonstrative Mittelfinger-Gruß an den Geldadel des Ruhrgebiets und die Polizei gleich mit.«

»Du kannst ja richtig poetisch sein.«

»Und ob. Du solltest mich mal nach dem zweiten Cognac hören.«

»Später, Schatz! Das kommt später.« Aleyna wird langsamer,

biegt durch ein Tor in einen kleinen Park ab und hält vor einer strahlend schönen Jugendstil-Villa, die sie mit entsprechender Gebärde präsentiert. »Voilà! Leider nicht unser Eigentum, dazu hat's dann doch nicht gereicht, aber ich habe einen Mietvertrag über fünf Jahre. Zwei Stockwerke, vierundzwanzig Zimmer, drei Bäder und ein unverbaubarer Blick auf den See. Nicht schlecht, oder?«

»Nein. Wem gehört die Hütte?«

»Einem der Dax-Konzerne, die in Essen ihren Sitz haben. Sie lassen ihre Spitzenmanager in solchen Objekten wohnen. Reine Glückssache, dass ich den Mietvertrag bekommen habe. Na gut, ein bisschen Schmiergeld war auch im Spiel. Offizieller Mieter ist eine Strohfirma, die ich extra dafür gegründet habe. Sie betreibt hier ein Tagungs- und Bildungszentrum, das sich auf hyperexklusive und extrem teure Managerschulungen spezialisiert hat. Eine einfache Sache. Leute, die meinem Vater Geld schulden, schicken ihre Mitarbeiter und Familienmitglieder zu den Schulungen und überweisen die horrenden Kursgebühren an das Institut. Ab und zu fliege ich ein paar Dozenten von der London School of Economics ein, bezahle die Herrschaften anständig und gebe eine tadellose Steuererklärung ab. Und ein paar der Räume nutzt mein Vater eben privat.«

»Er verbringt also den Rest seines Lebens in einer Geldwaschanlage.«

»Hätte schlimmer kommen können«, sagt Aleyna. »Lass uns reingehen.«

ACHTUNDZWANZIG

Ein junger Mann, schwarzbärtig und muskulös, öffnet die Tür. Er hat sein üppiges Haar zu einem straffen Zopf nach hinten gebunden und trägt eine dunkle Nerdbrille, was ihn wie einen Studenten aussehen lässt, aber Carla ist sicher, dass sie einen ziemlich effektiven Bodyguard vor sich hat. Er begrüßt sie respektvoll, lächelt Aleyna zu und zeigt mit dem Finger die Treppe hinauf. »Ihr Vater ist wach und wartet auf Sie.«

»Wie viele Menschen wohnen hier?«, fragt Carla Aleyna.

»Meine Eltern mit einem meiner Brüder, eine Köchin und ein Krankenpfleger. Zwei Leibwächter. Auch ich habe ein Zimmer, das ich aber nur dreimal in der Woche nutze.« Sie deutet in den Flur hinein. »Das zweite rechts. Du kannst dich da umziehen.«

Carla folgt dem Fingerzeig, schlüpft schnell in trockene Sachen, und dann steigen beide die Treppe hinauf, die in den ersten Stock führt. Aleyna geht voran und öffnet auf dem oberen Flur eine Tür, die in einen großen, lichtdurchfluteten Raum führt. Der Fußboden ist von Teppichen bedeckt, in einer Ecke befindet sich eine Sitzgruppe aus Leder, in einer anderen ein Esstisch mit vier Stühlen. Eine riesige Panoramascheibe gibt einen phantastischen Blick auf den Baldeneysee frei, und mitten im Zimmer steht ein voluminöser, in alle Richtungen und Höhen verstellbarer Fernsehsessel. In ihm liegt Asan Ekincis. Er ist vollständig angekleidet und ausnahmsweise glattrasiert. Seit dem letzten Jahr hat er so stark abgenommen, dass er in dem großen Möbelstück beinahe zu verschwinden droht. Neben dem Sessel steht ein Beatmungsgerät, von dem aus ein zweigeteilter Schlauch Sauerstoff in beide Nasenlöcher leitet. Als der alte Mann Carla und seine Tochter sieht, betätigt er einen Knopf an der Armstütze und richtet die Rückenlehne auf.

»Merhaba«, sagt er leise. »Wie schön, euch zu sehen.« Er deutet mit dem Finger auf die Essecke. »Nehmt euch zwei Stühle und setzt euch zu mir.«

Als die beiden Frauen Platz nehmen, klopft es leise an der Tür, und die Köchin bringt Tee und Süßigkeiten. *Same procedure as last year,* denkt Carla, aber so ganz stimmt das nicht. Vielleicht liegt es an der verrinnenden Lebenszeit, dass Asan Ekincis es bei wenigen Sätzen höflichem Smalltalk bewenden lässt und überraschend schnell zur Sache kommt. »Meine Tochter sagte mir am Telefon, dass Sie Hilfe brauchen.«

»Ich habe ein Problem, das ich allein nicht lösen kann«, sagt Carla und nippt mit großer Vorsicht an dem brühend heißen Tee. »Als ich darüber nachgedacht habe, wen ich um Hilfe bitten könnte, sind nur Sie mir eingefallen.«

Ekincis nickt.

»Darf ich Ihnen die ganze Geschichte erzählen?«

»So viel Zeit habe ich noch.« Der alte Mann schaut sie unverwandt an und lächelt nicht.

Carla überlegt, wie sie anfangen soll. Dann beginnt sie mit dem Abend, als sie Jamila Chovka zum ersten Mal traf, berichtet von dem toten Abbas, der fingierten Notwehrsituation, dem Prozess und dem Freispruch und endet schließlich mit Jamilas Geständnis, Abbas in voller Absicht getötet zu haben, um ihre Kinder zu retten.

Ekincis runzelt die Stirn. »Aber sie hat ihre Kinder nicht zurückbekommen.«

»Woher wissen …?«

»Weil Sie sonst nicht hier säßen. Wenn die Kinder in Deutschland wären, gäbe es höchstens noch *juristische* Probleme, mit denen Sie fertigwerden müssten. Dafür brauchen Sie mich nicht.«

»Das ist richtig. Ich brauche Sie für Dinge, die ich *nicht* tun kann.«

»Im letzten Jahr haben Sie gesagt, wir seien quitt.«

»Das ist auch so. Ich würde mich in Ihre Schuld begeben.«

»Für diese Frau?«

»Sie ist ein Opfer. Das russische Regime, ihre tschetschenischen Landsleute, die Entführer ihrer Kinder ... alle haben sie so lange drangsaliert und erpresst, bis sie eine Verzweiflungstat begangen hat. Sie tut mir leid, und ich bewundere sie. Ihren Mut, ihre Zähigkeit, die absolute Kompromisslosigkeit, wenn es um ihre Familie geht. Das hat meinen Respekt verdient. Was meinen Sie? Wer könnte helfen, die Kinder zu finden?«

»Ich weiß es nicht.« Ekincis' Blick wandert zu seiner Tochter.

»Jemand in Berlin vielleicht«, sagt Aleyna.

Ihr Vater zieht die Augenbrauen hoch und denkt eine Weile nach.

»In Berlin leben weit mehr als zehntausend Tschetschenen«, setzt Aleyna hinzu. »Besonders viele Chorknaben sind nicht dabei. Kennst du nicht jemanden, der uns einen Gefallen tun würde?«

Ekincis funkelt seine Tochter aus tiefliegenden Augen an. »*Uns*? Wen meinst du mit *uns*? Möchtest du für meine Schulden geradestehen, wenn ich nicht mehr da bin?«

»Hast du bei all deinen Geschäften jemals angenommen, dass ich das *nicht* tun müsste, wenn etwas schiefgeht?«

Der Alte schweigt und kaut eine Weile an dem Satz herum.

»Ja, Berlin«, sagt er schließlich. »Ich kenne dort niemanden, der mir etwas schuldet. Nicht bei den Tschetschenen. Aber es gibt einen Mann, der mir einen Gefallen tun würde, um zu erreichen, dass *ich* in seiner Schuld stehe.«

»Ruf ihn an und frage ihn, was er für eine Gefälligkeit verlangt.«

»Um was genau soll ich ihn bitten?«

Aleyna sieht fragend zu Carla hinüber, und die überlegt fieberhaft, was sie tun soll. Die Situation, vor der sie sich gefürchtet hat, ist eingetreten. Es sind lauter Blankoschecks, die hier ausgestellt werden. Sie weiß nicht, was Asan Ekincis von ihr verlangen wird, und der weiß nicht, was der tschetschenische Gangster in Berlin fordern könnte. Aber ihm ist klar, dass seine Tochter diesen Preis zahlen muss, wenn er tot ist. Und er weiß, dass sie das ebenfalls weiß.

Aleyna nickt ihr entschlossen zu. Also wendet Carla sich wieder an Ekincis und beschließt, das Risiko einzugehen.

»Fragen Sie ihn bitte, ob er in Tschetschenien jemanden damit beauftragen kann, in dem Ort Kurtschaloi im Nordkaukasus Erkundigungen einzuziehen, was aus den Kindern von Jamila Chovka geworden ist. Eldar und Madina, heute achtzehn und neunzehn Jahre alt. Jamila Chovka selbst ist in Kurtschaloi geboren und aufgewachsen. Später ging sie nach Grosny zum Studieren und ließ die Kinder bei ihren Eltern. Für zuverlässige Informationen über deren Aufenthaltsort zahle ich zweitausend Euro Finderlohn.«

Der alte Mann nickt und wirkt jetzt sehr erschöpft. Er drückt noch einmal den Knopf an der Armstütze und bringt sich in eine liegende Position. »Ich muss mich ausruhen. Aleyna, komm du in einer Stunde wieder. Dann telefonieren wir.«

Ekincis' Tochter nickt und winkt Carla, ihr zu folgen. »Lass uns einen Kaffee trinken.«

Gemeinsam gehen sie hinunter in die Küche, und Carla schaut Aleyna bei dem Versuch zu, einem ultrakomplizierten Hochglanzautomaten zwei kleine Tassen Kaffee zu entlocken.

»Wie stehen die Chancen, dass der Mann, den dein Vater anrufen will, etwas ausrichten kann?«, fragt Carla, als sie nach einigem Hin und Her mit zwei – zugegeben leckeren – Espressi am Küchentisch Platz nehmen.

Aleyna zuckt mit den Schultern. »Ich habe so eine Ahnung, an wen mein Vater denkt. Er heißt Bulat Terloy. Niemand, dem du begegnen möchtest, aber ich glaube schon, dass er in seiner Heimat einigen Einfluss hat. Wenn mein Vater es schafft, ihn entsprechend zu motivieren ... Das Problem ist, dass die tschetschenischen Banden in Berlin mit den arabischen Familien in einem heftigen Clinch liegen. Noch vor ein paar Jahren waren sie nur so etwas wie kriminelle Dienstleister. Sie wurden angeheuert, wenn man Bodyguards, Türsteher oder Geldeintreiber brauchte. Mittlerweile beanspruchen sie einen großen Teil vom Kuchen im Drogenhandel, und es herrscht regelrecht Krieg. Kann sein, dass er meinen Vater aus diesem Grund abblitzen lässt.«

»Ich bin deinem Vater dankbar, dass er *mich* nicht gleich hat abblitzen lassen. Ehrlich gesagt habe ich damit gerechnet.«

»Er hat dich sehr gern. Und du musst dir auch keine Sorgen machen, dass er etwas Unmögliches von dir als Gegenleistung verlangt. Oder dass ich das tun könnte, wenn er nicht mehr da ist.«

»Hat man mir diese Sorge angesehen?«

»Ja, und sie ist unbegründet. Ich brauche keine *Consigliera*, sondern eine Freundin. Wenn ich allerdings beides bekommen könnte, würde ich auch nicht Nein sagen.«

Carla lacht auf. »Alles klar. Mal angenommen, der Tschetschene spielt mit, was könnte er fordern? Oder vielleicht besser, was könnte man ihm anbieten?«

»Das lass mal unsere Sorge sein. Was auch immer es ist, mein Vater wird darauf bestehen, dass es gleich ausgesprochen und die Schuld, wenn möglich, noch zu seinen Lebzeiten beglichen wird. Er will nicht, dass ich damit belastet werde.«

»Du wirst seine Nachfolgerin? Was ist mit deinen Brüdern?«

»Er hat mich dazu bestimmt. Und ich habe schon einen Plan, wie ich in fünf Jahren das gesamte Familiengeschäft in die Legalität überführen kann. Wenn das geschafft ist, machen wir dir ein Angebot. Eines, das du nicht ablehnen solltest. Ich zähle auf dich.«

Carla versucht, sich die Erleichterung nicht anmerken zu lassen. In fünf Jahren kann viel passieren. Sie leert die Espressotasse und streckt sie Aleyna entgegen. »Kannst du davon noch mehr herstellen? Eine mittelgroße Kanne vielleicht?«

Während sie zuschaut, wie Aleyna sich mit dem Kaffeeautomaten abmüht, empfängt Carlas Handy eine SMS von Rossmüller. *Rufen Sie mich bitte an. Es ist wichtig.*

Aleyna wirft ihr einen fragenden Blick zu.

»Die Kripo will mich sprechen. Wenn du gleich zu deinem Vater hochgehst, rufe ich in Frankfurt an.«

Aleyna nickt. »Wenn es sich bei dem Tschetschenen um den Mann handelt, den ich meine, erreiche ich ihn vielleicht in seinem Club in Berlin-Mitte. Kann auch sein, dass mein Vater seine Handynummer hat. Er wird nur ein paar Sätze mit ihm wechseln und meinen Besuch ankündigen. Dann fahre ich nach Berlin und rede persönlich mit ihm. Wenn er einwilligt, schreibe ich dir.«

»Danke«, sagt Carla.

Es klopft, und ein Mann in Krankenpflegerkleidung streckt den Kopf durch die Tür. »Er ist wach und bittet seine Tochter, zu ihm hochzukommen. Und ich habe auch eine Bitte: Regen Sie ihn nicht auf. Sein Blutdruck ist nicht gut.«

Als Aleyna ihm folgt, wählt Carla Rossmüllers Nummer.

»Wo sind Sie gerade?«, fragt er zur Begrüßung.

»In Essen.«

»Sie kommen ganz schön rum.«

»Ja, dem Tüchtigen steht die Welt offen. Was gibt's denn so Wichtiges?«

»Eine komische Sache«, sagt Rossmüller. »Sie erinnern sich an Marie Lenz?«

»Die hat mal bei mir geputzt. Ist schon 'ne Weile her.«

»Richtig. Und die Dame war mit Ihrer Mandantin bekannt. Sie hat der Berling von Ihnen vorgeschwärmt und ihr auch Ihre Adresse verraten. Hat zumindest Frau Berling behauptet.«

Stimmt, denkt Carla. Dieses Detail ihrer Aussage ist im Prozess gar nicht zur Sprache gekommen. Sie weiß noch nicht mal, ob die

Ermittler Marie Lenz dazu befragt haben. Einerseits ungewöhnlich, andererseits auch wieder nicht. Die Ermittlungen im Fall Berling sind keineswegs nachlässig, aber eben auch nicht mit übermäßigem Engagement geführt worden. Hauptsächlich deshalb, weil man der Beschuldigten die Tat nicht *nachweisen* musste. Der Fall war sonnenklar, die Angeklagte umfassend geständig und der Staatsanwalt vor allem an der Publicity interessiert gewesen.

»Sind Sie noch auf Empfang?«, will Rossmüller wissen.

»Schießen Sie los!«

»Marie Lenz hatte einen tödlichen Unfall. Sie ist an einer Haltestelle von einer S-Bahn erfasst worden. Leider gibt es seit ein paar Jahren ausgerechnet dort keine Videoüberwachung mehr. Wenn Sie morgen früh bei mir vorbeikommen, kann ich Ihnen aber etwas anderes zeigen.«

Carla nimmt das Telefon in die linke Hand und wischt ihre rechte am Hosenbein ab. Sie registriert ein starkes Gefühl von Irritation und Beunruhigung, ja, beinahe Trauer, für das sie keine Erklärung hat. Marie Lenz ist über einen nicht besonders langen Zeitraum einmal in der Woche bei ihr gewesen, meistens, wenn Carla selbst nicht zu Hause war. Sie hat sorgfältig gearbeitet, wenig geredet und nach einem halben Jahr überraschend gekündigt. Eine Frau, die sie nur flüchtig gekannt hat, ist verunglückt. Warum macht sie das so betroffen?

»Danke für das Angebot, ich weiß es zu schätzen. Morgen früh um 9 Uhr bin ich bei Ihnen.«

»Seien Sie pünktlich«, sagt Rossmüller, und Carla legt auf, während Aleyna zur Tür reinstürmt. »Bulat Terloy hat einem Gespräch zugestimmt. Ich fahre nach Berlin.«

Carla atmet langsam und konzentriert aus und spürt, wie die Anspannung ein wenig nachlässt. »Danke. Ich bin euch sehr dankbar, und ich werde diese Dankbarkeit zeigen.«

Das meint sie ernst. Es gibt einen Hoffnungsschimmer für Jamila Chovka und ihre Kinder. Die Erleichterung ist so überwältigend, dass sie Jamila am liebsten sofort anrufen würde, aber das wäre unverantwortlich. Das Wort Hoffnungsschimmer ist hier wörtlich zu nehmen. Sie weiß nichts über diesen Tschetschenen. Kann man ihm trauen? Wie gut sind seine Beziehungen in den Kaukasus? Selbst wenn er dort einflussreiche Kontaktleute hat, wie sind deren Chancen, in einem dünnbesiedelten, wilden Gebirgsland zwei verschleppte Personen zu finden, die jemand versteckt hält oder verscharrt hat? Viele Fragen, vage Aussichten. Kein Grund, einer Mutter falsche Hoffnungen zu machen.

Ihre Gedanken kehren zurück zu jemandem, für den es keine Hoffnung mehr gibt. »Wie geht es deinem Vater?«

Aleyna schüttelt den Kopf, und ihr Gesicht zeigt zum ersten Mal, seit sie Carla vom Bahnhof abgeholt hat, etwas von der Trauer, die sie erfüllt.

»Das kurze Gespräch mit dem Tschetschenen hat ihn erschöpft. Er will sich ausruhen. Später kannst du dich von ihm verabschieden.«

»Das schaffe ich vermutlich nicht mehr. Ich muss so schnell wie möglich nach Frankfurt zurück. Bitte erkläre das deinem Vater und versichere ihm meine Dankbarkeit. Und noch was.« Carla zögert einen kurzen Moment, dann schießt es aus ihr heraus: »Ich will mit nach Berlin. Ich will bei dem Gespräch dabei sein.« Der verrückte Gedanke ist ihr vor einer Sekunde durch den Kopf geschossen, und sie kann ihn keinen Augenblick für sich behalten.

»Was?« Aleyna starrt sie entgeistert an. »Das geht nicht! Ich habe *eine* Person angekündigt. Es wird dem Typen überhaupt nicht gefallen, wenn ich auf einmal mit einer Anwältin anrücke. Mein Vater wird nicht einverstanden sein, und ich bin es auch nicht.«

Carla schüttelt stur den Kopf. »Wenn dieser Bulat Terloy Besuch von zwei Frauen bekommt statt von einer, wird ihn das wohl nicht aus der Bahn werfen. Schließlich bin ich kein Bodyguard oder so etwas. Meinen Beruf muss er nicht erfahren. Ebenso wenig, wie dein Vater wissen muss, dass ich mitfahre. Ich bin nicht der Meinung, dass ich seine Erlaubnis brauche, wenn ich verreisen will. Und was deine eigenen Bedenken betrifft: Die Sache ist mir sehr wichtig. Lass mich nicht betteln deswegen!«

Aleyna denkt tatsächlich eine ganze Minute nach. Dann zuckt sie resignierend mit den Schultern. »Gut, meinetwegen. Ich will übermorgen fahren. Du kannst inzwischen nach Frankfurt zurück und morgen in Ruhe deine Angelegenheiten regeln. Tags darauf hole ich dich zu Hause ab. Ich leihe mir den großen Wagen von meinem Bruder. Um 8 Uhr morgens geht's los. Und jetzt bringe ich dich zum Bahnhof. Die ICE-Verbindungen von Essen nach Frankfurt sind sehr gut.«

Als Carla sich eine Stunde später in einem 1.-Klasse-Abteil zurücklehnt und die Ereignisse des Tages Revue passieren lässt, hat sie Mühe, ihre Gedanken zu ordnen. Der baldige Tod von Asan Ekincis und die Trauer seiner Tochter beschäftigen sie ebenso wie die Frage, ob es tatsächlich eine Chance gibt, Jamilas Kinder zu finden und irgendwie aus dem Kaukasus herauszubekommen. Warum haben die Entführer ihr Wort nicht gehalten? Vielleicht wird sie es eines Tages erfahren. Mittlerweile gibt es nichts mehr, was sie für unmöglich hält. Schließlich hat sie vor Kurzem nicht nur eine ehemalige tschetschenische Selbstmordattentäterin kennengelernt, sondern wird auch bald einen kaukasischen Gangster und Nachtclubbesitzer treffen. Erstaunlicherweise hat sie keine besondere Angst davor. Vielleicht ist das ein Fehler.

Der Klingelton ihres Handys reißt sie aus ihren Gedanken. Auf dem Display steht: Jamila Chovka.

»Ich habe gesagt, dass du Geduld haben musst. Sobald ich etwas weiß, melde ich mich bei dir.« Carla merkt selbst, wie unwirsch sie klingt, und bemüht sich um einen anderen Tonfall. »Was gibt es denn?«

»Ich glaube, ich werde verfolgt. Seit zwei Tagen sehe ich immer wieder diesen Mann. In der S-Bahn, im Supermarkt, in einem Döner-Grill, wo ich mir auf dem Heimweg manchmal was zu essen hole. Als ich eben aus dem Fenster gesehen habe, stand er vor meinem Haus auf dem Gehweg und schaute zu meiner Wohnung herauf.«

»Ist er noch da?«

»Nein.«

»Wie sieht er aus?«

»Groß und mager. Das Haar konnte ich wegen der Mütze nicht erkennen. Gut gekleidet.«

»Okay, schalten wir die Polizei ein.«

»Ich möchte keine weitere Aufmerksamkeit vonseiten der Polizei.«

»Na gut. Ich arbeite mit einem privaten Ermittler zusammen. Der wird ein Auge auf dich haben. Wahrscheinlich wirst du ihn gar nicht bemerken. Falls doch: Er sieht aus wie ein absolutes Greenhorn, hat aber einiges auf dem Kasten.«

»Danke.« Jamila zögert und scheint nach den passenden Worten zu suchen. »Wegen der Kinder ... Ich will dich nicht nerven, aber ... Hast du irgendetwas erreichen können? Gibt es eine minimale Chance? Du willst mir keine falschen Hoffnungen machen, ich verstehe das. Aber ein winziges bisschen Hoffnung brauche ich ... das musst du doch auch ...« Jamila ist während des Sprechens immer schneller geworden, und die Verzweiflung lässt ihre Stimme ins Falsett kippen, bevor sie abrupt abbricht.

»Ja«, sagt Carla, »das verstehe ich absolut.« Sie lehnt sich in den bequemen Sitz zurück, schaut aus dem Fenster und versucht, die vorbeirasende Landschaft in sich aufzunehmen. »Mein Kontaktmann kennt einen Tschetschenen in Berlin, der vielleicht etwas herausbekommen könnte. Ein Nachtclubbesitzer, der eine ziemlich große Nummer im Rotlichtmilieu ist. Wenn er sich bereiterklärt, seine Beziehungen im Kaukasus spielen zu lassen, hast du deinen winzigen Hoffnungsschimmer.«

»Danke! Ich danke dir!« Jamila klingt erschöpft und gleichzeitig elektrisiert.

»Warte damit noch. Geh spazieren oder versuche zu schlafen. Hör mit dem Grübeln auf. Lenk dich mit irgendwas ab. Und vor allem, lass die Finger von dem grässlichen Fusel, den du mir angeboten hast. Du willst doch nicht blind sein, wenn deine Kinder kommen.«

»Nein«, sagt Jamila und bringt ein raues Lachen zustande. »Ich verspreche es.«

NEUNUNDZWANZIG

»Bitte, nehmen Sie Platz.«

Rossmüller rückt Carla zuvorkommend einen Stuhl zurecht und nimmt selbst auf der anderen Schreibtischseite Platz. Carla setzt sich und schaut den Polizisten aufmerksam an. Zum ersten Mal macht er auf sie einen gepflegten Eindruck. Kein Siebentagebart mehr, der knittrige Anzug und die fleckige Krawatte wurden gegen saloppe, aber schicke Freizeitkleidung ausgetauscht, das Haar ist gewaschen und vorteilhaft geschnitten. Er scheint sogar ausreichend geschlafen zu haben, und Carla bildet sich ein, den schwachen Duft eines teuren Rasierwassers wahrzunehmen.

Sie nickt anerkennend. »Der Imagewechsel gefällt mir. Haben Sie jemanden kennengelernt?«

Rossmüller lächelt. »Das geht Sie einen Scheiß an – aber ja, stimmt. Seit ein paar Wochen fühle ich mich richtig gut.«

»Bleiben Sie am Ball. Sorgen Sie für gutes Essen, zünden Sie ein Feuer an, und vergessen Sie nie die Blumen.«

»Ich frage ihn, ob er auf so was steht. Aber bevor es hier zu romantisch wird, werfen Sie mal einen Blick auf diese Bilder.« Er nimmt einen Stapel Schwarz-Weiß-Fotos aus einem Schnellhefter und reicht sie Carla.

Sie betrachtet neun großformatige Fotos. Der Körper des Unfallopfers ist gnädigerweise mit einer Plane abgedeckt. Man sieht die S-Bahn, Schaulustige, die von Polizisten hinter eine Absperrung gescheucht werden. Rettungskräfte, Einsatzfahrzeuge, einen Mann, der eine Jacke mit der Aufschrift »Notfallseelsorge« trägt.

»S-Bahn-Station Ostendstraße. Wenn Sie mich fragen, ein Schandfleck für die Stadt«, sagt Rossmüller. »Die einzige unterirdische S-Bahn-Station in Frankfurt ohne Aufzug, Notruftelefone und Videoüberwachung. Dafür jede Menge dunkle Ecken, Graffiti und Gestank.«

»Ich war schon mal dort«, sagt Carla. »Allerdings tagsüber.«

Rossmüller wiegt zweifelnd den Kopf hin und her. »Dass es hell war, hat Frau Lenz nicht sicherer gemacht. Sie kam auch tagsüber zu Tode, gegen 11:30 Uhr vormittags. Die Bergung des Leichnams und die Identifizierung dauerten eine Weile. Die Kollegen von der Bundespolizei haben das Geschehen als tragischen Unfall eingestuft und hatten es auch nicht eilig mit der Weitergabe der Informationen an andere Dienststellen. Erst um 14 Uhr habe ich davon erfahren. Ich war betroffen und irritiert, weil ich Marie Lenz im Rahmen der Ermittlungen kennengelernt hatte. Nicht gut, aber immerhin. Leider passieren solche Unfälle mit trauriger Regelmäßigkeit. Trotzdem, es war ein komisches Gefühl. Wollen Sie auch einen Kaffee?«

Als Carla nickt, schenkt Rossmüller aus einer Thermoskanne zwei Tassen ein und schiebt eine in ihre Richtung. Eine geradezu versöhnliche Geste. Carla lächelt. Am Ende wird er noch so umgänglich wie Mathilde neuerdings.

Doch der Polizist kehrt unversehens zu seinem alten finsteren Gesichtsausdruck zurück. »Gegen drei hat sich dann mein Bauchgefühl bestätigt. Eine Kollegin kam in mein Büro und brachte mir einen Briefumschlag, den jemand unten am Empfang für mich abgegeben hatte. Ein junger Mann, der aussah wie hundert andere. Basecap, Sonnenbrille, spärlicher Bartwuchs. Auf dem Umschlag stand ›Mordkommission‹, und drin war ein USB-Stick. Ein Gaffer-Video.«

»Scheiße«, sagt Carla. »Das war kein Unfall.«

»Nein. War es nicht.« Rossmüller schiebt den Stick in den Laptop, dreht das Gerät so, dass Carla das Display gut im Auge hat, und startet das Video. »Die Aufnahme ist kurz. Ab Sekunde zwanzig wird es interessant, dann geht alles sehr schnell.«

Die Sequenz ist mit dem Handy gefilmt und einigermaßen scharf. Auf dem Bahnsteig sind nur wenige Fahrgäste zu sehen, alle mit gebührendem Abstand zur Bahnsteigkante. Dann lässt eine Lautsprecherdurchsage die Leute näher herantreten, und Carla sieht eine kräftige, korpulente Frau mit einer Einkaufstasche, die in die Richtung blickt, aus der die S-Bahn erwartet wird.

»Das ist sie«, sagt Rossmüller.

Carla muss sich eingestehen, dass sie ihre ehemalige Angestellte unter anderen Umständen kaum erkannt hätte.

Eine weitere Lautsprecherdurchsage kündigt die einfahrende S-Bahn an. Die kräftige Frau tritt näher an die Kante, blickt nach rechts, dann taucht in ihrem Rücken eine graugekleidete Gestalt in einem weiten Kapuzenshirt auf, die einen Arm ausstreckt und Marie Lenz mit einer kräftigen Bewegung nach vorn drückt. Der Angriff erfolgt so beiläufig, dass niemand etwas davon mitzubekommen scheint. Das Opfer ist verschwunden, der Zug bremst mit einem widerwärtigen Geräusch, schrille Entsetzensschreie, dann bricht das Video ab.

»Wollen Sie es noch einmal sehen?«

Carla schüttelt heftig den Kopf. »Das war mehr als genug.« Ihr ist so schlecht, dass sie Mühe hat, Rossmüllers Kaffee bei sich zu behalten.

Der deutet ihren Gesichtsausdruck offenbar richtig, steht auf und öffnet ein Fenster. »Wollen Sie einen Schnaps?«

»Großer Gott, nein! Geben Sie mir zwei Minuten.«

Rossmüller wartet geduldig, bis sich ihr Atem beruhigt hat. »Was denken Sie, war das ein Mann oder eine Frau?«

Carla zuckt mit den Achseln. »Unmöglich zu sagen. Viel Kraft war nicht erforderlich. Aber jede Menge Mordlust und Heimtücke. Wer macht so etwas?«

»Ich habe in den letzten fünfzehn Jahren viele Videos gesehen, in denen Passanten geschlagen, getreten, mit Pfefferspray malträtiert oder Rolltreppen runtergeschubst wurden. Einfach so. Von Drogenabhängigen, hasserfüllten Rassisten, gelangweilten Teenies oder ganz normalen Soziopathen. Fragen Sie mich was Leichteres.«

»Der Mann, der das Video abgeliefert hat – haben Ihre Kameras im Eingangsbereich den aufgenommen?«

»Schon, aber was man da sieht, ist auch nicht aufschlussreicher als das, was der Kollege am Empfang erzählt hat. Ein junger Mann, Anfang bis Mitte zwanzig. Jeansjacke, Sonnenbrille, Baseballkappe mit dem Aufdruck ›Frankfurt GALAXY‹. Könnte ein Sprayer gewesen sein, meint der Kollege. Auf jeden Fall ein Mensch, dem klar war, dass er ein Verbrechen gefilmt hat, und dem das nicht am Arsch vorbeiging. Und der andererseits nicht scharf auf näheren Kontakt mit der Polizei war. Ihn zu suchen, bringt nichts, aber wir werden ihn über die sozialen Medien bitten, mit uns in Kontakt zu treten. Vielleicht hat er noch etwas gesehen, das auf dem Video nicht drauf ist.«

»Der wird sich nicht melden«, wendet Carla ein. »Wenn er etwas aussagen wollte, hätte er das getan, als er den Stick vorbeibrachte. Und die Person in dem grauen Hoodie werden Sie auch nicht finden. Zumindest nicht, wenn das Schwein zum großen Heer der Psychopathen gehört, das Sie beschrieben haben. Allerdings sieht es anders aus ...«

»... wenn es kein verrückter Zufallstäter war, sondern wir einen geplanten und zielstrebig ausgeführten Mord gesehen haben«, vollendet Rossmüller ihren Satz. »Dann ist die Frage nach einem Motiv auf einmal wieder sinnvoll, und eines führt zum anderen.«

»Ja«, sagt Carla nachdenklich. »Jetzt verstehe ich auch, warum Sie mich benachrichtigt und eingeladen haben. Als Sie diese Möglichkeit durchgegangen sind, haben Sie sich gefragt, in was eine fünfzigjährige Reinmachefrau verwickelt sein könnte. Und prompt ist Ihnen der Fall Natascha Berling eingefallen. Marie Lenz war sozusagen das Bindeglied zwischen ihr und mir.«

»Ja, interessant, oder? Ihre Mandantin kannte sie nur flüchtig, und Sie kannten sie auch nur flüchtig – und jetzt ist sie tot.«

»Keine Ahnung, worauf Sie hinauswollen. Natascha Berling wurde freigesprochen, und das hat sie in erheblichem Maße Ihrer Ermittlungsarbeit zu verdanken. Kommen Ihnen da nachträgliche Bedenken?«

Rossmüller schüttelt den Kopf. »Nein, es ist nur einfach so, dass mich der alltägliche Irrsinn und die psychopathische Gewalt so krankmachen, dass ich einen altmodischen Mord mit einem anständigen Motiv fast beruhigend finde.«

Carla lächelt verständnisvoll und denkt an ihre Mandantin. Vielleicht wird sie Rossmüller irgendwann einmal von Jamila Chovka und ihrem Motiv erzählen. Dass er das beruhigend findet, ist allerdings eher unwahrscheinlich.

DREISSIG

Während Carla auf den Fahrstuhl ins Erdgeschoss wartet, lässt ihre Übelkeit nach, und sie schreibt eine Nachricht an Bischoff: »Frühstück in dreißig Minuten?«

Die Antwort kommt prompt: »Jepp! Moritz ist auch schon da. Freuen uns.«

Carla steigt in ihren Audi, verbindet das Telefon mit der Freisprechanlage und wählt Ritchies Nummer. Er scheint ein wenig verkatert zu sein, aber bei seiner ohnehin kratzigen Stimme ist das schwer zu beurteilen. »Hast du schon gefrühstückt?«

»Nein.«

»Prima. Dann komm zu mir nach Hause. Wir haben was zu besprechen. Du kannst doch schon wieder fahren, oder?«

Ritchie kichert heiser, was sich eher wie ein Röcheln anhört. »Richte Bischoff aus, ich hätte gerne einen Earl-Grey-Tee.« Er legt auf, bevor Carla auf die Unverschämtheit antworten kann.

Als ihr Mitarbeiter kurz nach ihr im Nordend eintrifft, muss sie stillschweigend einräumen, dass sie ihm unrecht getan hat. Ritchie sieht frisch geduscht, stocknüchtern und wie aus dem Ei gepellt aus. Moritz hingegen, der nach seinem dritten Nachtdienst in dieser Woche schon um 9 Uhr bei Bischoff aufgetaucht ist und eine Stunde auf der Couch verbracht hat, macht einen ausgesprochen mürrischen Eindruck. Carla fällt ein, dass die beiden sich noch nie persönlich begegnet sind, und stellt sie einander vor. Ritchie will offenbar zu ein paar artigen Höflichkeitsfloskeln ansetzen, aber Moritz hebt nur die Hand zur Begrüßung und fläzt sich mit einem gemurmelten »Moin« wieder auf die Couch.

Bischoff, der sich angewöhnt hat, jeden Morgen vor dem Frühstück ein wenig zu üben, räumt Carlas Saxophon beiseite und schenkt Kaffee und Tee ein. Zusätzlich zum deutschen Frühstück hat er Gemüse gebraten und Börek mit Schafskäse und Spinat vorbereitet, was er angeblich von einer türkischen Hausfrau in Izmir gelernt hat. Carla sieht ihm an, dass er gerne davon erzählen möchte, und würgt ihn gnadenlos ab. »Wie man Yufka- und Filoteig herstellt, lassen wir heute mal weg. Wenn alle satt sind, müssen wir über einen Mord reden.«

Zwanzig Minuten später berichtet sie von ihrem Besuch bei Rossmüller und dem schockierenden Video.

»Denkt die Polizei, dass der Mord etwas mit dem Fall Berling/Chovka zu tun hat?«, fragt Ritchie.

Carla schüttelt den Kopf. »Keine Ahnung, was Rossmüller denkt. Ich sehe da jedenfalls keinen Zusammenhang. Nach Jamilas Aussage waren sie lediglich Bekannte, noch nicht einmal Freundinnen.«

»Deine Mandantin hat bisher in beinahe allen wichtigen Punkten gelogen«, sagt Bischoff und schenkt Kaffee nach.

»Warum sollte sie hinsichtlich ihrer Bekanntschaft mit Marie Lenz nicht die Wahrheit sagen?«

Bischoff lehnt sich zurück und überlegt.

»Ich bin noch nicht fertig mit den Neuigkeiten«, sagt Carla. »Ich habe euch doch erzählt, dass ich versuchen will, herauszufinden, was mit Jamilas Kindern geschehen ist. Dazu bin ich ins Ruhrgebiet gefahren und habe einen alten Bekannten um Hilfe gebeten.«

Ausführlich berichtet sie von ihrem Besuch bei Asan Ekincis, von dessen Erkrankung und baldigem Tod sowie der Idee, einen tschetschenischen Gangster in Berlin zu bitten, seine Beziehungen in der Kaukasusregion spielen zu lassen, um eine Spur zu Jamilas Kindern zu finden.

»Morgen früh fahre ich mit Ekincis' Tochter Aleyna nach Berlin und rede mit dem Mann. Mal sehen, wie gut seine Beziehungen nach Tschetschenien noch sind und was er dafür haben will, wenn er sie für uns nutzt.«

Noch während sie spricht, registriert Carla, dass sich Moritz' Gesichtsfarbe verändert, und sie kennt ihn mittlerweile gut genug, um zu wissen, wie er aussieht, bevor er aus der Haut fährt.

»Das ist jetzt nicht dein Ernst, oder? Du lässt dich zum zweiten Mal mit diesem Ekincis ein und bittest noch einen tschetschenischen Gangster dazu, damit die Party nicht so langweilig wird? Und das alles nur, um einer Ex-Terroristin ihre Kinder wiederzubeschaffen? Einer Frau, die dich vom ersten Augenblick an belogen und verarscht hat? Nein, jetzt lass mich ausreden, verdammt ...!«

Carla, die seine Suada unterbrechen wollte, schluckt ihre Einwände hinunter, und Moritz macht zornig weiter.

»Weißt du, was das für Leute sind? Die sind gerade dabei, mit den arabischen Familien in Berlin einen Krieg um das Drogengeschäft vom Zaun zu brechen. Hast du in den letzten Jahren mal einen Blick in eine Berliner Zeitung geworfen? Die Schießerei am Tschetschenischen Kulturzentrum im Märkischen Viertel? Mitten am Tag und in aller Öffentlichkeit? Vor wenigen Wochen der Angriff auf den Spätkauf in Neukölln, der angeblich von Arabern betrieben wird. Eine Massenschlägerei mit Hämmern! Auch nicht mitbekommen?«

»Moritz, jetzt mach mal ...«

»Ich bin noch nicht fertig!«, blockt Moritz sie wieder ab. »Ein Satz noch: Das sind absolut gewaltbereite Typen, einige von ihnen haben in zwei Kriegen gegen die Russen gekämpft. Und denen ist es vollkommen scheißegal, ob irgendwelche unbeteiligten Personen zu Schaden kommen. Also, halt dich fern von dem Mann!«

Bischoff nickt. »Er hat recht, Carla. Bleib da weg. Lass deine Freundin das allein machen.«

»Halte ich auch für besser«, stimmt Ritchie zu. »Die weiß doch auch besser, wie so ein Typ zu nehmen ist. Sorry, aber du bist bei dem Deal absolut überflüssig.«

»Ja, das hört man immer gern«, sagt Carla verdrießlich. »Eure Sorge um mich in allen Ehren, aber die ist völlig übertrieben. Meint ihr, Ekincis würde seine Tochter nach Berlin schicken, wenn er es für gefährlich hielte? Wir treffen uns in aller Öffentlichkeit mit einem Mann im Café und bitten ihn um einen Gefallen. Die Bitte kann er erfüllen, oder er kann es lassen. Wenn er sie erfüllt, bekommt er eine Gegenleistung. Das ist auch schon alles.«

»Das ist mehr als genug«, widerspricht Bischoff. »Wenn es irgendwelche Komplikationen gibt oder der Kerl überlegt, euch zu bescheißen, wäre es besser, wenn er von deiner Existenz gar nichts wüsste. Du könntest sehr schön unter dem Radar bleiben, weil nämlich von Ekincis aus gar nichts auf dich hinweist. Ihm jetzt ohne Not dein Gesicht vorzuführen, ist wirklich nicht besonders clever.«

»Nein, es ist sogar ausgesprochen dämlich«, sagt Moritz verbittert. »Der Typ bringt zu dem Treffen garantiert ein paar Freunde oder Bodyguards mit. Die werden sich im Hintergrund halten, kann sogar sein, dass ihr sie gar nicht bemerkt, aber sie werden euch auf jeden Fall mit ihren Handys fotografieren. Was für ein wundervoller Gedanke.«

Moritz klingt so wütend, dass Carla tatsächlich einen Augenblick daran denkt, Aleyna allein fahren zu lassen, aber es geht nicht. *Der Kopf ist rund, damit die Gedanken ihre Richtung ändern können*, lautet eine von Ellens Lieblingsweisheiten. Für andere Köpfe mag das gelten, aber nicht für den von Carla Winter. Es gibt Situationen, in denen *kann* sie nicht nachgeben. Es ist die gleiche unüberwindbare Sturheit, die sie dazu gebracht hat, Felix gegen den Rat aller Freunde und Angehörigen zu heiraten, einen türkischen Polizeibeamten bis aufs Blut zu reizen und sich von einer Sekunde auf die andere für Jamila Chovka und ihre Kinder zu entscheiden.

Ritchie scheint das noch am besten zu verstehen. »*Manchmal muss ein Mann tun, was ein Mann tun muss*, oder?«

Carla grinst ihn an. »Philip Marlowe?«

Ritchie schüttelt den Kopf. »John Wayne.«

EINUNDDREISSIG

Als Aleyna am nächsten Morgen pünktlich um 8 Uhr vor der Tür hupt, schnappt Carla sich ihren Koffer und hat es eilig, aus dem Haus zu kommen. Sie hat schlecht geschlafen. Moritz ist nach dem heftigen Disput beim späten Frühstück gestern nicht bei ihr geblieben, sondern in seine eigene Wohnung gefahren. Carla hat mehrfach vergeblich versucht, ihn anzurufen, aber er ist offenbar immer noch stinksauer. Sie muss das wieder einrenken. Wenn sie aus Berlin zurück ist, bringt sie das in Ordnung.

Aleyna winkt ihr zu, steigt aus einem riesigen BMW und deutet auf den Fahrersitz. »Kannst du den ersten Teil der Strecke übernehmen? Ich bin etwas groggy. Das Navi ist schon programmiert.« Sie geht um den Wagen herum und steigt auf der Beifahrerseite ein.

»Du machst einen ganz schön großen Umweg, um mich hier abzuholen«, sagt Carla und stellt Sitz und Spiegel ein. »Wir hätten uns auch in Berlin treffen können.«

Aleyna lacht übermütig. »Mit dir, Habibi, würde ich noch ganz andere Strecken fahren. Und« – sie präsentiert mit einer großspurigen Geste das edle Interieur des Autos – »mit dieser fabelhaften Karre holen wir das doch locker wieder rein.«

»Wohin genau müssen wir?«

»Nach Neukölln. Zunächst in ein Parkhaus in der Rollbergstraße. PARK ONE. Von da aus sollen wir zu Fuß zu einem Bistro gehen: Antakya Cabir's Bistro. Der Laden befindet sich in einem Supermarkt. Bulat Terloy erwartet uns dort um 15:30 Uhr.«

Während der Fahrt hängt Carla die meiste Zeit ihren Gedanken nach und ist froh, dass das Gespräch sich auf unverfängliche Themen beschränkt. Gegen Viertel vor drei erreichen sie das Parkhaus in Neukölln. Aleyna setzt den Wagen rückwärts in eine geräumige Lücke, zückt das Handy und ruft Google Maps auf.

»Sechs Minuten Fußweg.«

»Wir sind viel zu früh.«

»Das macht nichts. Ich habe Hunger und könnte einen anständigen Tee vertragen. Lass uns hingehen und dort auf ihn warten.«

Als sie auf die Straße hinaustreten, atmet Aleyna tief ein und verzieht das Gesicht. »Heißt es nicht, die Luft in Berlin wäre erheblich besser geworden?«

»Ist alles relativ«, grinst Carla. »Aber wenn man aus Duisburg kommt, hat man natürlich hohe Ansprüche. Yalla, Habibi!«

Am Supermarkt angekommen, überqueren sie den großen Parkplatz an der Frontseite und sehen auch schon die Schaufenster des Bistros, auf denen in großen Lettern für Lahmacun, Pide und Baklava geworben wird.

»Das sieht doch schon mal lecker aus«, konstatiert Aleyna.

Das Innere des Bistros ist modern und zweckmäßig eingerichtet und fügt sich beinahe übergangslos in das Supermarkt-Ambiente ein.

»Gemütlich ist was anderes«, sagt Carla, »aber es riecht phantastisch.«

Tatsächlich liegt ein intensiver Geruch von frisch gebackenem Brot in der Luft, angereichert mit Kaffeearomen und dem Duft von scharf angebratenem Fleisch.

Aleyna deutet auf einen Vierertisch in der Nähe der Eingangstür, von dem aus man den Parkplatz gut übersehen kann, und schaut sich rasch um. »Er ist noch nicht da. Wie erwartet.«

Sie bestellen Linsensuppe, Lahmacun und schwarzen Tee. Alles wird zügig serviert und schmeckt um einiges besser, als Carla erwartet hat. Als Bulat Terloy pünktlich um 15:30 Uhr zur Tür hereinkommt, sind sie schon beinahe satt und können sich uneingeschränkt seiner bemerkenswerten Erscheinung widmen. Carla stellt ihr Teeglas vorsichtig zurück auf den Tisch und schiebt ihren Teller von sich. Terloy ist mindestens zwei Meter groß und hat die physische Präsenz eines aufgerichteten Grizzlybären. Er trägt einen grünen Anzug, aus dem er praktisch herauszuplatzen droht, sein auf traditionelle Weise geschnittener Bart ragt weit über das Kinn hinaus, die Oberlippe ist glattrasiert. Sonnenbrille und Baseballmütze bilden einen merkwürdigen Kontrast dazu. Er hat drei Freunde in Jogginghosen und schwarzen Hoodies mitgebracht, die wie ganz gewöhnliche Türsteher aussehen.

Bulat Terloy lässt seinen Blick durch das Lokal wandern, kann sie scheinbar sofort zuordnen und nickt Aleyna zu. Aleyna nickt zurück.

»Gleich wird er die Sonne verdunkeln«, sagt Carla leise, als der Bär an ihren Tisch herantritt.

Aleyna deutet auf einen freien Stuhl und lächelt. »Guten Tag, bitte setzen Sie sich. Ich freue mich, dass Sie gekommen sind.«

Terloy kommt der Aufforderung nach, seine Leute nehmen in gebührendem Abstand an drei Nachbartischen Platz und beginnen – genau wie Moritz es vorausgesagt hat – sofort mit Fotografieren. Ihr Boss starrt Aleyna ernst und misstrauisch an.

»Wen haben Sie da mitgebracht?« Der Tschetschene spricht fehlerfreies Deutsch, das mit einem schweren russischen Akzent unterlegt ist, zu dem die tiefe, grummelige Stimme gut passt.

»Eine Freundin. Mein Vater wollte mich nicht allein fahren lassen. Er hat darauf bestanden, dass ich sie mitnehme.«

»Normalerweise verhandele ich nicht mit Frauen.«

»Ich bitte Sie, eine Ausnahme zu machen«, sagt Aleyna betont höflich. »Eigentlich bin ich nur eine Botin. Mein Vater telefoniert nicht gerne.«

Terloy nickt. »Das habe ich bemerkt. Er hat nur zwei Sätze gesagt und dann aufgelegt. Also, was für eine Bitte ist das?«

»Es geht um eine Freundin meiner Familie, die vor zwanzig Jahren aus Tschetschenien nach Deutschland gekommen ist. Jamila Chovka aus der Kleinstadt Kurtschaloi im Nordkaukasus. Vor etwa drei Monaten hat jemand ihre beiden erwachsenen Kinder dort entführt und für deren Freilassung einen hohen Preis verlangt. Sie hat diesen Preis bezahlt, aber ihre Kinder nicht zurückbekommen. Könnten Sie jemanden beauftragen, herauszufinden, was mit den Kindern geschehen ist?«

Terloy nimmt die Sonnenbrille ab und lässt seinen Blick zwischen den beiden Frauen hin und her wandern. Carla fällt auf, dass er grüne Augen mit braunen Einsprengseln hat, die farblich mit den rötlichen Strähnen in seinem Bart harmonieren.

»Mal angenommen, ich könnte etwas tun. Warum sollte ich?«

Aleyna scheint auf die Frage vorbereitet zu sein. »Weil wir Sie höflich darum bitten. Und weil wir natürlich auch etwas für Sie tun würden.«

Terloy nickt erneut, winkt einen Kellner heran und bestellt Cola für sich und seine Begleiter. Dann wendet er sich wieder Aleyna zu.

»Der Anruf Ihres Vaters war sehr kurz, aber er hat mir gefallen. Weil er höflich war. So wie Sie jetzt. Deshalb bin ich überhaupt hier.« Terloy scheint zu den Menschen zu gehören, die gern über sich selbst und ihre Beweggründe sprechen, und setzt unerwartet zu einem kleinen sprachphilosophischen Exkurs an. »Es kommt nicht häufig vor, dass man mich einfach um etwas bittet. Meine Frau tut es manchmal, aber nicht oft. Na ja, und bei Geschäften hat das Bitten eigentlich nichts zu suchen. Da wird vorgeschlagen, angedroht oder erpresst. Ich werde auch oft *angebettelt*, dieses oder jenes zu tun oder nicht zu tun. Aber Leute, die betteln, kann ich nicht ausstehen.« Terloy nimmt einen Schluck aus seiner Colaflasche und schmatzt genüsslich, als er sie absetzt. »Wissen Sie, was man am besten kennt, wenn man aus Tschetschenien kommt? Anordnungen, Befehle und Kommandos. Dafür haben die Russen gesorgt. Für die waren wir immer nur Verbrecher. In der Zarenzeit, unter Stalin, später in der Sowjetunion und in Putins Russland auch ... immer haben sie versucht, unsere Sitten und Traditionen kaputtzumachen, weil sie nicht damit klarkommen, dass wir anders sind als sie. Dass wir nach unseren eigenen Werten leben wollen. Mit russischen Gesetzen war das noch nie vereinbar.« Terloy grinst schwach. »Und mit deutschen auch nicht.«

»Ja«, sagt Aleyna ernst. »Glauben Sie mir, ich verstehe sehr gut, was Sie meinen. Darf ich Ihnen ein Angebot meines Vaters unterbreiten?«

Terloy signalisiert mit einer hoheitsvollen Geste seine Zustimmung.

Aleyna räuspert sich und senkt etwas die Stimme, obwohl es in dem Bistro so laut ist, dass garantiert keines ihrer Worte bis zu den Nachbartischen dringt. »Mein Vater hat erfahren, dass Sie planen, ein paar Shisha-Bars im Ruhrgebiet zu übernehmen. Dabei könnten wir helfen. Unsere Familie ist selbst in dem Geschäft tätig, und wir haben Informanten beim Zoll und bei den Finanzbehörden. Rechtzeitig zu erfahren, was dort geplant wird, kann sehr nützlich sein: Es gibt zum Beispiel Überlegungen von Regierungsseite, den Verkauf von Shisha-Tabak in Deutschland nur noch in 25-Gramm-Packungen zu gestatten. Das wird vermutlich ab Sommer 2022 geschehen. Bisher waren Verpackungsmengen bis zu einem Kilogramm üblich. Die neue Regelung ist noch geheim und soll schlagartig eingeführt werden. Sie wird alle Geschäfte mit Shisha-Tabak erschweren und die Preise in den Bars nach oben treiben. Wer so etwas vorher weiß, kann sich darauf einrichten. Wir wären bereit, diese Art von Informationen zwölf Monate lang mit Ihnen zu teilen. Was immer wir erfahren, leiten wir an Sie weiter und erleichtern Ihnen so den Start.«

Aleyna schaut sich nach den Kellnern um, bestellt noch einmal Tee und bringt damit zum Ausdruck, dass von ihrer Seite aus alles gesagt ist.

Terloy lässt sich Zeit mit der Antwort, zwirbelt seinen Bart und leert seine Colaflasche. »Den Zeitraum kann ich selbst bestimmen?«

»Natürlich. Je nachdem, wann Sie so weit sind, die Bars zu übernehmen«, sagt Aleyna.

»Ich kann nicht garantieren, dass eine Spur von den Kindern gefunden wird. Es ist sogar sehr unwahrscheinlich. Haben Sie eine Vorstellung, wie riesig Tschetschenien ist?«

Aleyna nickt. »Riesig, wild und gebirgig. Das wissen wir. Mein Vater vertraut darauf, dass ernsthafte Nachforschungen angestellt werden. Mehr kann man nicht tun. Wenn Ihr Informant den Aufenthaltsort der Kinder herausfindet, zahlen wir einen zusätzlichen Finderlohn für seine Mühen.«

»Schicken Sie mir ein Foto und die Daten der Kinder auf das Handy, das Sie schon einmal angerufen haben.«

Aleyna nickt Carla zu. Die zieht ihr Smartphone aus der Tasche und versendet das Foto, das sie von Jamila erhalten hat.

»Wir warten auf Nachricht von Ihnen«, sagt Aleyna. »Betrachten Sie die Information über die Verpackungsgrößen als Anzahlung.«

Bulat Terloy hält es nicht für nötig, darauf zu antworten. Er steht auf, legt einen Zwanzigeuroschein auf den Tisch, hebt grüßend die Hand und stapft mit seinen Leuten hinaus.

Carla schaut ihnen nach. Sie muss an eine nicht ganz ernst gemeinte Straßenumfrage denken, die sie vor einer Weile im Fernsehen gesehen hat. Da wurden Berliner Jugendliche gefragt, woran man einen Tschetschenen erkennt. *Am Gang* lautete die einhellige Meinung, und Carla kann verstehen, warum einem diese spezielle Version von breitbeinigem Machismo im Gedächtnis bleibt. Während sie den Parkplatz überqueren, telefoniert Terloy ununterbrochen, dann verschwinden die Männer aus ihrem Blickfeld.

»Meinst du, das bringt irgendwas?«, will Carla wissen.

»Einen Versuch war es wert.«

»Ich habe mal gelesen, Kidnapping sei im Nordkaukasus eine ganz normale Erwerbsquelle.«

Aleyna nickt. »Ich fürchte, da ist was dran. In gewisser Weise beruht darauf meine schwache Hoffnung. Dass man sich kennt in der Branche und es vielleicht so etwas wie eine Revieraufteilung gibt. Ist doch nicht unüblich bei kriminellen Banden. Mit Sicherheit ist von den Clans geregelt, wer auf welchem Gebiet was darf. Wenn Terloy jemanden losschickt, der die richtigen Leute kennt und weiß, wen er fragen muss ... Möchtest du noch etwas essen oder trinken?«

»Nein, lass uns zahlen.«

Aleyna winkt mit ihrem Portemonnaie nach dem Kellner, während Carla durch die großen Fenster des Bistros auf den Parkplatz hinausschaut. Das Wetter hat sich verschlechtert. Die Sonne ist hinter einer dicken Wolkendecke verschwunden, und über den Himmel zucken vereinzelt Blitze. In spätestens zwanzig Minuten wird ein schmutziger Großstadtregen über Neukölln niedergehen und die Luft kein bisschen verbessern.

Auf dem Parkplatz nähern sich drei Jugendliche. Zwei Jungen und ein Mädchen. Sie haben sich untergehakt, schwatzen und lachen, dann werden sie schneller, heben vom Boden ab und fliegen einen halben Meter über dem Asphalt auf das Bistro zu.

Als sie hart aufschlagen, hört Carla die Detonation.

ZWEIUNDDREISSIG

Carla sieht, wie die große Frontscheibe des Bistros ein riesiges Spinnwebenmuster bekommt, wirft sich zu Boden und reißt Aleyna mit sich. Um sie herum ist es eine Sekunde lang völlig still, dann beginnt eine Frau zu kreischen, und die Hölle bricht los. Stühle werden umgestoßen, Gläser und Tassen gehen klirrend zu Bruch, als auch die anderen Gäste sich hinwerfen, und über dem heillosen Chaos hängt das schrille, langgezogene Kreischen der Frau, das jetzt abrupt abbricht.

Carlas Blick huscht durch den Raum, sucht nach blutenden oder leblosen Körpern, aber wie durch ein Wunder scheint niemand schwer verletzt zu sein. Einige Gäste richten sich langsam wieder auf, schauen sich benommen nach Freunden und Angehörigen um oder helfen einander auf die Beine. Dann beginnen alle gleichzeitig zu reden und ihren Schrecken herauszuschreien, und in das babylonische Stimmengewirr mischt sich das Martinshorn eines Polizeiautos, das vermutlich schon in der Nähe war, als die Detonation erfolgte. Ein Mann mit einem dicken Schnauzbart versucht vergeblich, eine Notrufzentrale anzurufen, schließlich wirft er das Telefon frustriert hinter sich, streckt seinen Arm aus und hilft einer älteren Frau beim Aufstehen.

»Du kannst mich jetzt loslassen, Habibi.«

Carla realisiert, dass ihre Hand immer noch in Aleynas Jackenärmel gekrallt ist. Als sie die Finger löst, beginnen sie zu zittern. Gegenseitig helfen sie sich hoch, Carla schafft es, zu stehen, hat aber Mühe, das Gleichgewicht zu wahren.

»Halt mich mal ein bisschen.«

Aleyna legt einen Arm um ihre Schulter und deutet mit dem anderen Arm auf ein paar Bistrogäste, die zu den drei Jugendlichen rausgelaufen sind und diese zu dem Notarztwagen begleiten, der mit quietschenden Bremsen auf dem Parkplatz zum Stehen kommt. »Ich glaube, den Kids geht es auch einigermaßen.«

Carla versucht, durch das demolierte Schaufenster zu blicken, und begreift, wie viel Glück sie gehabt haben. Die aus Kunststofffolie gefertigten großen Werbeaufkleber LAHMACUN, PIDE, BAKLAVA und DÖNER haben offenbar ein Zersplittern der Scheibe und damit vermutlich Verletzungen im Innenraum verhindert.

Aleyna scheint zu der gleichen Schlussfolgerung gelangt zu sein. Sie zieht Carla näher zu sich heran und drückt einen Kuss auf ihr Haar. »Nie im Leben hätte ich gedacht, dass ich Werbung mal was Positives abgewinnen kann.«

Die Situation auf dem Parkplatz hat sich keineswegs beruhigt. Von einer Stelle, die vom Bistro aus nicht einsehbar ist, steigt schwarzer Rauch auf, und das schnell lauter werdende Heulen der Sirenen erfüllt die Luft. Zu den zahlreichen Fahrzeugen der Rettungskräfte, die in rascher Abfolge eintreffen, hat sich jetzt auch ein Feuerwehrwagen gesellt, und Polizeibeamte sind damit beschäftigt, den Ort der Explosion großflächig abzusperren. Erstaunlich, wie viele Schaulustige sich bereits eingefunden und mit dem Fotografieren begonnen haben.

»Ich will da auch hin und wissen, was genau passiert ist«, sagt Carla.

»Da habe ich eine sehr düstere Ahnung. Siehst du den Typen da vorn? Der da an dem Grünstreifen herumtigert? Er hat im Gras was gefunden.«

Carlas Blick folgt Aleynas Finger und erfasst einen jüngeren Mann, der sich bückt und etwas vom Boden aufhebt. Er betrachtet es einen Augenblick, schaut dann in Richtung Explosionsort, anschließend noch einmal auf den mattglänzenden, vielleicht vierzig Zentimeter langen Gegenstand in seiner Hand und schwenkt diesen wie eine Trophäe in der Luft. Wenige Augenblicke später ist er aus ihrem Blickfeld verschwunden.

»Was zum Teufel war das?«

»Ich glaube, das war ein Stück von einer Stoßstange«, antwortet Aleyna.

Carla spürt, wie sich ihr Magen in einem einzigen schmerzhaften Krampf zusammenzieht. »Du denkst, das war der Wagen von unserem Tschetschenen, der in die Luft geflogen ist?«

»Ich denke, dass ein Auto explodiert ist und dass Bulat Terloy auf dem Parkplatz der Mensch mit den meisten Feinden war. Lass uns rausgehen zu den Gaffern und auch ein bisschen gucken.«

Aleyna nimmt Carla an die Hand und zieht sie zum Ausgang. Sie überqueren den Platz, mischen sich unter die immer zahlreicher werdenden Schaulustigen, können aber wegen der vielen hochgereckten Handys zunächst kaum etwas erkennen. Ein baumlanger junger Mann neben ihnen senkt seinen ausgestreckten Arm mit dem Smartphone wieder, um sich seine Fotos anzuschauen.

Carla zupft ihn am Ärmel. »Kann ich auch mal einen Blick drauf werfen?«

»Klaro«, sagt der Mann. Er dreht das Foto ins Querformat, zoomt es etwas größer und beugt sich mit dem Handy zu Carla hinunter. Die Bildqualität ist superb. Zu sehen ist ein völlig zerstörtes rotes Autowrack, das nur noch schwach qualmt. Drum herum zahlreiche Feuerwehrleute in Sicherheitsmontur.

»Dit war mal 'ne Corvet-te jewesen«, sagt der junge Mann und richtet sich wieder auf. »Schade um dit Auto.«

»Verdammt schade«, stimmt Aleyna zu.

Carla schließt für einen Augenblick die Augen und versucht, sich der heranrollenden Welle von Enttäuschung und hilfloser Wut entgegenzustemmen. Sie weiß nicht, wie der Typ erkannt haben will, was für eine Art von Auto der Trümmerhaufen in seinem früheren Leben war, aber vermutlich kennt er sich aus. Wenn es wirklich eine Corvette war, hat sie höchstwahrscheinlich Terloy gehört. Falls das stimmt, hat er auch drinnen gesessen, denn ein Mann wie er würde ein solches Auto niemand anderem überlassen. Also ist er jetzt tot, und damit haben sich alle Chancen, Jamilas Kinder zu finden, in Luft aufgelöst. Es war alles umsonst, und sie wird diejenige sein, die das Jamila sagen muss.

Carlas Gedanken kehren ins Hier und Jetzt zurück, als in die Menge vor ihr Bewegung kommt. Polizisten und Feuerwehrleute drängen die Gaffer zurück, damit die Kriminaltechniker ihre Arbeit tun können.

»Lass uns nach Hause fahren. Wir können hier nichts mehr ausrichten.«

Aleyna schüttelt energisch den Kopf. »Das kannst du vergessen. Ich fahre heute nirgendwo mehr hin. Wir suchen uns jetzt ein Hotel, dann gehen wir was Gutes essen, und anschließend betrinken wir uns.«

Carla lächelt müde. »Abgemacht! Aber buch uns ein Doppelzimmer. Ich kann heute nicht allein sein.«

Aleyna deutet mit dem Zeigefinger nach oben. »Ein Weilchen wird's noch dauern.«

Der Himmel über ihnen besteht jetzt aus einer geschlossenen grauschwarzen Wolkendecke, die von sehr schnell aufeinanderfolgenden Blitzen ausgeleuchtet wird. Dann beginnt es wie aus Kübeln zu schütten, und es bleibt ihnen nichts anderes übrig, als in das Bistro zurückzukehren und dort das Ende des Gewitters abzuwarten. Aleyna nutzt die Zeit, um ein Hotelzimmer zu buchen und für den Abend einen Tisch in einem Restaurant reservieren zu lassen. Carla überlegt, ob sie Moritz anrufen soll, aber sie möchte nicht am Telefon über den Streit sprechen. Stattdessen schreibt sie ihm eine Nachricht: *Alles okay bei uns. Mach dir keine Sorgen. Freue mich auf morgen.* Nach kurzem Nachdenken schickt sie die Nachricht auch an Bischoff.

Als sie sich zwei Stunden später im Hotel durch die Fernsehkanäle zappen, ist die Explosion auf dem Supermarktparkplatz in Neukölln das Hauptthema aller Sender. Neben zahlreichen Fotos von dem Autowrack gibt es eine kurze Pressemitteilung der Polizei, in der von zwei männlichen Autoinsassen die Rede ist, die bei der Explosion ums Leben kamen, deren Ursache noch im Dunkeln liege. Eine Vielzahl von Autos auf dem Platz seien ebenfalls beschädigt worden, weitere Personen jedoch glücklicherweise nicht zu Schaden gekommen. An der Identifizierung der Toten würde noch gearbeitet, ein Verbrechen sei nicht auszuschließen.

»Glaubst du, dass Terloy tot ist?«, fragt Aleyna.

»Ja.«

»Sie waren zu viert. Wo sind die anderen zwei?«

»Ist doch scheißegal. Sie haben sich getrennt. Zwei sind weg, und zwei sind tot.«

Aleyna schüttelt nachdenklich den Kopf. »Es wird dir nicht gefallen, dass ich das sage, aber für uns wäre es besser, wenn alle vier tot wären.«

»Das gefällt mir tatsächlich nicht. Ich muss jetzt telefonieren.«

Carla wählt Jamilas Nummer und erzählt ihr, was passiert ist. »Ich komme morgen Nachmittag zu dir, und wir sprechen noch einmal über alles.«

»Nein, bitte tu das nicht.« Jamilas Stimme klingt tonlos und merkwürdig gleichgültig. »Ich brauche ein paar Tage für mich. Wenn ich wieder Kraft zum Reden habe, melde ich mich bei dir. Danke für alles.«

Jamila beendet das Gespräch, und auch Carla legt das Handy beiseite. Sie fühlt sich leer und ausgebrannt und hat das Gefühl, dass der Schock erst jetzt seine Wirkung entfaltet. Sie waren weit entfernt vom Explosionsort und nicht in ernster Gefahr, aber ihr ist kalt vor Angst, und sie muss dauernd ihre nassen Hände an der Jeans abwischen. Was, wenn Terloy seinen Angeberschlitten direkt vor dem Bistro geparkt hätte? Dann hätte die Plastikfolie die

Schaufensterscheibe vielleicht nicht am Zersplittern gehindert und die Druckwelle sie voll erfasst.

Was genau ist da abgelaufen? Eine Unterweltgröße wurde in ihrem Auto in die Luft gesprengt. Wie in einem amerikanischen Gangsterfilm. Schon hundertmal hat Carla solche Szenen im Kino gesehen. Jemand steigt in sein Auto, seine Hand bewegt sich in Richtung Zündschlüssel, und der Zuschauer hat Zeit für eine Fifty-fifty-Wette.

Wie hat Aleyna zutreffend gesagt? Auf dem Parkplatz war Bulat Terloy der Mann mit den meisten Feinden. Konkurrenten und Neider, Araber, Russen, Albaner, irgendwelche Rocker ... Es könnte Carla völlig egal sein, wer ihn umgebracht hat, aber das ist zu kurz gedacht. Denn es wird mit Sicherheit Leute geben, denen das *nicht* egal ist. Leute, die sich fragen, was er überhaupt auf dem Parkplatz gewollt hat. Die mit den Männern sprechen werden, die bei ihm waren, aber nicht in das Auto gestiegen sind. Und von ihnen erfahren, dass Terloy sich in dem Bistro mit zwei Frauen getroffen hat. Wer die Frauen waren, wissen sie leider nicht, aber es gibt Fotos ... Scheiße.

Für uns wäre es besser, wenn alle vier tot wären. Aleynas unbarmherziger Satz klingt in ihren Ohren. Sie schaut hoch und sieht, dass ihre Freundin sie anstarrt.

»Du hast es kapiert, oder?«

Carla nickt. »Was denkst du, wie lange es dauert, bis sie auf uns kommen?«

»Keine Ahnung.«

»Lass uns zur Polizei gehen. Wir erzählen einfach die Wahrheit. Dass wir nach Berlin gekommen sind, um Terloy wegen dieser Entführung im Kaukasus um Hilfe zu bitten. Und dass er diese Hilfe zugesagt hat, bevor er von weiß der Himmel wem in die Luft gesprengt wurde. Wir bitten um Polizeischutz, weil wir befürchten, in etwas hineingezogen zu werden, mit dem wir nicht das Geringste zu tun haben.«

»Für eine Anwältin bist du reichlich naiv. Die Beamten werden alles, was wir erzählen, sorgfältig protokollieren und uns dann mit guten Wünschen wieder vor die Tür setzen. Mit dem Fall, der *sie* interessiert, haben wir ja gar nichts zu tun. Aus ihrer Sicht besteht weder ein Grund, uns Schutz anzubieten, noch eine Handhabe, uns irgendwie festzusetzen. Wenn wir Pech haben, müssen wir uns zu ihrer Verfügung halten und noch ein wenig in Berlin bleiben. Das Blödeste ist aber Folgendes: Wenn du wahrheitsgemäß erzählst, worum wir Terloy gebeten haben, musst du den Namen deiner Mandantin nennen, und damit landet deren ganze Lügengeschichte über kurz oder lang auf den Schreibtischen der Frankfurter Kriminalbeamten, weil ihre Berliner Kollegen sie anrufen werden ... Vergiss die Bullen, das ist eine Scheißidee!«

Carla nickt. »Du hast recht. Was machen wir also?«

»Wir bleiben hier im Hotel. Es ist am sichersten, wenn wir es vor morgen früh nicht mehr verlassen.«

Aleyna greift nach dem Festnetztelefon neben dem Bett und ruft die Rezeption an.

»Wäre es möglich, heute Abend noch einen Tisch für zwei Personen in Ihrem Restaurant zu bekommen? Wunderbar, dann kommen wir gleich runter.« Sie legt auf, wendet sich wieder Carla zu und zeigt mit dem Finger auf die Zimmertür. »Die sieht solide aus und lässt sich zweifach verriegeln. Ich glaube nicht, dass man sie aufbrechen kann, ohne einen Höllenlärm zu verursachen. Wir essen im Hotel. Danach verbarrikadieren wir uns hier im Zimmer. Morgen früh rufen wir die Rezeption an und bitten um einen Pagen, der uns mit unserem Gepäck in die Tiefgarage begleitet. Wir verschwinden aus der Stadt und frühstücken an einer Autobahnraststätte.«

»Guter Plan«, sagt Carla. »Und den Teil mit dem Betrinken lassen wir heute weg.«

»Tamam!« Aleyna zieht ihre Sneakers an, streift einen Kapuzenpulli über und wartet, bis Carla ebenfalls so weit ist. Dann reißt sie schwungvoll die Tür zum Flur auf und fliegt, von einem harten Stoß getroffen, ebenso schwungvoll zurück ins Hotelzimmer. Carla kann zur Seite ausweichen, Aleyna schlägt hart auf dem Zimmerboden auf.

Sie sind zu dritt und müssen direkt hinter der Tür gestanden haben. Geräuschlos huschen sie ins Zimmer und schließen die Tür hinter sich. Carla öffnet den Mund, um zu schreien, aber einer der Männer schiebt sein geöffnetes Sakko zur Seite, gibt den Blick auf eine Pistole frei und legt den Zeigefinger seiner rechten Hand in einer unmissverständlichen Geste auf die Lippen.

DREIUNDDREISSIG

Der Mann mit der Pistole sieht aus wie eine jüngere, schlankere Ausgabe des tschetschenischen Bären, den sie heute Nachmittag kennengelernt haben. Die gleiche Barttracht, rotbraune Haare, Sonnenbrille.

Seine Begleiter sind zwei von den Schlägertypen, die Bulat Terloy im Bistro bei sich hatte. Sie bauen sich an der Tür auf und überlassen dem Rothaarigen das Reden.

Der zeigt mit dem Finger auf Carla und sagt: »Helfen Sie Ihrer Freundin hoch, und setzen Sie sich auf das Bett. Beide. Wenn Sie vernünftig sind, passiert niemandem etwas.« Gutverständliches Deutsch trotz eines schweren russischen Akzents, ähnlich wie bei dem Mann, der am Nachmittag in seinem Auto starb. Eine traurige und wütende Stimme.

Carla hilft Aleyna, die einen etwas benommenen Eindruck macht, auf die Beine und bugsiert sie vorsichtig zur Bettkante. Dann setzt sie sich daneben.

Der Mann mit der Pistole hockt sich rittlings auf einen Stuhl, kreuzt die Arme über der Rückenlehne und starrt die beiden Frauen an.

»Wer sind Sie?«, fragt er.

»Mein Name ist Winter. Ich bin Rechtsanwältin in Frankfurt.« Carla zeigt mit dem Daumen neben sich. »Und das ist meine Freundin Aleyna Ekincis aus Essen.«

»Die Tochter von Asan Ekincis?«

»Ja.«

Er wendet sich mit eisigem Blick an Aleyna. »Wieso kommen Sie mit Ihrer Anwältin nach Berlin, um meinen Bruder in eine Falle zu locken?«

»Das haben wir nicht getan«, sagt Carla.

»Wie viel hat man Ihnen dafür bezahlt?«, bohrt der Mann weiter.

»Entschuldigung! Das ist ein Missverständnis«, sagt Aleyna und klingt so ängstlich, dass Carla ihre Stimme kaum wiedererkennt. »Wir haben mit dem Tod Ihres Bruders nicht das Geringste ...«

»Sie haben zuletzt mit ihm gesprochen. Meine Leute können das bezeugen.« Er deutet mit dem Daumen auf die Männer an der Tür. »Als die beiden mit meinem Bruder das Restaurant verlassen haben, wollten sie im Supermarkt noch schnell was besorgen. Nur deshalb leben sie noch.«

Die Trauer um seinen Bruder lässt seine Stimme beben. Er räuspert sich. Dann zieht er das Sakko aus und lässt es achtlos zu Boden gleiten. Carlas Blick huscht zu der Pistole in dem Halfter unter seiner linken Achsel und bleibt dort hängen, als der Mann weiterspricht.

»Nach der Explosion sind die beiden zum Auto zurückgerannt und haben später dann gesehen, wie Sie und Ihre Freundin sich unter die Gaffer gemischt haben. Kurz darauf sind Sie noch einmal in das Bistro zurückgekehrt, und als das Gewitter vorüber war, sind meine Leute Ihnen zu diesem Hotel gefolgt.«

»Darf ich dazu etwas sagen?«, fragt Carla und zwingt sich, ihren Blick von dem Schulterhalfter zu lösen und dem Mann in die Augen zu sehen.

»Darum sind wir hier.«

Carla reißt sich zusammen und versucht, ihrer Stimme einen ernsten und eindringlichen Klang zu geben. »Es tut uns sehr leid, dass Ihr Bruder tot ist, und wir möchten zu Ihrem Verlust unsere Anteilnahme ausdrücken. Auch für uns ist sein Tod schmerzlich, weil er unsere letzte Hoffnung war. Wir sind nach Berlin gekommen, um seine Hilfe zu erbitten. Er war bereit, uns anzuhören, und *er* war es, der den Treffpunkt festgelegt hat. Verstehen Sie, was ich sagen will? Wir haben ihn nirgendwo hingelockt, sondern *er* hat das Restaurant im Supermarkt ausgesucht.«

Der Mann auf dem Stuhl hat ihr mit unbewegtem Gesicht zugehört. Er dreht sich zu seinen Leuten um und stellt ein paar Fragen auf Tschetschenisch. Sie antworten ausführlich, zucken dann entschuldigend mit den Achseln, und er wendet sich wieder Carla und Aleyna zu. »Meine Leute können das nicht bestätigen. Mein Bruder hat sie über seine Pläne niemals informiert. Sie wussten nicht, worum es bei seinem Gespräch mit Ihnen ging, und haben auch von der Unterhaltung nichts verstanden. Also will ich es von Ihnen hören. Was wollten Sie von meinem Bruder?«

»Lass mich das erzählen«, sagt Aleyna. Als Carla nickt und der Mann auf dem Stuhl sich ihr zuwendet, berichtet sie von Jamila, ihren entführten Kindern und der Hoffnung, dass Bulat Terloy mit seinen Beziehungen in Tschetschenien etwas über deren Verbleib herausfinden könnte.

Terloys Bruder runzelt voller Zweifel die Stirn. »Und das wollte Bulat machen? Das sieht ihm gar nicht ähnlich.«

»Die Mutter der verschwundenen Geschwister kann die Geschichte bestätigen. Jamila Chovka aus dem Nordkaukasus. Wenn Sie meiner Freundin erlauben, in Frankfurt anzurufen, können Sie sie fragen. In Ihrer Muttersprache. Das ist doch ein überzeugender Beweis.«

Der Tschetschene überlegt einen Augenblick und nickt dann. »Kommen Sie nicht auf irgendwelche komischen Ideen. Stellen Sie das Telefon auf Lautsprecher, und geben Sie es mir, wenn diese Frau sich meldet.«

Carla nestelt ihr Handy heraus, wählt Jamilas Nummer und hört Sekunden später ihre Stimme. »Hallo, Carla. Was gibt's denn noch?«

»Wir haben hier eine ernste Situation. Ich gebe jetzt das Telefon weiter, und du erklärst dem Mann auf Tschetschenisch, warum ich nach Berlin gefahren bin und um welchen Gefallen wir seinen Bruder bitten wollten. Du kannst offen sprechen.«

Carla reicht Terloys Bruder das Telefon, und er beginnt mit einer harschen Frage in dieser unendlich kompliziert und fremd klingenden Sprache, die Carla zum ersten Mal in ihrem Leben hört. Jamila antwortet in einem deprimierten, leiernden, aber keineswegs unterwürfigen Ton und spricht lange, bis der Mann sie schließlich unwirsch unterbricht und dabei ins Deutsche wechselt.

»Gut, das habe ich verstanden. Aus dem Geschäft wird nichts. Mein Bruder ist tot.« Er legt auf und starrt ratlos an die Decke. Dann bückt er sich nach seinem Sakko, zieht es über und steht auf. »Legen Sie Ihre Ausweispapiere auf den Tisch. Alles, was Sie dabeihaben. Pass, Führerschein, Krankenversicherung, Kreditkarten.«

Carla und Aleyna gehorchen, ohne Fragen zu stellen. Einer der beiden Schläger tritt an den Tisch heran und fotografiert mit seinem Handy alle Dokumente von beiden Seiten.

Dann wendet sich Terloys Bruder noch einmal direkt an Carla. »Wir werden herausbekommen, wer meinen Bruder ermordet hat. Falls Sie doch etwas damit zu tun haben, finde ich Sie. Wir haben Ihre Gesichter, Ihre Adressen und alle anderen Daten. Es gibt keinen Ort auf der Welt, an dem Sie sich vor mir verstecken könnten.«

Er gibt seinen Leuten einen Wink, öffnet die Tür, und der Spuk ist vorbei.

Carla holt mit dem Fuß aus und kickt den Stuhl, auf dem der Tschetschene gesessen hat, durchs Zimmer. »Was für ein verdammtes Arschloch!«

Aleyna zuckt mit den Schultern. »Das war ein vergleichsweise zurückhaltendes Exemplar. Richtiggehend vernünftig. Er hat uns nicht geschlagen oder beleidigt, und die Drohungen waren eher abstrakt.«

»Also, um *mich* einzuschüchtern, hat es gereicht. Als er sein

Sakko ausgezogen hat, dachte ich, das sei der Auftakt, uns zusammenzuschlagen. Und weißt du, was das Schönste ist? Wenn ich diese ganze Geschichte Moritz erzähle, lässt der mich nie wieder vor die Tür. Es ist haargenau das, was er prophezeit hat.«

»Ich weiß nicht, worüber du dich beschwerst: Ein Mensch, um den sich keiner sorgt, ist eine arme Socke.«

»Jaaa, jaaa, jaaa!«, sagt Carla und stellt den umgetretenen Stuhl wieder auf die Beine. »Möchtest du noch in das Restaurant?«

Aleyna schüttelt den Kopf. »Mir ist der Appetit vergangen. Ich will gleich an die Bar!«

»Warum nicht«, sagt Carla. »Die bösen Jungs waren ja schon da. Kein Grund mehr, nüchtern zu bleiben. Futtern wir dem Barmann die Cracker weg.«

VIERUNDDREISSIG

Am frühen Nachmittag des nächsten Tages kehren sie nach Frankfurt zurück. Aleyna setzt Carla vor ihrem Haus ab und fährt gleich weiter in Richtung Ruhrgebiet. Während der Fahrt hat sie einen Anruf vom Pfleger ihres Vaters erhalten, der sie gebeten hat, möglichst schnell nach Hause zu kommen. Sie hat das Telefonat über die Freisprechanlage geführt, und Carla hat notgedrungen mitgehört. Es war die Rede von einer deutlichen Verschlechterung des Allgemeinzustandes und der strikten Weigerung des Patienten, in ein Krankenhaus zu gehen.

Der Gedanke an das jähe Erschrecken und die Traurigkeit im Gesicht ihrer Freundin macht Carla zu schaffen.

»Lass mich mitkommen und versuchen, dir zu helfen. Du musst das nicht allein durchstehen«, hat sie gesagt.

Aleyna hat den Kopf geschüttelt. »Hilfe ist Familiensache, und Trost ist eine Illusion. Aber danke. Ich melde mich bei dir.«

Carla schaut dem schwarzen BMW nach und verspürt eine unbestimmte Wehmut. Es gibt nicht viele Frauen, mit denen sie so gerne zusammen ist wie mit Aleyna Ekincis. Vom ersten Moment an hat die Chemie zwischen ihnen gestimmt, und auch in den letzten Tagen hat Aleyna sich als hilfreich und tatkräftig bewährt. Carla ist sich sicher, dass Aleyna ihre Wertschätzung und Zuneigung erwidert. *Ich brauche keine Consigliera, sondern eine Freundin.* Diese Ansage hat Carla gutgetan und sie beruhigt. Wobei der Nachsatz ihr zu denken gibt: *Wenn ich allerdings beides bekommen könnte, würde ich auch nicht Nein sagen.*

Der Plan mit Bulat Terloy hat nicht funktioniert. Steht sie trotzdem in Ekincis' Schuld? Und nach ihm in der Schuld seiner Tochter? Er hat in jedem Fall versucht, ihr zu helfen, und seine Beziehungen spielen lassen. Dass der Tschetschene im entscheidenden Augenblick ermordet wurde, lag nicht in der Verantwortung der Ekincis. Wird Carla also irgendeinen Preis bezahlen müssen für das, was der Alte für sie organisiert hat? Macht er sich angesichts des nahen Todes überhaupt noch Gedanken über solche Dinge?

»Willst du nicht reinkommen?« Bischoff ist in der Haustür aufgetaucht und begrüßt sie mit einer einladenden Geste. Wie immer trägt er Strickjacke und Cordhosen sowie eines seiner karierten Hemden, und sein faltiges Ledergesicht strahlt.

Carla geht auf ihn zu und umarmt ihn. Bischoff erwidert die Umarmung und ist ganz offensichtlich erleichtert, sie wiederzusehen, und gerührt von ihrem Gefühlsausbruch.

»Jetzt komm endlich«, sagt er. »Ich habe Chili con Carne gekocht. Müssen wir nur aufwärmen.«

Eine Viertelstunde später sitzen sie zusammen in der Küche und löffeln den Eintopf, der zu Bischoffs Standardfavoriten gehört, die er in stets gleichbleibender Qualität regelmäßig auf den Tisch bringt. Höflich wartet er mit seinen Fragen, bis Carla eine zweite Portion verdrückt hat, dann kann er seine Neugier nicht mehr zügeln.

»Komm nicht auf die Idee, mit dem Erzählen auf Moritz warten zu wollen. Ist mir egal, ob du es zweimal erzählen musst. Ich will es jetzt hören.«

»Wirst du«, sagt Carla. Sie steht auf, holt sich ein Bier aus dem Kühlschrank und trinkt gleich aus der Flasche. »Frag los!«

»Gestern Nachmittag habe ich die Information auf den großen Nachrichtenportalen im Netz zum ersten Mal gesehen, und seitdem überschlagen sich vor allem die Berliner Medien mit immer neuen Meldungen: Eine bekannte Unterweltgröße tschetschenischer Abstammung ist auf einem Supermarktparkplatz in Berlin-

Neukölln mit seinem Auto in die Luft gesprengt worden. Mit ums Leben kam der Beifahrer. Wie weit wart ihr entfernt?«

»Weniger als zweihundert Meter.«

»Na großartig. So was habe ich mir in etwa gedacht.« Bischoff klingt gleichzeitig erschrocken und erleichtert. »Wir waren heilfroh über deine Nachricht. Vor allem, als wir dann gesehen haben, wie es weiterging. Wir konnten die Eskalation der Sache regelrecht im Internet verfolgen. Gegen Mitternacht wurden zwei Mitglieder einer arabischen Großfamilie vor einem Nachtclub erschossen, und in den Morgenstunden starb ein tschetschenischer Türsteher in Berlin-Mitte. Glückwunsch! Du kannst später mal erzählen, dass du beim Ausbruch eines Bandenkrieges dabei warst.«

»Jetzt bleib mal auf dem Teppich. Uns ist nichts passiert, und *dabei* waren wir auch nicht mehr oder weniger als alle anderen Gäste, die zufällig in dem Bistro waren. Als wenn man kontrollieren könnte, was in zweihundert Metern Entfernung von einem passiert. Was *mich* fertigmacht, ist, dass alles umsonst war. Bulat Terloy ist tot, und die Hoffnung, etwas über Jamilas Kinder herauszufinden, ist damit gestorben. Jamila das zu sagen, war fürchterlich.« Carla kann nicht verbergen, dass sie mit den Tränen kämpft.

Bischoff sieht sie an und nickt dann nachdenklich. »Kinder. Ich habe eine Weile gebraucht, bis ich es kapiert habe. Aber es ging die ganze Zeit um Kinder, nicht wahr? Nicht nur um die deiner Mandantin, sondern um alle. Und vor allem um die, die nicht da sind.«

Carla spürt, wie ihre Muskeln sich verkrampfen, und versucht vergeblich, die aufkommende Wut und Verzweiflung niederzukämpfen. Zum ersten Mal und nur für einen winzigen Augenblick bereut sie es, dass sie Bischoff bei sich hat einziehen lassen. Leise, aber unüberhörbar meldet sich Ellens Stimme in ihrem Kopf. *Weil er so verdammt schlau ist, oder?*

Halt du dich da raus!

Carla steht auf und bewegt sich in Richtung Kühlschrank.

»Ich will auch eins«, sagt Bischoff.

Sie nimmt zwei Bierflaschen heraus, öffnet sie und reicht ihm eine. »Konnte man zu deiner Zeit in der Orientalistik Psychologie als Nebenfach studieren?«

Bischoff trinkt in einem tiefen Zug fast die Hälfte seines Biers und stellt es dann beiseite. »Kann ich mit dir darüber reden, ohne dass du auf mich losgehst?«

»Bei mir gibt es keine Blanko-Garantiescheine.«

»Verstehe.« Bischoff überlegt lange und scheint sich jedes Wort einzeln zurechtzulegen. »Es ist schon ewig her, dass ich über das Thema gesprochen habe. Ruth und ich konnten keine Kinder bekommen. Vermutlich lag es an mir, aber wir sind der Frage nie ernsthaft nachgegangen, sondern haben einfach akzeptiert, dass es so war. Hormonbehandlungen, künstliche Befruchtung, all das war ja damals noch in den Kinderschuhen. Wir haben uns damit abgefunden, sind alt geworden, und dann ist sie gestorben.«

Die Traurigkeit in Bischoffs Stimme dämpft Carlas Zorn nur wenig. »Und, was willst du jetzt von mir hören?«

»Was immer du mir erzählen möchtest.«

Nichts! Nichts möchte sie erzählen. Was sie am liebsten *tun* würde, ist, die Bierflasche in Bischoffs Richtung werfen. Stattdessen dreht sie sie minutenlang in den Händen, bevor sie sich zusammenreißt und antwortet.

»Als ich Felix geheiratet habe, war ich einunddreißig und hatte eine aussichtsreiche Karriere als Wirtschaftsanwältin vor mir, an der mir weiß Gott viel gelegen war. Trotzdem war da immer so ein biederer Traum von Familie, Kindern und einem Häuschen am Stadtrand in meinem Kopf. Nur nicht jetzt, sondern eben später, habe ich gedacht. Es hat vier Jahre gedauert, bis ich begriff, dass es mit Felix so ein ›später‹ nicht geben würde. Nach der Scheidung habe ich mein Leben völlig umgekrempelt und nur noch wie verrückt gearbeitet, um über die Trennung hinwegzukommen.«

Bischoff nickt und macht eine aufmunternde Bewegung mit der Hand.

Carla trinkt einen Schluck, bevor sie weiterspricht. »Na ja, ab da lief die Uhr, aber ich konnte sie nicht ticken hören. Vielleicht habe ich auch weggehört, was gar nicht so schwierig war. Als meine Schwestern ihre Kinder bekamen, habe ich sie nämlich kein bisschen beneidet. Schlaflose Nächte, Kotze wischen, Pampers wechseln, Ferien auf dem Bauernhof statt Surfen auf den Bahamas ... das braucht kein Mensch, habe ich gedacht. Es hat mich auch genervt, dass man mit keiner von ihnen mehr über irgendwas reden konnte, das nichts mit ihren Gören zu tun hatte. Wenn die lieben Kleinen endlich durchschliefen und gescheit aufs Klo gingen, war der Kindergartenplatz das große Brandthema, danach die fiese Grundschullehrerin, die keine Gymnasialempfehlung rausrücken wollte, und, und, und ... es nahm einfach kein Ende ... nur ...« Carla atmet tief ein und gibt ein mürrisches Knurren von sich.

Auf Bischoffs Gesicht deutet sich ein Grinsen an. »Da war noch die andere Seite der Medaille.«

»Ja.« Carla ringt sich ebenfalls zu einem müden Lächeln durch. »Ich habe gemerkt, dass dieser ganze Irrsinn sie tatsächlich glücklich machte. Da waren diese innigen Momente. Die glänzenden Augen, wenn sie von ihren Kindern erzählten. So ein Gefühl, das mir wie Dauerverliebtheit vorkam.«

»So ein Gefühl hättest du auch gerne gehabt?«

»Ich wusste, dass es ohne den anderen Scheiß nicht zu haben ist.«

»Und wie geht es dir jetzt damit?«

»Der Zug ist abgefahren, und es kommt auch keiner mehr.«

»Hat das alles was mit Jamila Chovka zu tun?«

»Du bist eine gottverdammte alte Nervensäge!«

»Ich weiß«, sagt Bischoff. »Gib mir was von deinem Grappa.«

FÜNFUNDDREISSIG

Carla hört das Klingeln an der Tür und kurz darauf, wie die Schlafzimmertür leise geöffnet wird. Moritz verzichtet darauf, das Licht anzuschalten, und schlüpft angezogen zu ihr unter die Bettdecke. »Hallo, Doktor«, sagt sie schläfrig. »Schön, dass Sie es einrichten konnten.«
»Schön, dass du mich angerufen hast.«
»Tut mir leid, dass ich so ein verdammter Sturkopf war.«
Moritz küsst ihren Hals und bringt seinen Mund nahe an ihr Ohr. »Darauf kommen wir noch mal zurück. Warum liegst du abends um sieben schon im Bett?«
Carla dreht sich zu ihm um, hält aber die Augen geschlossen. »Bischoff hat mich abgefüllt und totgequatscht.«
»Typisch alter weißer Mann«, sagt Moritz.
Carla hört das Feixen in seiner Stimme und lächelt. »Ja, es war schrecklich. Als ich aus Berlin kam, hatte er sein wunderbar scharfes Chili gekocht, du weißt schon ... Damit ich mich gleich zu Hause fühle und als Grundlage für den Alkohol. Das gehörte alles zum Plan. Ein abgekartetes Spiel. Aber wie sollte ich das wissen? Ich habe reichlich gegessen und dann Durst bekommen.«
»Ziemlich heimtückisch, selbst für einen Mann wie Bischoff!«
Carla nickt heftig, blinzelt kurz und macht die Augen wieder zu. »Ich gebe zu, das erste Bier war meine Idee. Eine natürliche Reaktion auf das Essen.«
»Zutiefst menschlich, würde ich sagen.«
»Genau! Aber dann hat *er* die Regie übernommen.«

»Was hat er getan?«

»Mehr Bier geholt. Und den Grappa ins Spiel gebracht.«

»Teufel auch! Und dir blieb keine Wahl?«

Carla schüttelt ernst den Kopf. »Keine! Er hat angefangen, mich zu analysieren. Mir Psychofragen zu stellen, die ohne noch mehr Bier nicht auszuhalten waren. Ich wollte dauernd eine Flasche nach ihm werfen, aber natürlich keine volle. Das wäre zu gefährlich gewesen. Also habe ich sie erst ... na ja, und dann hatte ich das Werfen vergessen.«

»Was für ein Nachmittag. Und wie endete er?«

»Bevor ich mich strafbar machen konnte, bin ich ins Bett gegangen.«

»Immerhin hast du es noch geschafft, dich auszuziehen.«

»Oh, merkt man das?«

Moritz lässt seine Hand ihren nackten Rücken hinuntergleiten. »Ja, da gibt es keine Zweifel.«

»Und, hast du vor, meine Situation auszunutzen?«

»Vor allem hatte ich vor, zu erfahren, wie es in Berlin gelaufen ist.«

»Scheiße«, sagt Carla, richtet sich auf und merkt selbst, dass sie plötzlich sehr nüchtern klingt. »Ich hatte gehofft, dieses Thema heute vermeiden zu können.«

»Bist du deshalb so früh schlafen gegangen? Keine Chance. Rück ein bisschen näher und gib mir die Kurzversion.«

»Gut.« Carla kuschelt sich an ihn und beginnt, sein Hemd aufzuknöpfen. »Die Kurzversion lautet: Bulat Terloy ist tot, wir leben noch, und du hattest verdammt noch mal recht! Zufrieden?«

SECHSUNDDREISSIG

Als Carla um 10 Uhr am nächsten Morgen die Kanzlei betritt, sind die schlimmsten Folgen des Alkoholmissbrauchs überwunden und es geht ihr gar nicht mal so schlecht. Moritz hat sich mit ihrem Lippenbekenntnis, dass er recht hatte, sofort zufriedengegeben und sie einmal mehr in ihrer Überzeugung bestärkt, dass Männer denkbar einfach strukturierte Wesen sind. Die Freude darüber, sie wohlbehalten wieder bei sich zu haben, hat ihn den Streit ohne weitere Umstände abhaken lassen. Bis zum nächsten Mal. Wenn Carla eines sicher weiß, dann, dass *sie* sich *nicht* ändern wird.

Sie lehnt sich zurück und schließt die Augen. Soll doch wer anders arbeiten. Es wäre schön, einfach so sitzen zu bleiben und nachzudenken. Über das, was Bischoff gesagt hat, und über Moritz. Gestern Nacht hat es ein paar wunderbare Momente gegeben, in denen ihr durch den Kopf schoss, vielleicht doch noch einmal zu heiraten, was sie bis vor einer Woche als völlig irrsinnig abgetan hätte.

Sie spürt, wie sie in einen netten kleinen Tagtraum gleitet, und ruft sich selbst zur Räson. Sie sollte wenigstens so tun als ob und den Computer anschalten. Vielleicht hat sie Glück und kann es dabei belassen ...

Doch die Hoffnung auf einen ruhigen, angenehm ereignislosen Vormittag erfüllt sich nicht. Kaum hat sie ihren PC hochgefahren, als auch schon Mathilde hereinstürmt, stutzt und sie kritisch mustert. Ein breites Grinsen überzieht ihr Gesicht.

»Hallöööchen! Sie sehen gut aus heute Morgen. Hatten Sie eine schöne Nacht?«

Carla verzieht keine Miene und starrt sie so lange wortlos an, bis Mathilde klein beigibt. »'tschuldigung. Ist mir so rausgerutscht.«

»Leuten, die ›Hallöööchen‹ sagen, sollte man auf der Stelle das Wahlrecht entziehen.«

»Tut mir leid ... kommt nicht ...«

Mathilde sieht so verunsichert und ratlos aus, dass Carla den Vormittag als gerettet betrachtet.

»Während Sie weg waren, ist einiges passiert«, sagt Mathilde, als sie sich wieder gefangen hat. »Wollen Sie auf den neuesten Stand gebracht werden?«

Nein, eigentlich möchte sie das nicht. Sie würde gerne noch weiter in Ruhe nachdenken. Über Bischoff und über ihre Gefühle für Moritz. Über Aleyna und deren sterbenden Vater und über Jamila und den Verlust der Kinder. Es muss noch einen anderen Weg geben, ihr zu helfen, aber um den zu finden, braucht Carla mehr Zeit. Seit dem Aufwachen heute Morgen geht ihr die Frage im Kopf herum, warum sie nicht auf die Idee gekommen sind, Terloys Bruder das gleiche Angebot zu machen wie Bulat. Weil er ihnen seine Waffe unter die Nase gerieben hat und ziemlich bedrohlich wirkte, aber vielleicht hätte man ihn ...

Mathildes ungeduldig resolutes Räuspern holt sie in die Realität zurück. »Darf ich?«

»Schießen Sie los!«

»Ein Friedhelm Claassen bittet um einen Termin. Er hat eine Anzeige am Hals wegen einer Trunkenheitsfahrt in seinem SUV, die garantiert zur Anklageerhebung führt. Am Ende hat er den Spritfresser mit 80 km/h in die Schaufensterscheibe eines Juweliergeschäftes gesetzt. Da kommt einiges zusammen. Jede Menge Alkohol am Steuer, gefährlicher Eingriff in den Straßenverkehr, Sachbeschädigung. Besonders blöd ist, dass er so etwas Ähnliches vor zwei Jahren schon einmal abgezogen hat. Also ... ohne den

Juwelierladen. Seine Hauptsorge ist, dass er den Führerschein verliert, weil dann auch sein Job weg ist.«

Carla schüttelt konsterniert den Kopf. »Die Leute haben echt Nerven. Wenn ich ihn vor dem Knast bewahren kann, was keineswegs sicher ist, verdonnert ihn der Richter auf jeden Fall zum Idiotentest. Die MPU wird ihn das ganze nächste Jahr in Atem halten, und dann ist der Job sowieso weg. Wir übernehmen den Fall! Machen Sie einen Termin aus.«

Mathilde nickt zufrieden. »Dann haben sich die Herren Hagemann & Rogge noch einmal gemeldet. Sie erinnern sich? Die standen vor einem Jahr wegen Insolvenzverschleppung vor Gericht und waren mit Ihrer seltenen Anwesenheit in der Kanzlei so unzufrieden, dass sie sich neue Anwälte gesucht haben. Nachdem sie verknackt wurden, dämmerte es ihnen wohl, dass das ein Fehler war. Sie wollen in Berufung gehen und möchten Sie dafür wieder im Boot haben.«

»Geht klar«, sagt Carla. »Noch was?«

»Ein Supermarktleiter. Wird von zwei Mitarbeiterinnen und einer Auszubildenden der sexuellen Nötigung bezichtigt. Er war sehr aufgebracht am Telefon und schwört, die Anschuldigungen seien komplett frei erfunden. Was mich ein bisschen irritiert hat, war, dass er fünfmal wiederholte, er wolle unbedingt eine Anwältin, weil es seine Chancen vor Gericht verbessern würde, wenn ihn eine Frau verteidigt.«

Carla seufzt. »Zu viele Ami-Filme. Wenn an der Kalkulation überhaupt was dran ist, dann nur bei einer Jury. Er soll sich jemand anderes suchen. Empfehlen Sie ihm die Kolleginnen Heilmann, Bode & Kravçik. Da hat er gleich drei Frauen zur Auswahl. Trio infernale.«

»Gut«, sagt Mathilde. »Dann hätte ich nur noch eine Kleinigkeit.«

Carla runzelt fragend die Stirn. »Machen Sie es ruhig spannend, der Tag ist ja noch jung.«

Mathilde verzieht das Gesicht und beschließt offenbar, dass sie mit Höflichkeit und Diplomatie für heute durch ist.»Ihr Vater hat angerufen. Klang ziemlich bräsig. Er bittet um Rückruf. Wenn's geht, noch in *diesem* Leben. *Seine* Worte, nicht meine.«

Sie dreht sich um und rauscht aus dem Zimmer.

Carla spürt, wie ihr Puls Fahrt aufnimmt. Das hat ihr gerade noch gefehlt. Ihr Vater ist nach dem Tod seiner Frau zu seiner jüngsten Tochter Ricarda gezogen, die in Esbjerg verheiratet ist. *Es geht ihm gut dort,* hat Ellen behauptet. *Er grantelt den ganzen Tag herum und meckert über die Dänen, aber Ricki sagt, im Grunde sei er ganz glücklich. Ihre Kinder halten ihn auf Trab.*

Normalerweise ruft er nur an Feiertagen an. Wenn das Telefonat so ablief, wie Mathilde es geschildert hat, dann ist das gar kein gutes Zeichen. Was für ein elender Mist. Jetzt mit ihrem Vater zu telefonieren ist so ungefähr das Letzte, wonach Carla der Sinn steht, aber es ist besser, das Gespräch nicht aufzuschieben. Sie tippt seine Handynummer an, und es dauert ewig, bis sich die Verbindung aufbaut. Endlich ist er dran.

»Hallo, Carla.« Ihr Vater klingt nicht bräsig, wie Mathilde sich ausdrückte, sondern eher bedrückt.

»Hallo, Papa. Wie geht es dir?«

»Geht so.«

Das hört sich nicht gut an. Jost Bellmann – ehemals Latein- und Griechischlehrer an einem Wiesbadener Gymnasium und sein Leben lang davon überzeugt, dass es für alle das Beste war, wenn man auf ihn hörte – hat offenkundig Sorgen.

»Erzähl mir, was los ist. Bist du krank? Warum hast du nicht meine Handynummer angerufen, sondern die Kanzlei?«

»Ich muss mich auf dem Scheißhandy vertippt haben, und nein – krank bin ich nicht. Wenn jemand krank ist, dann deine Schwester!«

»Was?« Carla hat das Gefühl, dass ihr der Schreck direkt in den Magen fährt und diesen mit eiserner Faust zusammenpresst. »Was ist mit Ricki?«

»Sie will sich scheiden lassen«, poltert ihr Vater los. »Alles hinwerfen! Kannst du dir das vorstellen? Acht Jahre Ehe, drei Kinder, und jetzt so was?«

Richtig gute Nachrichten sind das nicht, aber Carla hat Mühe, ein zutiefst erleichtertes Seufzen zu unterdrücken. Kein Krebs, keine MS, keine Depression ...

»Erzähl mir, was passiert ist. Von vorne bitte.«

»Ja. Zwischen Lars und Ricki läuft es schon lange nicht mehr rund. Bestimmt seit einem Jahr nicht. Deine Schwester findet, dass er im Haushalt und bei der Kindererziehung so gut wie nichts beiträgt ... alles bleibt an ihr hängen, so sieht sie das. Hausarbeit, Kindergarten, Elternsprechtag, Nachhilfe ... Ihr Leben ist praktisch vorbei, meint sie. Von morgens bis abends zetert sie rum. Wenn sie ihn eines Tages zu Tode gemeckert hat und endlich alleinerziehende Witwe ist, wird sich die Situation garantiert entscheidend verbessern.«

Carla ist schon klar, auf wessen Seite ihr Vater steht. Dennoch fragt sie nach. »Hat Ricki denn recht mit den Beschwerden?«

Jost Bellmann windet sich mit der Antwort. »Na ja, wie man es nimmt. Er arbeitet viel und kommt spät heim. Aber er verdient auch gut und liefert brav alles ab. Das schnuckelige Cabrio, mit dem sie zum Yoga-Kurs fährt, muss ja schließlich bezahlt werden. Auch so ein Quatsch, ein Cabrio in Dänemark, aber mich fragt ja keiner. Genau genommen war das der Anfang vom Ende.«

»Der Yoga-Kurs oder das Cabrio?«

»Der Yoga-*Lehrer*!«

»Oh, verdammt!«

»Genau«, sagt ihr Vater. »Verdammt! Vor einer Woche hat sie Lars von der Affäre erzählt, und seitdem ist die Kacke am Dampfen.«

»Musst du als Akademiker solche Ausdrücke verwenden?«

»Nur, wenn es verständlich sein soll.«

Carla ist froh, dass er ihr Grinsen nicht sehen kann. »Das ist es. Und jetzt?«

»Die Situation ist unerträglich. Ich will hier weg.«

»Ja, das verstehe ich«, sagt Carla langsam und überartikuliert. Sie begreift, worauf das hinausläuft. Innerhalb von Sekunden beginnt sie zu schwitzen. Wieso hat sie das nicht kommen sehen?

»Deshalb rufe ich dich an«, sagt ihr Vater. »Kann ich bei dir wohnen?«

Carla bleibt die Luft weg.

»Platz hast du doch genug, und ich bin ein sehr umgänglicher Mensch. Das weißt du, oder?«

»Ja, natürlich«, lügt Carla und überlegt fieberhaft, wie sie die Katastrophe abwenden kann. Dass ihr Vater sich selbst als *umgänglich* beschreibt, ist der Witz des Jahrhunderts. Felix hat ihn einmal als den stursten Rechthaber bezeichnet, den er jemals getroffen habe. *Selbst für einen Lehrer*, hat er gehässig hinzugesetzt. An dieser sachlich korrekten Diagnose hat sich nichts geändert.

Carla hat dennoch viele schöne Kindheitserinnerungen an ihn und würde alles tun, damit es ihrem Vater gutgeht, aber um keinen Preis der Welt wird sie noch mal mit ihm zusammenwohnen.

»Bist du noch dran?«

»Ja, Papa. Ich muss nachdenken. Das ist nicht so einfach. Ich habe einen Teil des Hauses untervermietet.«

»Ach so? An wen denn?«

»An einen Professor für Altorientalistik.«

»Ist der selbst auch alt?«

»Ungefähr dein Jahrgang«, sagt Carla widerstrebend. »Ich muss mit ihm reden. Und natürlich mit Ricki und Ellen. Das wird etwas dauern. Ich ruf dich zurück, ja?«

»Lass mich nicht hängen«, sagt ihr Vater und legt auf.

So macht er das immer. Das letzte Wort haben und sofort auflegen.

Das war's mit dem gemütlichen, ereignislosen Vormittag im Büro. Carlas Stimmung ist innerhalb weniger Minuten auf dem Nullpunkt angekommen. Angewidert betrachtet sie das Telefon in ihrer Hand. Nichts von dem, was als Nächstes ansteht, will sie wirklich tun.

Zuerst schreibt sie eine WhatsApp an Ricki: »Ruf mich an, sobald du kannst.«

Dann geht sie rüber zu Mathilde und entschuldigt sich für das ätzende Verhalten von vorhin.

»Ist schon okay«, sagt ihre Sekretärin mit dem süßsauren Lächeln, das Carla aus früheren Zeiten kennt und das besagt, dass es *nicht* okay ist und beizeiten vergolten wird. »Ihr alter Herr hat Ihnen zugesetzt, oder? Möchten Sie einen Cappuccino?«

Carla nickt und will zu einer Antwort ansetzen, als ihr Handy einen Anruf empfängt. Es ist Jamila Chovka. Carla atmet tief durch und geht zurück in ihr Büro.

»Hallo, Jamila. Schön, dass du anrufst, ich habe mir Sorgen um dich gemacht.«

»Kannst du morgen Nachmittag zu mir kommen? Zum Tee? Ich muss mit dir sprechen.«

»Geht es dir etwas besser?«

»Ich halte irgendwie durch.« Jamilas Stimme klingt jetzt weicher. Traurig und etwas erschrocken. »Kannst du kommen?«

»Okay, um halb vier«, sagt Carla und verabschiedet sich.

Mathilde kommt mit dem Cappuccino herein.

»Also?«, fragt sie.

»Er möchte gerne bei mir einziehen.«

»Oha!«, sagt Mathilde und stellt die Tasse auf den Tisch. »Mit Verlaub, aber das wollen Sie nicht.«

»Sie haben gut reden.«

»Was ist denn mit Ellen? Rufen Sie sie an! Dies ist ein familiärer Notfall. Sie müssen das nicht allein schultern.«

Mathilde hat recht. Auf ihre ältere Schwester hat sie sich immer verlassen können. Carla atmet tief durch und lächelt ihre Sekretärin dankbar an. »Ich weiß wirklich nicht, was ich ohne Sie machen würde.«

»Harakiri, vermutlich.« Mathilde zwinkert ihr zu und stolziert würdevoll aus dem Zimmer.

Carla schaut ihr kopfschüttelnd nach und wählt dann Ellens Nummer.

»Hallo, Carla«, sagt ihre Schwester. »Es ist wegen Papa, oder?«

»Woher weißt du das schon wieder?«

Ellen kichert wie ein Schulmädchen. »Er hat zuerst *mich* angerufen. Wollte meine Meinung hören, ob du ihn wohl aufnehmen würdest – und wie ich den Plan überhaupt finde.«

»Und was hast du geantwortet?«

»Dass du ihn niemals im Stich lassen wirst. Was auch immer passiert.«

»Im Ernst?«

»Natürlich! Jede andere Antwort hätte ihn unendlich traurig gemacht und an seinem Plan trotzdem nichts geändert. Er wäre dir so oder so auf den Pelz gerückt. Unserem Vater kann man nichts ausreden. Das weißt du doch!«

»Ja«, murmelt Carla. »Dann bin ich also erledigt.«

»Ach, Quatsch«, widerspricht Ellen. »Papa ist nicht der Schlüssel zur Lösung dieses Problems.«

»Sondern?«

»Na, Ricki! Heute Abend bin ich mit ihr zum Telefonieren verabredet. Ich werde mir unser Nesthäkchen vorknöpfen, und wenn sich der Rauch verzogen hat, sieht die Lage schon anders aus. Cabrio, Yoga-Lehrer, Scheidung ... die ist doch wohl nicht ganz bei Trost.«

Carla spürt, wie sich auf ihrem Gesicht ein Grinsen und in ihrer Brust ein wohliges Gefühl der Erleichterung breitmacht. Bei dem Telefonat wäre sie gerne dabei. Ein berüchtigtes Zitat von Mike Tyson schießt ihr in den Kopf, und sie murmelt: »Everybody has a plan – until ...«

»... they get punched in the face«, ergänzt Ellen. »Fies, aber wahr. Mach dir keine Sorgen.«

SIEBENUNDDREISSIG

Carla lässt ihren Blick durch Jamilas Wohnzimmer wandern. Schon bei ihrem ersten Besuch ist ihr die dezent exotische Eleganz der Einrichtung aufgefallen. Rattan-Möbel mit Polstern aus braunem Büffelleder, ein dazu passender Couchtisch und an der Wand eine große Vitrine, deren raffiniertes Design aus Glas und mattpoliertem Rattan ihren Inhalt eindrucksvoll zur Geltung bringt. Meissener Porzellan, ein chinesisches Teeservice, afrikanische Skulpturen und etliche antike Statuen. Gutgemachte Kopien von ägyptischen oder babylonischen Gottheiten, wie Carla sie aus Bischoffs Bildbänden kennt. An den Wänden hängen als interessanter Kontrast Graphiken von Picasso, aber auch ein paar venezianische Masken und eine wunderbar gearbeitete Violine ohne Saiten.

Die Wohnung ist klein, aber geschmackvoll eingerichtet. Und wird vermutlich demnächst eine Weile leer stehen. Als Jamila die Tür öffnete, hat Carla im Hausflur drei Koffer stehen sehen. Und sie hat noch etwas bemerkt. Ihre Mandantin balanciert körperlich und mental am Limit. Sie hat abgenommen, ihre Augen sind vom Weinen gerötet, das Gesicht wirkt bleich und fleckig. Die damenhafte Kleidung, die Jamila bei Carlas letztem Besuch trug, hat sie gegen Jeans, Sneakers und einen alten Pullover mit Lederflicken an den Ellenbogen getauscht. Vielleicht ist es gut, wenn sie eine Reise macht. Noch besser wäre es gewesen, wenn sie ein Wort davon erwähnt hätte.

Als Jamila jetzt mit dem Teetablett aus der Küche zurückkommt, scheint sie sich ein bisschen gefangen zu haben. Schweigend füllt sie die Teetassen, schiebt Zucker und Milch in Carlas Richtung und nimmt sich einen von den Biskuit-Keksen aus der Bonbonniere.

Carla weiß nicht, wie sie anfangen soll. »Wie geht es dir?«, fragt sie schließlich.

Jamila zieht die Schultern hoch und schweigt weiter.

»Es tut mir so leid. Ich habe alles versucht. Dass dieser Mittelsmann auf dem Parkplatz eines Supermarktes in die Luft gesprengt wird, konnte niemand ahnen. Er war unsere einzige Chance, eine Spur von deinen Kindern zu finden. Ich hasse es, das zu sagen, aber ich weiß nicht mehr weiter.«

Jamila nickt. »Wer hat ihn getötet?«

»Das ist noch nicht klar. Mein Kontakt bei der Frankfurter Polizei hat sich bei seinen Berliner Kollegen umgehört, aber die Lage ist sehr unübersichtlich. Der Mann hatte offenbar viele Feinde. Arabische Familien, eine Rockerbande, fundamental-islamische Exil-Tschetschenen, denen sein westlicher Lebensstil nicht passte ... Vieles scheint möglich.«

Carla probiert den Tee, stellt fest, dass er nicht mehr ganz so heiß ist, und trinkt einen großen Schluck.

»Was ist jetzt mit unserem Deal?« Jamila klingt abwesend und nicht so, als ob die Antwort sie wirklich interessiert.

Carla zuckt mit den Schultern. »Es ist mir nicht gelungen, eine Spur zu deinen Kindern zu finden. Das war die Bedingung dafür, dass wir zum Staatsanwalt gehen und reinen Tisch machen. Der Deal ist also hinfällig.«

Jamila nickt und greift nach der Kanne. »Noch etwas Tee?«

Carla leert ihre Tasse und lässt sich nachschenken. Sie hört einen leisen Klingelton, den sie erst einordnen kann, als ihre Gastgeberin aufsteht, um zur Tür zu gehen.

»Erwartest du noch jemanden?«

»Einen Überraschungsgast.«

Carla hat auf merkwürdige Weise Schwierigkeiten, diese Information zu verarbeiten. Als ob sie zwar die Bedeutung des Wortes, nicht aber den Gehalt der Information versteht. Was sie jedoch weiß, ist, dass ihr die Anwesenheit einer dritten Person nicht passt. Das will sie Jamila sagen, ihr klarmachen, dass es bei diesem Gespräch nur um sie beide geht. Darum, was sie getan und was sie nicht getan haben. Und in den nächsten Tagen tun werden. Eine fremde Person hat dabei nichts ... Aber Jamila ist schon an der Wohnungstür.

Carla hört sie sprechen und lachen und eine Männerstimme antworten. In einer fremdartig klingenden Sprache, die keiner der ihr vom Klang her geläufigen Sprachen wirklich ähnelt und die sie bisher nur einmal in ihrem Leben gehört hat. Die Stimmen kommen näher, dann zieht Jamila einen Mann an der Hand hinter sich her ins Zimmer.

»Darf ich vorstellen, mein Bruder Aslan.« Sie deutet mit großer Geste auf Carla. »Und das ist meine Anwältin und gute Freundin Carla Winter.«

Gute Freundin? Jetzt mal langsam. Carla lässt ihren Blick zwischen beiden hin und her wandern.

»Hallo«, sagt sie schließlich.

Der Mann nickt ihr zu und setzt sich Carla gegenüber auf das Sofa. Er ist groß und mager, trägt einen schlechtsitzenden braunen Anzug und unter dem Sakko statt eines Hemdes einen weißen Rollkragenpullover. Sein schwarzes Haar und der kurzgeschnittene dunkle Bart sind von grauen Strähnen durchzogen.

»Wir werden verreisen«, sagt Jamila. »Aslan und ich.«

Carla nickt. In ihrer Hosentasche beginnt das Handy mit einem leisen Brummton zu vibrieren. »Wann kommst du zurück?«

»Gar nicht.«

Was? Carla versucht zu begreifen, was sie hört, und starrt dabei gebannt auf einen Vorgang, der sich direkt vor ihren Augen abspielt und dennoch schwer zu fassen ist. Vergleichbar mit der Häutung einer Schlange vollzieht Jamila eine bizarre Veränderung.

Bei der kurz angebundenen Antwort scheint sie sich zu ... verwandeln? Ihr Körper strafft sich, und der gramgebeugte Ausdruck ist verschwunden. Auch ihr Gesicht sieht verändert aus. Alles Hilflose und Ängstliche ist von ihr abgefallen. Hat sie gerade *gar nicht* gesagt? Das Telefon vibriert noch mal.

Jamila lächelt jetzt. »Willst du nicht rangehen?«

Carla nickt. Sie zieht das Handy aus der Tasche, sieht, dass eine SMS eingegangen ist, und öffnet sie. Der Text ist kurz und eindeutig. Dennoch braucht sie mehrere Sekunden, um ihn zu verstehen.

Bulat hat mir vor seinem Tod einen Auftrag und diese Nummer gegeben. Hier die gewünschten Informationen: Jamila Chovka gilt als verschwunden. Laut den Aussagen der Nachbarn hat sie niemals Kinder gehabt.

Carla lässt die Hand mit dem Telefon auf ihren Oberschenkel sinken und starrt auf das Display. Unmöglich! Das ist eine Lüge! Oder eine Verwechslung ... Sie hebt den Kopf, sucht Jamilas Blick, will ihr die ungeheuerliche Nachricht vorlesen und sieht in ein entspanntes, zufrieden lächelndes Gesicht. Der Mann neben ihr lächelt nicht, sondern greift in die rechte Tasche seines Sakkos, holt eine Pistole hervor und legt sie vor sich auf den Couchtisch.

ACHTUNDDREISSIG

Für einen winzigen Moment scheinen die Couch und die beiden Personen darauf vor Carlas Augen zu verschwimmen, dann ist das Bild wieder scharf. Jamila schaut sie prüfend und beinahe besorgt an.

»Schlechte Nachrichten?« Sie streckt ihre Hand aus, und Carla gibt ihr widerstandslos das Telefon.

Jamila liest die SMS und löscht sie. Dann legt sie das Smartphone auf den Tisch und wechselt ein paar Worte mit dem Mann neben ihr, der gleichgültig mit den Schultern zuckt.

Jamila wendet sich Carla wieder zu. »Verstehst du noch, was ich sage?«

»Ja.« Carla lauscht dem Klang ihrer Stimme, die mit ein wenig Hall unterlegt ist. »Aber ich verstehe nicht, was du *tust*.«

»Das kommt noch. Zunächst erzähle ich dir, was ich getan *habe*. Eigentlich wollte ich einfach verschwinden, aber ich finde, du hast die Wahrheit verdient. Ohne deine Hilfe wäre nichts von alldem möglich gewesen.«

»Was ist in dem Tee?«

»Nur ein bisschen Rohypnol. Gerade genug, um deinen Bewegungsdrang zu dämpfen, ohne deinen Verstand völlig lahmzulegen. Man hat mir versichert, dass du meinen Worten folgen kannst.«

»Was soll die Pistole?«

»Nur für alle Fälle«, sagt Jamila mit einem Anflug von Heiterkeit. »Wer vertraut schon den Drogen.«

Carla starrt auf ihre Knie und schüttelt den Kopf. Langsam, wie in Slow Motion. Sie empfindet weder Angst noch Wut. Nur Trauer und grenzenlose Enttäuschung. »Ich bin so eine Idiotin. Zum Erbrechen dumm.«

»Darüber weinen wir später. Jetzt schau mich an und lass dir erzählen, was passiert ist. Ich möchte nicht, dass du vorher einschläfst.«

Carla hebt den Kopf und versucht, sich zu konzentrieren.

»So ist es gut«, sagt Jamila. Sie zündet sich eine Zigarette an und bemüht sich höflich, den Rauch nicht in Carlas Richtung zu blasen. »Meine glorreiche Vergangenheit als Märtyrerin habe ich ja schon erwähnt.« Jamila hält inne und überlegt einen Moment, bevor sie weiterspricht. »Es ist schon komisch. Das alles ist beinahe zwanzig Jahre her, und dennoch ist die Wut so lebendig wie damals. Ich war Teil des Dschihad lange vor Tuschino. Kein wichtiger Teil ... natürlich nicht, schließlich waren wir Frauen, aber unser Opfermut wurde respektiert. In einem Trainingslager habe ich Ahmad Abbas damals zum ersten Mal gesehen. Er nannte sich aber anders. Ein schöner Mann, etwa dreißig Jahre alt. Sehr maskulin, hart und gottesfürchtig. Niemand wäre auf die Idee gekommen, dass er schwul war. Vielleicht war es ihm selbst gar nicht so klar.« Jamila lacht leise, drückt ihre halbgerauchte Zigarette im Aschenbecher aus und zündet sich eine neue an. »Egal ... Abbas war die rechte Hand von Abu l-Walid. Der stammte aus Saudi-Arabien und war ein *wirklich* wichtiger Anführer. Das Bindeglied zwischen uns und den Geldgebern aus dem Nahen Osten. Abbas half ihm, indem er wertvolle antike Kunstschätze aus dem Irak schmuggelte und die Verkaufserlöse an die Dschihadisten weiterleitete. Dafür wurde er geliebt und genoss höchsten Respekt. Bis er verschwand. Mit ein paar antiken Kostbarkeiten und vier Millionen US-Dollar in bar, die dem Heiligen Krieg dienen sollten.«

Carla hat sich im Sessel aufgerichtet und lauscht konzentriert. Ihr Verstand arbeitet immer langsamer, hangelt sich von Wort zu

Wort, versucht verzweifelt zu begreifen, was Jamila sagt. Aber sie kann das Tempo nicht bewältigen. Immer, wenn ihr die Bedeutung einer Wortfolge klarwird, ist die Stimme auf dem Sofa schon wieder zwei Sätze weiter.

»Die Wut und Empörung kannten keine Grenzen. Abbas hatte das tschetschenische Volk verraten, den Islam und den Heiligen Krieg. Alle wollten ihn tot sehen. Ich auch.«

Carla lässt die Worte auf sich einwirken und antwortet erst Sekunden später. »Das hast du dann ja auch hinbekommen.«

»Ich freue mich, dass du mitdenkst.«

»Lange werde ich das nicht mehr können.«

Jamila nickt verständnisvoll. »Es war ein Riesenzirkus, als Abbas verschwand. Unsere Leute haben ihn gesucht und die Russen natürlich. Die CIA und der Mossad hätten ihn auch gerne gehabt, aber er tauchte nie wieder auf. Auch die Kunstschätze und das Geld nicht. Nach ein paar Monaten kam ein Ersatz für ihn. Ein weißer Europäer, der angeblich einen legendären Ruf genoss. Ein Schwede oder Holländer, keine Ahnung. Manche behaupteten, er sei Libanese, weil er so perfekt Arabisch sprach und es im Libanon Leute mit hellen Haaren gibt. Aber ich habe das nie geglaubt. Egal ... er war ein guter Schmuggler, aber ein Ungläubiger. Schon deshalb konnte er Abbas nicht wirklich ersetzen. Was aus ihm wurde, weiß ich nicht.«

Weil er so perfekt Arabisch sprach. Der Satz krallt sich mit Widerhaken in Carlas Verstand und trägt ihn davon. Seltsam vertraute Bilder wirbeln wie in einem schnell geschnittenen Filmtrailer durch ihren Kopf und erlöschen.

»Drei Monate später kam Tuschino, und ich musste fliehen«, beendet Jamila ihren Bericht und drückt ihre Zigarette aus.

Carla kann nicht mehr zuhören. Jamilas Stimme scheint sich langsam von ihr zu entfernen, und der minimale russische Akzent, der vorher kaum wahrnehmbar war, erschwert das Verständnis auf einmal erheblich. Vor allem ist ihr Mund so trocken, dass sie Mühe hat, zu sprechen oder auch nur ihre Zunge zu bewegen. Sie hebt die Hand wie ein Schulmädchen, und als Jamila nickt, bringt sie einen krächzenden Satz heraus.

»Kann ich was trinken, das nicht vergiftet ist?«

Jamila sagt einen Satz auf Tschetschenisch, der Mann neben ihr steht auf, geht in die Küche und kommt mit einer Flasche Wasser zurück, die er vor Carlas Augen öffnet. Sie trinkt einen großen Schluck, setzt die Flasche noch einmal an und leert sie bis zur Hälfte. Das Wasser ist eiskalt und schmeckt phantastisch.

Der angebliche Bruder berührt Jamilas Ellenbogen und tippt mit dem rechten Zeigefinger demonstrativ auf seine Armbanduhr.

Jamila nickt. »Okay. Machen wir es kurz. Vor ungefähr sieben Monaten habe ich den Verräter wiedergesehen. In einem Supermarkt! Hier in Frankfurt! Nenn es Gottes Fügung oder den aberwitzigsten Zufall aller Zeiten. Er stand in der Schlange an der Kasse vor mir, drei oder vier Kunden zwischen uns. Beim Bezahlen drehte er sich halb um, sodass ich sein Profil sehen konnte. Die markante Nase, das energische Kinn, er sah immer noch gut aus. Älter natürlich und ein bisschen fülliger, auch nicht mehr so hart wie damals. Aber er hatte die letzten zwei Jahrzehnte eindeutig besser weggesteckt als ich. Ich war so erschrocken, dass ich der Kundin vor mir meinen Einkaufswagen in die Hacken rammte.«

Sie lacht auf, zündet sich eine neue Zigarette an, und Carla nimmt noch einmal einen großen Schluck aus der Wasserflasche, bevor Jamila weiterspricht.

»Natürlich verließ er den Supermarkt vor mir, und ich hatte eine Heidenangst, ihn zu verlieren, aber als ich auf den Parkplatz kam, war er immer noch damit beschäftigt, die Einkäufe in seinem Kombi zu verstauen. Schließlich fuhr er los, und ich folgte ihm. Ich war so aufgeregt, dass ich den Motor dreimal abwürgte. Es ging zunächst zu seiner Wohnung und von dort zu seinem Übersetzungsbüro. Ab da observierte ich ihn täglich und konnte die Sache langsam angehen lassen. Er hat mich nicht erkannt und keinen Verdacht geschöpft.« Die Erinnerung zaubert ein flüchtiges Lächeln auf Jamilas Gesicht. »Ich fand eine Menge heraus. Jeden Mittwoch traf er einen alten Mann in einer Buchhandlung, und mit einer gewissen Regelmäßigkeit, aber nicht jeden Freitag, besuchte er die Hamidiye-Moschee. Er war Stammgast im O'Henrys, einem exquisiten Laden im Bahnhofsviertel – und, was mich wirklich schockiert hat, in einer Schwulenbar.«

»Ja, schrecklich«, sagt Carla und fragt sich, wieso ihr Gehirn ausgerechnet zu Sarkasmus noch in der Lage ist.

Jamila übergeht die Bemerkung. »Zweimal bin ich ihm auch zu einer Proletenkneipe in Offenbach gefolgt. Fast nur männliche Gäste. Kickers-Fans, Bauarbeiter, rauer Ton ... vielleicht hat ihn das angezogen?«

Durch Carlas Kopf schießt die Erinnerung an ein Gespräch mit Ritchie. Sie haben gerätselt, was Abbas in dieser Eckkneipe gewollt hat. *Der war da so fehl am Platz wie ein Hering am Weihnachtsbaum,* hat Carla behauptet. Wie man's nimmt.

Der komplexe Gedanke erschöpft ihren Kopf derart, dass sie ihn auf die Brust sinken lassen muss.

»Nichts da«, sagt Jamila. »Endspurt, Süße! Jetzt nicht schlappmachen.«

Carla hebt den Kopf wieder und starrt sie an. »Wann hast du beschlossen, Abbas umzubringen?«

»Gleich, als ich ihn im Supermarkt sah. Ich habe ihn erkannt und sofort gewusst, dass ich ihn töten würde. Ein Gedanke wie ein Reflex.«

»Ja«, sagt Carla bitter, »das kenne ich. Als ich *dich* zum ersten Mal sah und auf die gespielte Angst und Verletzlichkeit hereinfiel, war der Entschluss, dir zu helfen, so plötzlich in meinem Kopf, als hätte jemand einen Schalter umgelegt.«

»Siehe da, du wirst ja wieder wach.«

Stimmt das? Tatsächlich lässt das Gefühl der Benommenheit in Carlas Kopf ein wenig nach, aber als sie die Hand mit der Wasserflasche noch einmal zum Mund führen will, muss sie feststellen, dass sie den Arm keinen Zentimeter anheben kann.

»Es gab ein paar Sachen zu bedenken«, nimmt Jamila ihren Faden wieder auf. »Ich wollte ihn nicht nur bestrafen, sondern mir auch das nehmen, was er gestohlen hatte. Andererseits wollte ich mein Leben, das ich mir hier aufgebaut hatte, nicht aufgeben. Also brauchte ich eine gute Geschichte und eine Exitstrategie für den Fall, dass mit dieser Geschichte etwas schiefging.«

»Scheiße ... die ganze Entführungsgeschichte. Das war dein Plan B?«

»... der ohne dich einen Dreck wert gewesen wäre. Was ich *mehr als alles andere* brauchte, war eine Anwältin, der ich zutraute, mich aus der Sache mit einem milden Urteil wieder rauszuhauen.« Jamila lächelt übermütig. »Und hier schickte der Himmel mir Marie Lenz. Sie hat mir von der wunderbaren Anwältin vorgeschwärmt, für die sie arbeitete. Und von deren besonderem Engagement für misshandelte Frauen. So entstand der Plan mit der Notwehr, und wie der aufging, weißt du ja. Und du weißt auch, dass man wegen der gleichen Straftat nicht zweimal angeklagt werden kann.«

Carla nickt in Zeitlupe. Ihr Blick wandert zu dem Mann auf dem Sofa. »Ist er wirklich dein Bruder?«

»Aslan? Wer weiß das schon. Ich habe ihn nach Deutschland eingeladen. Ganz offiziell und mit Touristenvisum. Er hat in Abbas' Wohnung nach dem Geld und den Kunstwerken gesucht. Mit Erfolg! Achthunderttausend Dollar waren noch übrig – und das da!«

Sie zeigt mit dem Daumen hinter sich in Richtung Vitrine. Vier Kostbarkeiten, die Carla für Kopien gehalten hat. Ein antikes Rollsiegel und drei Skulpturen, die sie nur in Umrissen erkennen kann.

»Abbas hat mir die Sachen angeboten«, sagt Jamila. »Als er darum bettelte, am Leben bleiben zu dürfen. Aber das ging natürlich nicht.«

»Natürlich nicht. Hat dein Bruder Marie Lenz umgebracht?«

»Sie hat versucht, mich zu erpressen. Nach dem Prozess hat sie zwei und zwei zusammengezählt und gedroht, zur Polizei zu gehen, wenn ich ihr nicht zwanzigtausend Euro gebe. Blöde Kuh!« Der Brief mit den ausgeschnittenen Buchstaben. DIE SCHLAMPE LÜGT WIE GEDRUCKT. Carla ist jetzt so müde, dass sie die Augen schließen muss, aber sie sieht den DIN-A4-Bogen vor sich.

Sie hört Jamila zwei kurze Anweisungen erteilen. Als sie die Augenlider noch einmal anhebt, sieht sie, dass Aslan aufsteht, den Raum verlässt und mit einem Stapel Handtücher zurückkommt. Er öffnet den Vitrinenschrank, nimmt die Artefakte heraus, wickelt sie behutsam in die Handtücher und verstaut die kostbare Fracht in einer Sporttasche.

Jamila grinst freundlich und kommt ein paar Schritte auf Carla zu. »Wir verabschieden uns jetzt, und du darfst ein bisschen schlafen. Wenn du später gehst, zieh die Wohnungstür hinter dir zu.«

»Das Foto von deinen Kindern. Wer waren die beiden?«

»Keine Ahnung. Das Bild habe ich aus dem Internet. War nicht teuer. Mach's gut.«

Carla schließt die Augen, und ihr Verstand driftet ins Abseits. Kein Grund mehr, dagegen anzukämpfen. Die Droge beruhigt sie und senkt ihre Körperspannung, ihr Kopf sackt endgültig auf die Brust, aber ihr Atem geht langsam und gleichmäßig.

Jamila ist weg, und alles hat sich geklärt. Es gibt keine Missverständnisse mehr, und Carla ist froh darüber. Den Kindern geht es auch gut. War nicht teuer. Sie sieht sie von hier oben durch den Canyon laufen. Winzig, aber deutlich erkennbar. Sehen aus wie Kleinkinder, die sich an den Händen halten, nicht wie junge Erwachsene. Vielleicht, wenn sie näher heranfliegt. Langsam und majestätisch breitet sie ihre Schwingen aus, eine Bewegung, die sie liebt und immer wieder aufs Neue genießt, bevor sie sich mit den Fängen vom Felsen abstößt und in die Tiefe gleitet. Es gibt keine Beute dort unten und keinen Grund für einen Sturzflug, aber wie immer kann sie der Versuchung nicht widerstehen. Sie bringt die Schwingen in die richtige Position, rast ein paar Sekunden wie ein Stein dem Erdboden entgegen, wechselt in den Sinkflug, überlässt sich der Thermik und geht in ein ruhiges, gleitendes Kreisen über.

Die Kinder schenken ihr keine Beachtung und haben auch keine Ähnlichkeit mit den Teenagern auf Jamilas Foto, aber sie wird trotzdem auf sie aufpassen. Ihr Lachen und Schwatzen genießen und die Art, wie sie hüpfen.

Alles ist gut, und sie hat keine Angst.

Bis Rossmüller sie anschreit.

NEUNUNDDREISSIG

Bevor sie ihn hört und sieht, riecht sie seinen Atem. Mundspray. Minze und Menthol – und darunter Zigarettenrauch. Dann kommt sofort seine Stimme. Laut, energisch und sehr wütend. »Frau Winter! Werden Sie wach! Doktor, kommen Sie! Geben Sie ihr irgendwas! Holen Sie sie aus der Scheißnarkose oder was immer das ist!«

Carla öffnet erschrocken die Augen und zuckt zusammen, weil Rossmüllers Gesicht so nahe ist. »Gehen Sie weg von mir!«

»Aber gerne doch.« Der Polizist hievt sich hoch, geht ein paar Schritte zurück und lässt sich mit einem erleichterten Seufzer auf einen Stuhl sacken. »Welcome back to the show!«

Carla würde am liebsten die Augen wieder schließen, aber das wäre vermutlich keine gute Idee. Um sie herum herrscht ein Furcht einflößendes Chaos, das nach und nach in ihr Bewusstsein drängt. Männer und Frauen, die sich schnell und routiniert hin und her bewegen, Stimmengewirr, Rufe, Anweisungen. Mitten im Raum sitzt Jamila Chovka auf dem Fußboden und drückt sich ein Kühlpad auf ihren Kopf. Neben ihr hockt ein weißgekleideter Mann, der ihr in die Augen leuchtet und dann behutsam ihren Kopf abtastet.

»Uni-Klinik«, sagt er und winkt zwei Sanitätern zu. »Neurologischer Check. Röntgen und gegebenenfalls MRT. Danach in die Rechtsmedizin.«

Er richtet sich auf und kommt auf Carla zu, die dadurch freie Sicht auf den Mann bekommt, der lang ausgestreckt auf dem Boden liegt. Jamilas »Bruder« Aslan. Sein weißer Rollkragenpullover ist auf der linken Brustseite blutdurchtränkt. Neben ihm liegt etwas Dunkles, das Carla nicht erkennen kann.

Sie deutet mit einer Kopfbewegung in Aslans Richtung. »Ist er tot?«

»Eins nach dem anderen«, sagt der Arzt. Er misst Blutdruck und Puls und leuchtet in ihre Augen. Dann fragt er sie nach Name, Beruf und Anschrift sowie der Anzahl der Finger, die er in die Luft streckt, will wissen, ob sie weiß, wo sie sich befindet und welcher Tag heute ist, und scheint mit ihren Antworten unterm Strich zufrieden zu sein.

»Können Sie Arme und Beine bewegen?«

Carla macht es vor. Auch das Aufstehen funktioniert.

»Gut«, sagt der Arzt. »Was haben Sie geschluckt?«

Sie setzt sich wieder. »Mir wurde etwas *verabreicht*, und zwar von meiner Mandantin Natascha Berling. Wahrscheinlich K.-o.-Tropfen. Warum sie das getan hat, weiß ich nicht, aber ich möchte Strafanzeige wegen Körperverletzung stellen. Wir hatten uns zum Tee verabredet. Nach einer Viertelstunde war ich dann weggetreten.«

»War Frau Berling dabei, als Sie ohnmächtig wurden?«, mischt sich Rossmüller ein.

»Ich glaube, ja.«

»Und der Tote dort auf dem Fußboden – war der auch anwesend?«

»Nicht, solange ich wach war.«

»Sie wissen also nicht, wer er ist, und haben ihn auch noch nie gesehen?«

»Das reicht jetzt. Ich möchte dieses Plauderstündchen nicht fortsetzen, sondern in die Rechtsmedizin gefahren werden, wo ich eine Blut- und Urinprobe abgeben kann, solange die Droge noch nachweisbar ist. Außerdem fühle ich mich sehr schlecht. Später stehe ich für alle Ihre Fragen zur Verfügung.«

Rossmüller nickt. »Sagen wir, morgen früh um zehn.«

»Natürlich«, sagt Carla abwesend. Ihre Konzentrationsfähigkeit ist am Ende. Gerade eben hat sie noch ausgereicht, um zweimal bewusst zu lügen, jetzt hat sie Mühe, sich zu erinnern, wie man aufsteht. Eine diffuse Wut erfüllt sie, und gleichzeitig fehlt ihr jegliche Kraft, um wütend zu sein. Ist so etwas möglich? Sie streckt eine Hand aus, der Arzt ergreift sie, hilft ihr hoch, und dann wird ihr entsetzlich übel. Eine Übelkeit, die vom Grunde ihres Magens aufsteigt und geeignet ist, alles wieder zutage zu fördern, was sie jemals zu sich genommen hat. »Toilette!«

Der Arzt stützt sie und winkt einen der Rettungssanitäter heran. »Gehen Sie mit. Nach dem Kotzen in die Rechtsmedizin und dann ins Krankenhaus.«

VIERZIG

Um 10 Uhr am nächsten Morgen sitzt sie Rossmüller gegenüber. Der Polizist scheint ehrlich besorgt um sie zu sein. Er hat darauf verzichtet, ihr seinen schwarzen Kaffee anzubieten, und stattdessen von irgendwoher einen magenfreundlichen Tee bringen lassen, der nach Süßholz und Lakritz schmeckt und die Übelkeit zumindest nicht neu aufleben lässt. Sein Angebot, die Vernehmung auf einen späteren Zeitpunkt zu verlegen, hat Carla dankend abgelehnt. Sie will unbedingt wissen, was Jamila ausgesagt hat. Außerdem gehen die Nachwirkungen der Droge langsam zurück, und sie fühlt sich insgesamt besser.

Moritz hat sie gestern Abend nach der Untersuchung im Klinikum abgeholt und ist die Nacht über bei ihr geblieben. Er war liebevoll und fürsorglich, aber Carla hat den stummen Vorwurf in seinen Augen gesehen und ist ihm dankbar, dass er seine eindringlichen Warnungen vor Berling/Chovka unerwähnt lässt. Bischoff wollte natürlich wissen, was passiert ist, und hat ständig gefragt, ob sie nicht doch etwas essen wolle, aber daran war nicht zu denken gewesen, und über die Ereignisse reden wollte sie auch nicht. Also hat sie sich mit einer Kanne Kamillentee in die Badewanne verkrochen und später im Bett an Moritz' Seite ergebnislos darüber gegrübelt, was an diesem verdammten Nachmittag geschehen ist. Dabei ist nur eines herausgekommen: So, wie sich der Tatort präsentiert, sitzt Jamila Chovka in der Scheiße. Und Carla wird alles tun, damit das so bleibt. Dieser schöne Gedanke hat ihr lange nach Mitternacht schließlich dazu verholfen, einzuschlafen.

Jetzt kann sie ihre Neugier kaum noch zügeln. »Können wir mit *meinen* Fragen anfangen?«

»Nur zu.«

»Wer hat die Polizei benachrichtigt, und wann war das?«

»Ein anonymer Anrufer. Der Stimme nach ein Mann in mittleren Jahren. Vermutlich deutscher Muttersprachler. Kein Akzent, kein Dialekt. Der Anruf erfolgte gegen halb vier. Der Mann nannte die Adresse und den Namen von Frau Berling. Er sagte, in der Wohnung gebe es zwei verletzte Frauen und einen toten Mann. Dann legte er auf. Die Leitstelle hat mich angerufen, und ich war fast zeitgleich mit den anderen Kollegen am Tatort.«

»Was haben Sie vorgefunden?«

»Die Situation war im Wesentlichen so, wie der Anrufer sie beschrieben hatte. In der Mitte des Wohnzimmers lag Frau Berling bewusstlos auf dem Fußboden. Ihre rechte Hand umfasste den Griff eines Messers mit blutiger Klinge. Einen Meter entfernt von ihr lag die Leiche eines ungefähr vierzigjährigen Mannes mit einer Stichverletzung in der Brust. Er hatte keine Ausweispapiere bei sich. Neben seiner geöffneten Hand eine Glock 17. Die Waffe war geladen, aber nicht abgefeuert worden.«

Carla erinnert sich an die Pistole auf dem Couchtisch. Rossmüller blickt sie aufmerksam an, scheint auf eine Reaktion von ihr zu hoffen, aber sie verzieht keine Miene. Also macht er weiter.

»Tja, und dann saßen da noch Sie in Ihrem Sessel. Ihr Kopf war auf die Brust gesunken und die Augen zu Schlitzen verengt. Sie waren völlig weggetreten, aber zumindest äußerlich unverletzt. Der Notarzt hat rasch Ihren Puls und die Pupillen kontrolliert und nach Spuren von Erbrochenem gesucht, an dem Sie hätten ersticken können, dann hat er sich Frau Berling zugewandt, und ich ...«

»Sie haben angefangen, auf mich einzureden«, unterbricht ihn Carla und bringt ein schwaches Lächeln zustande.

»Im Unterschied zu dem Doc war ich ein bisschen besorgt, aber Ihr erster Satz hat mich gleich beruhigt.«

»Was habe ich gesagt?«

»*Gehen Sie weg von mir!*«

Carla schüttelt ungläubig den Kopf. »War sonst noch etwas ungewöhnlich in dem Raum?«

»Auf dem Couchtisch stand eine Sporttasche. Darin eingepackt waren Gegenstände, die vorher offensichtlich in der Vitrine gestanden haben. Das konnte man sofort an den Zwischenräumen und den Staubrändern erkennen. Ein chinesisches Teeservice, jede Menge Meissener Porzellan und zwei afrikanische Skulpturen, wie man sie oft in Dritte-Welt-Läden sieht.«

Ein Austausch. Carla kann sich eines Gefühls der Bewunderung für diesen eleganten Schachzug nicht erwehren. Wer immer verantwortlich ist für das, was hier geschah, hatte ein Interesse daran, es wie eine mörderische Konfrontation zwischen dem Mann und der Frau aussehen zu lassen, in der es um die Tasche und deren Inhalt ging. Deshalb hat er die Tasche nicht einfach mitgenommen, sondern die wertvollen Antiken einfach gegen irgendwelchen Krempel aus der Vitrine ausgetauscht und die Tasche so als möglichen Grund für den Streit im Spiel gehalten.

»Erzählen Sie mal, warum Sie in der Wohnung waren. Worum ging es da?«, unterbricht Rossmüller ihren Gedankengang.

»Ich war bei meiner Mandantin zum Tee eingeladen. Es sollte so eine Art Abschlussgespräch werden.« Carla spult die Geschichte ab, die sie sich am Vorabend zurechtgelegt hat. »Natascha Berling war heiter und gelöst. Wir tranken Tee, und nach einer Viertelstunde fing ich an, mich ein bisschen komisch zu fühlen. Es ist schwer zu beschreiben, ich war müde, unsicher und hatte Probleme, mich auf das Gespräch zu konzentrieren. Das wurde von Minute zu Minute schlimmer. Auch Frau Berling bemerkte es. Sie fragte: ›Verstehst du noch, was ich sage?‹ Das ist der letzte Satz, an den ich mich erinnere. Danach der Fadenriss.«

»Sie waren die ganze Zeit allein mit Frau Berling? Der Mann, der später tot am Boden lag, war nicht da und auch sonst niemand?«

»Ich hab's ja gestern schon gesagt: Nicht, solange ich wach war. Ich habe diesen Mann niemals zuvor lebend gesehen. An eine Sporttasche kann ich mich nicht erinnern, aber ich kann auch nicht ausschließen, dass da eine war, die ich einfach nicht wahrgenommen habe.«

»Was für eine verrückte Geschichte.« Rossmüller schenkt sich noch eine Tasse von seinem schwarzen Kaffee ein. »Heute Morgen habe ich die ersten Ergebnisse aus der Rechtsmedizin und der KTU bekommen. Alles noch vorläufig, versteht sich. Erstens, in Ihrem Organismus konnte der Wirkstoff« – er schlägt einen Hefter auf und liest den Namen ab – »Flunitrazepam nachgewiesen werden, wenn auch in einer schwachen Dosierung. Sie wissen schon – Rohypnol, die Vergewaltigungsdroge. Außerdem haben die Kollegen Spuren von Benzedrin gefunden, das ist ein Weckamphetamin. Wie die Laborchefin meint, ist das nur scheinbar ein Widerspruch. Da hat jemand versucht, ihre Motorik lahmzulegen und zugleich ihren Verstand möglichst lange auf Trab zu halten.« Carla erinnert sich an etwas, das Jamila gesagt hat: *Man hat mir versichert, dass du meinen Worten folgen kannst.*

»Zweitens, der Mann auf dem Fußboden ist mit dem Messer erstochen worden, das Natascha Berling in der Hand hielt. Naturgemäß sind ihre Fingerabdrücke darauf. Frau Berling wiederum wurde mit der Pistole am Kopf verletzt, die neben dem Toten gefunden wurde. Am Griff der Waffe wurden neben seinen Abdrücken Spuren ihrer DNA gefunden.«

»Was sagt Berling dazu?«

Rossmüller lockert seine Krawatte. »Frau Berling wird wahrscheinlich jetzt gerade aus dem Klinikum entlassen. Sie haben sie zur Beobachtung eine Nacht dabehalten. Die Frau hatte Glück im Unglück. Eine leichte Gehirnerschütterung, kein Schädel-Hirn-Trauma, nichts gebrochen. Gestern haben mich die Ärzte nicht mehr mit ihr reden lassen, aber heute früh konnte ich sie besuchen. Es war keine richtige Vernehmung, sondern eher ein informelles Gespräch am Krankenbett. Ich habe sie mit den Untersuchungsergebnissen konfrontiert, und sie hat mir daraufhin ihre Version der Ereignisse präsentiert.«

»Jetzt bin ich gespannt«, sagt Carla, was ausnahmsweise der Wahrheit entspricht.

»Sie werden sich wundern. Ihre Mandantin erzählte mir Folgendes: Sie habe mit Ihnen Tee getrunken und sich ganz normal unterhalten. Nach etwa zwanzig Minuten hätten Sie müde und zunehmend orientierungslos gewirkt. Schließlich seien Sie dann unvermittelt eingeschlafen. Sie sei deswegen erschrocken und besorgt gewesen, habe aber selbst damit nicht das Geringste zu tun gehabt. ›Was immer meine Anwältin genommen hat, ich will nichts davon haben‹, hat sie wörtlich gesagt.«

Rossmüller grinst widerwillig, und auch Carla ist beeindruckt von Jamilas Erfindungsreichtum.

»Aber es kommt noch besser. Während sie überlegte, was zu tun sei, habe es an der Tür geklingelt, und ihr Freund Aslan Dokudajew sei gekommen, um sie abzuholen, da sie zusammen verreisen wollten. Dokudajew habe zur Eile gedrängt, und nachdem sie sich überzeugt hatten, dass Sie ruhig atmeten und es Ihnen gutging, habe man beschlossen, Sie in der Wohnung einfach Ihren ›Rausch‹ ausschlafen zu lassen.« Der Polizist nimmt noch einen Schluck von seinem Kaffee, schüttelt den Kopf und schiebt die Tasse angeekelt von sich, bevor er fortfährt. »Danach hätten sich die Ereignisse überschlagen. Als sie mit ihrem Freund die Wohnung verlassen wollte, seien sie unmittelbar an der Tür von einem Mann mit einer Pistole abgefangen worden. Er habe sie wieder in die Wohnung gedrängt und ihr dann mit seiner Pistole auf den Kopf geschlagen. Sie habe das Bewusstsein verloren und sei erst aufgewacht, als die Polizei in die Wohnung stürmte. Sie wisse nicht, was passiert sei. Während sie bewusstlos war, habe der Fremde offensichtlich ihren Freund Aslan erstochen und ihr das Messer in die Hand gedrückt, bevor er verschwand.«

»Hat sie den Mann beschrieben?«

»Groß, dunkelhaarig, Schnauzbart. Alles sehr vage.«

»Was hat sie zu der Sporttasche gesagt?«

»Davon wisse sie nichts.«

Carla lehnt sich zurück und schließt für einen Moment die Augen. Die Dinge entwickeln sich. Sie selbst kann sich dank der Rohypnolvergiftung jederzeit glaubwürdig auf Erinnerungslücken berufen. Jamila Chovka dagegen wird sich mit jedem Wort, das sie sagt, mehr und mehr in Widersprüche verwickeln – und zwar völlig unabhängig davon, was wirklich passiert ist, weil sie weder ihre wahre Identität aufdecken noch die Existenz der antiken Kunstwerke zugeben kann. Und die Polizei wird noch jede Menge Fragen stellen: Gab es den Fremden an der Tür wirklich? Welches Motiv könnte er gehabt haben, Berling niederzuschlagen und ihren Freund zu erstechen? Oder war es vielleicht eher so, dass Natascha Berling mit ihrem Freund in Streit geraten ist? Aber warum? Wegen der Tasche, in der nur Dinge von geringem Wert waren? Überhaupt, der Freund. Warum hat sie als Deutsche mit kasachischen Wurzeln einen Tschetschenen nach Deutschland eingeladen? Mit dem sie *wohin* verreisen wollte? Carla könnte durchaus zur Klärung einiger dieser Fragen beitragen, aber das wird sie schön bleibenlassen. Alles, was sie über Jamila Chovka alias Natascha Berling, deren Motive sowie den tatsächlichen Tathergang bei der Tötung von Ahmad Abbas und alle weiteren Geschehnisse weiß, unterliegt der Schweigepflicht, weil sie zu dem Zeitpunkt, als sie davon erfuhr, deren Anwältin war. Doch damit ist seit heute Morgen Schluss. Mathilde hat Natascha Berling das Ende der Mandantschaft schriftlich mitgeteilt, und nun kann Carla in Ruhe zusehen, wie Chovka sich in ihrem Lügennetz zu Tode strampelt.

»Spielen Sie noch mit?« Rossmüllers Weckruf reißt sie aus ihren Gedanken und nötigt Carla ein Grinsen ab.

»Natürlich! Gehen wir es mal durch. Also, was haben wir hier?

Ein klassischer Fall von: Schatz, ich kann das erklären? Es ist nicht das, wonach es aussieht!?«

Rossmüller schüttelt den Kopf. »Ich fürchte, das ist es doch. Kennen Sie Ockhams Rasiermesser? Das Prinzip der Parsimonie?«

Carla nickt und verkneift sich ein Lächeln. Der mittelalterliche Mönch Wilhelm von Ockham hat es mit einem einzigen Gedanken zu erheblichem philosophischem Ansehen gebracht: dass nämlich bei mehreren möglichen Erklärungen für ein und denselben Sachverhalt die einfachste Theorie die richtige sei und alle komplizierteren Erklärungsansätze »abrasiere«. Der alte Mönch war allerdings lange nicht so clever, wie seine Zeitgenossen glaubten.

»Wenn man die völlig unterschiedlichen Aussagen mal beiseitelässt und sich nur die Fakten anschaut, lassen sich lediglich die Drogen in Ihrem Körper, die Fingerabdrücke auf Messer und Pistole sowie Berlings DNA auf der Glock wirklich nachweisen«, sagt Rossmüller. »Klar, das sind alles nur Indizien, aber schwerwiegende. Für die Behauptungen von Natascha Berling, was den Fremden an der Tür angeht, spricht nur der anonyme Anrufer. Er hat den Tatort so genau beschrieben, dass man annehmen kann, dass er in der Wohnung war. Aber das beweist noch lange nicht den Rest von Berlings Story. Mal sehen, wir stehen ja noch ganz am Anfang der Ermittlungen. Aber finden Sie es nicht auch merkwürdig, dass in Frau Berlings Wohnung jetzt schon zum zweiten Mal ein Mann erstochen wurde?«

»Doch, schon.«

»Ist die Dame noch Ihre Mandantin?«

»Nein. Dann würde ich hier jetzt nicht so mit Ihnen reden. Der im Mandatsvertrag vereinbarte Auftrag ist abgeschlossen.«

»Sie werden sie in dieser neuen Sache also nicht vertreten?«

»Nein. Wir haben uns – sagen wir mal – auseinandergelebt.«

EINUNDVIERZIG

»Ist noch was von der scharfen Salami da?« Ritchies Blick huscht über die Antipasti-Platten und Teller, die Carla von ihrem Lieblingsitaliener geholt hat, und wird schließlich fündig. Dann wandert sein Blick zwischen Carla, Moritz und Bischoff hin und her. »Was denn? Warum guckt ihr so? *Nicht* essen ist auch keine Lösung.«

Carla weiß, dass er recht hat, aber sie bekommt keinen Bissen hinunter, und auch Moritz und Bischoff haben kaum Appetit, obwohl schon Mittagszeit ist. Nach ihrem Termin bei Rossmüller hat sie Ritchie angerufen und dann das Essen bestellt und abgeholt, das jetzt stehenzubleiben droht, während sie ausführlich vom gestrigen Nachmittag und dem Gespräch auf der Polizeidienststelle am Vormittag erzählt.

»Nicht so schnell«, unterbricht Bischoff sie. »Ich höre, was du sagst, aber ich verstehe es nicht wirklich. Warum ist sie nicht schon abgehauen, als du sie mit der falschen Identität konfrontiert hast? Du denkst, dass die Entführungsgeschichte so eine Art Plan B war, aber warum hat Chovka überhaupt gedacht, dass sie so einen Plan braucht? Der Prozess war gewonnen, und sie war frei. Dass du sie im Nachhinein nicht anzeigen würdest, war wegen des Anwaltsgeheimnisses auch klar. Ich bin sicher, ihr war ebenfalls bewusst, dass sie wegen der gleichen Tat nicht ein zweites Mal angeklagt werden kann. Warum also die Mühe, statt sich einfach abzusetzen?«

»Na ja«, mischt sich Ritchie ein. »Es kann durchaus sein, dass sie Zweifel hatte, ob der Grundsatz ›nicht zweimal in der gleichen

Sache‹ weiterhin uneingeschränkt gilt. Ich habe gelesen, dass es Überlegungen gibt, den § 362 der Strafprozessordnung dahingehend zu ändern, dass die Wiederaufnahme eines abgeschlossenen Strafverfahrens zuungunsten des Verurteilten in Ausnahmefällen möglich sein soll.«

»Wow«, sagt Carla. »So etwas bekommst du mit? Ich dachte, du hast den Juristenkram seit deiner Ausbildung bis obenhin satt.«

Ritchie zuckt mit den Schultern. »Habe ich auch! Ich merke mir alles, was für meine eigenen Pläne wichtig sein könnte. Egal, aus welchem Fachgebiet. Nützliches Wissen ist nützliches Wissen.«

»Sehr lobenswert«, sagt Carla. »Aber du warst noch nicht fertig.«

»Richtig. Ich glaube nämlich, Chovka aka Berling hatte gar nicht vor, ihr bürgerliches Leben in Frankfurt ohne Not aufzugeben. Schon gar nicht wollte sie – und da nähern wir uns dem Kern der Sache – Carlas Sympathie und anwaltlichen Beistand verlieren, solange sie beides möglicherweise brauchte. Als ihre Identität als Natascha Berling nicht mehr zu halten war, hat sie befürchtet, dass auch die Geschichte mit der Notwehr bröckelt. Also hat sie einen radikalen Schnitt gemacht, Carla gegenüber die kaltblütige Tötung eingeräumt und zugleich eine dramatische und herzzerreißende Begründung präsentiert, von der sie annahm, dass du sie akzeptieren würdest: Sie hatte keine Wahl. Alles geschah unter Zwang. Sie musste töten, um ihre Kinder zu retten. Die Strategie hat ja auch funktioniert.«

»Im Grunde mehr als das«, ergänzt Bischoff. »Du warst sogar bereit, deine Verbindungen für sie zu nutzen, um die nicht vorhandenen Kinder zu suchen. Die Frau ist absolut phänomenal. Sie ist nicht nur eine phantastische Schauspielerin, sondern eine ebensolche Menschenkennerin. Sie hat gespürt, dass die Begründung mit den Kindern die einzige war, die du emotional akzeptieren würdest. Es stimmt, was Ritchie sagt: Der Prozess war vorbei, juristisch war die Notwehrgeschichte durchgeboxt, aber sie wollte mehr als mit einem Mord davonkommen. Sie wollte sich deine

Freundschaft erhalten. Dein Verständnis und deine Anerkennung. Ich glaube immer mehr, dass ihr auf eine verrückte Art und Weise genau daran gelegen war. Irgendwie wollte sie dich unbedingt auf ihrer Seite haben.«

»Ja«, sagt Carla bitter. »Zumindest, solange sie dachte, dass sie mich braucht. Sie hat nicht damit gerechnet, dass ich einen Weg finden könnte, im Kaukasus Nachforschungen anzustellen. Als ich ihr dann von Bulat Terloy erzählt habe, musste sie befürchten, dass die Lüge mit den Kindern früher oder später auffliegt. Die Nachricht von Terloys überraschendem Tod war eine große Erleichterung, aber trotzdem hat sie ihren endgültigen Abgang vorbereitet. Und dann wollte sie sich von mir verabschieden. Auf ihre eigene doppelbödige Art und Weise. Sie wollte, dass ich sie verstand und ihre Handlungsweise akzeptierte, und es lag ihr gleichzeitig viel daran, mir zu erzählen, wie viel schlauer als ich sie war und wie sie mich vorgeführt hat. Der Rohypnol-Benzedrin-Cocktail sorgte dafür, dass ich mir alles schön in Ruhe anhörte, und sollte ihr später einen Vorsprung verschaffen für den Fall, dass ich doch versuchen würde, sie irgendwie aufzuhalten.«

Carla schaut in die Runde und erwartet irgendeine Art von Kommentar, aber alle schweigen.

»Ich brauche jetzt doch was zu essen«, sagt Bischoff schließlich, steht auf und schaufelt eine anständige Portion Antipasti auf seinen Teller. »Haben wir Bier im Haus?«

Carla wirft einen Blick auf ihre Armbanduhr. »Um diese Zeit? Hatten wir so einen Fall nicht erst kürzlich?«

Bischoff grinst. »In meinem Alter ist es nicht die *Tages*zeit, die einem Sorgen macht. Ich habe heute nichts mehr vor, außer mir irre Geschichten anzuhören.«

Carla geht in die Küche und holt ihm ein Bier.

»Was wirst du jetzt tun?«, fragt Ritchie. »Ich glaube, wir haben die wichtigsten Fakten und Überlegungen zusammengetragen. Willst du das alles der Polizei erzählen?«

Carla lässt sich Zeit mit der Antwort. »Einen Teufel werde ich tun«, sagt sie dann.

Ihr Blick wandert von einem zum anderen überraschten Gesicht. Dann sieht sie, wie sich Ritchies Augen weiten und er langsam den Kopf schüttelt.

Aufmunternd nickt sie ihm zu. »Erinnerst du dich daran, wie du mir eine kleine juristische Belehrung spendiert hast? Was eine Anwältin als Organ der Rechtspflege darf und was nicht? Von wegen schweigen ja, lügen nein? Das Problem habe ich gar nicht mehr. Ich bin jetzt in einer sehr komfortablen Situation. Weil ich mich nur noch erinnern oder nicht erinnern muss. Und meine Erinnerungslücken sind keine misstrauisch beäugten Ausreden, wie Politiker sie vor Untersuchungsausschüssen absondern. Meine Erinnerungslücken sind *medizinisch anerkannt,* weil jeder Rechtsmediziner bestätigen kann, dass sie durch Rohypnol hervorgerufen werden, und diese Droge bei mir nachgewiesen wurde.« Carla sieht Moritz lächeln und setzt zum Schlussakt an. »Kurz und gut, ich werde mich an nichts erinnern, was Jamila als Natascha Berling zu Protokoll gegeben hat. An keine fremden Männer, keine Sporttasche, keinen Kampf und keine Pistole. Ich bin zu ihr gekommen, um mich zu verabschieden. Wir haben Tee getrunken, bald darauf war ich weggetreten und bin erst wieder aufgewacht, als die Polizei kam. Wie soll es anders gewesen sein, als dass Berling mir das Rohypnol verabreicht hat? Selbst wenn die Tassen und die Teekanne sorgfältig gespült wurden, nützt ihr das Abstreiten gar nichts. Kein Gericht wird glauben, dass ich mir das Zeug selbst zugeführt habe, um mich vor einem Besuch bei einer Mandantin in Stimmung zu bringen.« Sie schaut Zustimmung heischend in die Runde, und als alle nicken, spricht sie weiter. »Das Ganze ist von außen betrachtet ein schönes abgefeimtes Rätsel, an dem sich Rossmüller und die Staatsanwaltschaft abarbeiten dürfen. Auf den Ausgang bin ich gespannt.«

Ritchie holt tief Luft. »Du willst sie bestrafen. Als Anklägerin und Richterin in einer Person. Weil sie dich angelogen und reingelegt hat. Wenn sie nicht für einen Mord ins Gefängnis geht, den sie begangen hat, dann eben für einen, den sie nicht begangen hat.«

»Ausgleichende Gerechtigkeit à la Carla Winter?«, fragt Bischoff. »Sieht irgendwie eher nach Rache aus.«

Carla blickt kühl in die Runde. »Weitere Anmerkungen? Bedenken? Kritik? Polemik?«

Ritchie sieht ausgesprochen genervt aus, sagt aber nichts.

Bischoff blinzelt unbehaglich. »Hast du nicht behauptet, das Thema mit der persönlichen Eitelkeit sei vom Tisch?«

»Das war, bevor sie mir mit den erfundenen Kindern den endgültigen Tritt verpasst hat.«

»Was Jamila Chovka den endgültigen Tritt verpassen wird, ist die Tatsache, dass im Abstand von ein paar Monaten der zweite Mann in ihrer Wohnung erstochen aufgefunden wurde«, meldet sich Moritz, der ganz gegen seine Gewohnheit bisher geschwiegen hat, zu Wort. »Die Pistole, das Messer, die Fingerabdrücke – das sind alles nur Indizien, aber das Gericht wird sie vor dem Hintergrund des ersten Todesfalles würdigen und bewerten. Es ist unmöglich, ihn außer Acht zu lassen.«

Ritchie schüttelt zweifelnd den Kopf. »Eine clevere Strafverteidigerin« – er riskiert einen Blick nach rechts –, »also jemand wie Carla beispielsweise, würde den Spieß einfach umdrehen und behaupten, niemand sei so blöd, gleich zwei Männer nacheinander in den eigenen vier Wänden abzustechen. Und daraus würde sie dann ein Argument für Jamilas Unschuld drechseln. Und außerdem würde sie auf dem anonymen Anrufer bei der Polizei herumreiten. Wie konnte der wissen, was die Polizei in der Wohnung vorfinden würde, wenn er nicht drinnen war. Die clevere Anwältin würde behaupten, dass es sich bei dem, was der Anrufer erzählt hat, um Täterwissen handelt, was genau genommen nicht stimmt, aber vielleicht ausreicht, um berechtigte Zweifel zu säen.«

»Keine Ahnung, warum du da meinen Namen ins Spiel bringst«, sagt Carla.

»Ich verstehe dich schon«, beschwichtigt Ritchie. »Du willst es ihr heimzahlen, und im Moment ist dir scheißegal, was wirklich passiert ist. Was aber, wenn es tatsächlich so war, wie sie es schildert? Nicht die Sache mit dem Rohypnol natürlich, das wird sie schon gewesen sein, weiß der Teufel warum. Aber der Mann an der Haustür, was ist mit dem?«

Carla zieht herausfordernd die Augenbrauen hoch. »Ja, was ist mit dem?«

»Ich habe möglicherweise Fotos von ihm.«

»Soweit ich weiß, warst du gestern nicht mal in der Nähe der Wohnung.«

»Nein, aber vor ein paar Tagen. Und zwar in deinem Auftrag. Du hast mich angerufen und mir erzählt, dass deine Mandantin sich beobachtet fühlt von einem Mann, der ihr folgt und vor ihrem Haus herumlungert.«

Carla erinnert sich an die Zugfahrt von Essen nach Frankfurt. An Jamilas Stimme am Telefon. *Seit zwei Tagen sehe ich immer wieder denselben Mann. In der S-Bahn, im Supermarkt, im Dönergrill … Als ich eben aus dem Fenster geschaut habe, stand er vor meinem Haus.* Richtig, sie hatte daraufhin Ritchie gebeten, Jamila und das Haus zu observieren. Wie konnte sie das vergessen?

»Okay, dann erzähl uns, was du beobachtet hast.«

»Wenn sie nicht ihre Kunden zu Hause aufsucht, was nur selten vorkommt, arbeitet Jamila Chovka im Homeoffice. Der Weg zur Arbeit und zurück entfällt also. Sie verlässt das Haus zum Einkaufen, macht gelegentlich Stopp in einem Döner-Imbiss und unternimmt lange Spaziergänge. Zwei Tage bin ich ihr gefolgt und konnte niemanden entdecken, der sich in verdächtiger Weise für sie interessiert hätte.«

»Aber …?«, fragt Bischoff.

»Aber in den Abendstunden ist das Haus, in dem sie wohnt, tatsächlich beobachtet worden. Und zwar gleich von zwei Männern, die sich offenbar kannten und bei der Observation abwechselten. Jeder etwa zwei Stunden, bis um 23 Uhr das Licht in Chovkas Wohnung gelöscht wurde. Die ganze Aktion war irgendwie merkwürdig.«

»Inwiefern?«, will Carla wissen.

»Das Verhalten der Männer wirkte einerseits professionell. Sie vermieden das Licht der Straßenbeleuchtung, standen nicht die ganze Zeit auf einer Stelle herum, sondern bewegten sich schlendernd wie Passanten und starrten nicht auffällig zu den Fenstern hoch. Andererseits hatte ich auch nicht den Eindruck, dass sie auf gar keinen Fall entdeckt werden wollten. Es war nichts wirklich Heimliches an dem, was sie taten. Ich kann das nicht besser erklären – ist so ein Bauchgefühl.«

»Dein Bauch sagt, es ging vielleicht weniger um Beobachtung als um Einschüchterung?«, fragt Moritz.

Ritchie blinzelt ihn überrascht an. »Genau das ist es! Danke, Herr Doktor.«

»Bei Jamila schien das Manöver nicht unbedingt zu fruchten«, gibt Carla zu bedenken. »Es hat sie zwar genug beeindruckt, um mich darauf anzusetzen, aber sie kam mir nicht wirklich besorgt oder ängstlich vor, und die Polizei wollte sie schon gleich gar nicht einschalten.«

Bischoff nickt. »Sie hatte ihren ›Bruder‹ an ihrer Seite, und der hatte eine Glock.«

»Von der die Männer auf der Straße nicht unbedingt gewusst haben müssen«, ergänzt Moritz.

»Okay«, sagt Carla. »Schauen wir uns die Typen mal an.«

»Ich habe sie mit dem Handy aufgenommen und die Fotos dann aufs Tablet überspielt.« Ritchie stellt das Gerät so auf den Tisch, dass alle das Display im Blick haben. »Nummer eins«, sagt er und startet die Abfolge der Bilder wie eine Diashow.

Carla schaut gebannt auf den kleinen Monitor. Sie sieht einen großen, kräftigen Mann mit einem dicken Schnauzbart und Allerweltsgesicht. Das halblange Haar ist von einer Wollmütze bedeckt, unter der an den Seiten dunkle Strähnen hervorgucken. Er sieht tatsächlich so aus wie der Mann, den Jamila im Gespräch mit Rossmüller beschrieben hat. Auf den anderen Bildern ist er aus vielen unterschiedlichen Perspektiven zu sehen, die allesamt seinen athletischen Körperbau erahnen lassen. Wie Ritchie es geschildert hat, schlendert er mal am Haus vorbei und steht dann wieder mit hochgeschlagenem Jackenkragen und einer anderen Kopfbedeckung rauchend auf dem Gehweg. Dabei guckt er, wie jemand, der verabredet ist, immer wieder auf seine Armbanduhr, vermeidet jedoch konsequent den Blick zu den Fenstern der Wohnung.

»Ich glaube, das ist der Mann, von dem Jamila gesprochen hat. Er hat sie angeblich niedergeschlagen, ihren Freund erstochen und den Tatort manipuliert, um sie zu belasten«, kommentiert Carla. »Auf diesen Fotos würde sie ihn mit hoher Wahrscheinlichkeit identifizieren, aber sie beweisen letztlich nur, dass ein Mann *existiert*, der ihrer Beschreibung entspricht. Die Bilder beweisen *nicht*, dass er das getan hat, was Jamila behauptet, und – um genau zu sein – noch nicht einmal, dass er das Haus beobachtet hat. Ich sehe nur einen Mann, der sich zwei Stunden lang auf einer Straße herumtreibt. Das kann man merkwürdig finden, oder verdächtig, aber was hat er *getan*? Gar nichts! Hat jemand von euch den Kerl schon einmal gesehen?«

Alle schütteln die Köpfe.

»Dann zeig uns den zweiten Mann.«

Ritchie tippt auf das Display, das erste Foto erscheint, und es gelingt Carla, nicht zusammenzuzucken. Ihr ist schlagartig kalt, aber auch das kann sie verbergen. Die Bilder von dem zweiten Mann sind dunkler als die der ersten Serie, und die Bildqualität ist deutlich schlechter.

»Tut mir leid«, sagt Ritchie. »Als seine Schicht begann, wurde die Straßenbeleuchtung gerade heruntergefahren, und er hat sich auch mehr bewegt als der andere Typ.«

Der Mann auf dem Foto ist groß, mager und blond. Das glattrasierte, schmale Gesicht wirkt faltig und angespannt. Er trägt Jeans, eine helle Jacke und Boots. Sein Alter aufgrund des Aussehens zu schätzen, wäre nicht einfach, aber Carla denkt, dass er fünfundvierzig ist. Was unmöglich ist, weil der Mann, den Carla auf den Fotos zu sehen glaubt, nach Angaben der türkischen Polizei bereits im Alter von vierundvierzig ums Leben kam.

Bei all dem Erschrecken und der Wut, die sie empfindet, muss sie sich eingestehen, dass sie nicht wirklich überrascht ist. Alles, was mit Felix Winter zusammenhing, ist Teil eines komplexen Lügengespinstes gewesen. Warum sollte sein Tod da eine Ausnahme machen.

Ritchie hat mittlerweile die Sequenz von sieben Fotos durchlaufen lassen und blickt erwartungsvoll in die Runde. »Und? Kennt jemand ihn?«

»Nein«, sagen Bischoff und Moritz fast gleichzeitig, und auch Carla schüttelt den Kopf.

Ritchie wirft ihr einen nachdenklichen Blick zu. Er scheint abzuwägen, ob er das, was ihm im Kopf herumgeht, tatsächlich aussprechen soll, und entscheidet sich dafür. »Es tut mir leid, aber irgendwie glaube ich dir nicht. Du hast erschrocken auf das Foto reagiert, weil du jemanden erkannt hast. Oder der Mann dich zumindest an jemanden erinnert. Keine Ahnung, warum du das abstreitest, aber eine gute Idee ist es jedenfalls nicht. Wenn dieses Team irgendeinen Nutzen haben soll, wäre es besser, wenn du mit offenen Karten spielst.«

Carla kann sich nicht erinnern, wann sie das letzte Mal rot geworden ist, aber jetzt ist dies zweifellos der Fall. Ritchie ist fünfundvierzig Jahre jünger als Bischoff, aber auf seine Weise genauso clever, und vor allem seine Beobachtungsgabe ist exzellent. Sie muss ihn unbedingt fragen, mit welcher Reaktion sie sich verraten hat. Egal, statt sich darüber zu ärgern, dass er sie ertappt hat, sollte sie froh sein, ihn dabeizuhaben. Der Junge war eine ausgezeichnete Wahl. Dass sie mit seiner Anstellung ein gutes Händchen für ungewöhnliche Talente bewiesen hat, ist allerdings in dieser Situation nur ein schwacher Trost. Es bleibt ihr nur die Flucht nach vorn.

»Ritchie hat recht. Der zweite Mann hat eine gewisse Ähnlichkeit mit meinem Ex-Mann. Aber ich kann nicht mit Sicherheit sagen, dass er es ist. Nicht in dem Sinne, dass ich ihn *erkenne*. Das Gesicht ist nicht wirklich scharf und das Licht war schlecht. Wenn es ein Video wäre und ich etwas von seiner Körpersprache sehen könnte ... aber so. Und im Grunde ist es unmöglich. Felix ist im letzten Jahr gestorben, wie ihr alle wisst.«

Eigentlich hat Carla ein wenig Aufregung und ungläubigen Tumult erwartet, aber alle schweigen und starren sie nur erwartungsvoll an.

»Na gut«, sagt Bischoff schließlich. »Trotzdem sollten wir ihn zumindest hypothetisch in unsere Überlegungen einbeziehen.«

Carla versucht, tief und gleichmäßig zu atmen, und spürt erst jetzt, wie sehr ihre Nerven flattern. »Als ich eben das Foto gesehen habe, bin ich irrsinnig erschrocken. Ich weiß nicht, wen ich da gesehen habe – und das ist die Wahrheit. Wenn wir allerdings für einen Moment die Möglichkeit in Betracht ziehen, dass es sich bei dem Mann um Felix handeln könnte, müssen wir überlegen, was es für den ganzen Fall *bedeutet*, wenn er, rein hypothetisch, dabei mitmischt.« Sie nimmt das Tablet in die Hand und zoomt auf dem Display auf das Gesicht des hageren Mannes. Aber es ist viel zu dunkel, um Gewissheit zu haben. »Eines bedeutet es jedenfalls nicht: dass ich bereit bin, diese Fotos und alle Überlegungen und Schlussfolgerungen, die wir jetzt zusammen anstellen mögen, ohne Weiteres der Polizei zu präsentieren. Ist das jedem klar?«

Als die drei Männer nicken, spricht sie weiter. »Bevor ich Ritchies Fotos gesehen habe, hielt ich es durchaus für möglich, dass

Jamilas Story vom bösen Fremden an der Wohnungstür frei erfunden war, ohne allerdings eine Erklärung für den anonymen Anruf bei der Polizei zu haben. Jetzt denke ich, dass sie die Wahrheit gesagt haben könnte. Ob ich zulasse, dass ihr das etwas nutzt, entscheide ich noch.« Carla registriert, dass Ritchie eine Grimasse schneidet, aber das ist ihr egal. »Der Mann aus der ersten Fotoserie ist zweifellos der, den Jamila beschrieben hat. Wofür diese Tatsache als Beweis gelten kann, werden wir sehen. Aber ich wette, er war im Haus, an der Wohnungstür und mit ziemlicher Sicherheit in der Wohnung. Dass die antiken Schätze aus der Vitrine nicht gefunden wurden, spricht auch dafür. Und wie die Fotos zeigen, hatte er mindestens einen Komplizen. Bei der Observation oder Einschüchterung und auch bei allem anderen, was geplant war. Was könnte das gewesen sein? Ich glaube, es ging den Männern gezielt um die Antiken aus Jamilas Vitrine. Mir scheint, die Kunstschätze, die sie nach Abbas' Ermordung an sich gebracht hat, waren die einzige Verbindung, die zwischen ihr und den Kerlen bestand.«

Till Bischoff, der die ganze Zeit fasziniert an Carlas Lippen gehangen hat, nickt heftig. »Das muss es sein. Sie kannten Abbas' Schmuggler-Vergangenheit, wussten, was es bei ihm zu holen gab und dass nichts davon nach seiner Ermordung gefunden worden war. Der Fund so wertvoller Antiken wäre allemal eine Meldung wert gewesen. Diese Leute müssen mit Abbas' Vergangenheit in Verbindung stehen.«

In Carlas Kopf überschlagen sich die Erinnerungen an das Gespräch mit Jamila, das immer mehr hinter einer Nebelwand zu verschwinden droht. Da war etwas, das am Rande erwähnt wurde, eine vage Information, die Jamila nebenher eingestreut hat und die mit Abbas' Verschwinden aus Tschetschenien zu tun hatte. Für einen kurzen Moment schließt sie die Augen, dann kann sie Jamilas Stimme abrufen. *Nach ein paar Monaten kam ein Ersatz für Abbas. Ein weißer Europäer, der angeblich einen legendären Ruf als Schmuggler* hatte. Schwede, Holländer, keine Ahnung. *Sprach perfekt Arabisch. Ein guter Mann, aber ein Ungläubiger.*

Wieder drängelt sich Felix in ihrem Kopf nach vorn. Ist das wirklich möglich? Sie weiß, dass er 2003 an der Plünderung des Nationalmuseums in Bagdad beteiligt war. Er hat ihr stolz davon erzählt. Sein erster großer Job in der Branche, dem viele weitere folgen sollten. Warum soll er nicht in Tschetschenien gewesen sein, um im Auftrag reicher Saudis den Schmuggel von antiken Kunstschätzen zur Finanzierung des Dschihad zu organisieren? *Wenn* das so war, könnte er auch von seinem Vorgänger und dessen Verrat gehört haben. Islam und Heiliger Krieg haben Felix einen Dreck interessiert, aber garantiert hat sich in sein Gedächtnis eingegraben, mit was für Schätzen Abbas sich aus dem Staub gemacht hat.

»Du siehst irgendwie erleuchtet aus«, sagt Bischoff. »Lass uns teilhaben.«

Carla tut ihm den Gefallen und fasst ihre Überlegungen kurz zusammen.

»Nichts von dem, was ich euch erzähle, kann ich beweisen, aber ich stelle mir den Ablauf ungefähr so vor: Sie waren offenkundig Komplizen. Der Typ mit dem Schnauzbart, von dem wir *gar nichts* wissen, und der Mann, der rein hypothetisch Felix gewesen sein könnte, wenn der nicht tot wäre. Wie sie zueinander stehen, wissen wir nicht, aber das ist jetzt auch nicht so wichtig. Sie haben, auf welche Weise auch immer, von Abbas' Tod und den näheren Umständen erfahren. Nachdem die Statuen in der Berichterstattung nicht vorkamen, haben sie vermutet, dass die Frau, die Abbas getötet hat, im Besitz der antiken Kleinodien und der Dollars sein musste, und haben begonnen, sie zu observieren und einzuschüchtern. Die Frage, ob sie von dem Mann mit der Glock in Jamilas Wohnung wussten, stellen wir mal zurück. Die Art, wie der Bärtige in die Wohnung eingedrungen ist, spricht eher dagegen.«

Carla wirft einen raschen Blick in die Runde und setzt dann wie vor Gericht zum Schlusswort an. »Der Schnauzbart hält die beiden mit seiner Pistole in Schach, nimmt Jamilas ›Bruder‹ die Glock ab und schlägt Jamila damit auf den Kopf. Der angebliche Bruder greift den Eindringling mit einem Messer an, es kommt zum Kampf, bei dem er selbst einen tödlichen Stich abbekommt. Der Mörder arrangiert den Tatort, legt die falschen Spuren und informiert seinen Partner. Der ruft bei der Polizei an, und dann hauen sie mit den Kunstschätzen und den Dollars ab.«

Moritz und Bischoff nicken, und auch Ritchie stimmt zu. »Ja. Ich denke auch, so ungefähr könnte es gewesen sein. Was machen wir jetzt?«

»Jetzt wirst du die Fotos löschen«, sagt Carla.

Ritchie schüttelt den Kopf. »Nein, das werde ich nicht tun.«

Carla zuckt zusammen und spürt, wie die Wut und Trauer über Jamilas Verrat, die sie die ganze Zeit rationalisiert und zurückgedrängt hat, hochkochen und sich in einem einzigen langgezogenen Schrei entladen wollen, den sie aber nicht herausbringt.

Sie holt tief Luft und realisiert, dass auch Moritz nicht auf ihrer Seite ist. Sie sieht das Mitleid in seinem Gesicht und weiß, dass er versteht, was in ihr vorgeht, aber er schüttelt den Kopf.

»Was ist mit dir, Bischoff?« Carla beugt sich vor, nimmt dem Alten die Bierflasche aus der Hand und leert sie.

Der Archäologe runzelt die Stirn. »War das die letzte ...?«

»Gleich«, sagt Carla. »Erst deine Antwort!«

»Mir ist als Privatmensch scheißegal, was mit der Frau passiert. Sie ist eine skrupellose Mörderin und so unfassbar manipulativ, dass sie 'ner Hyäne 'nen Kadaver abschwatzen könnte. Meinetwegen kann sie in den Knast gehen für einen Mord, den sie nicht begangen hat, wenn sie schon mit dem, den sie begangen hat, davongekommen ist. Aber, und das ist der entscheidende Punkt: Ich finde, *du* solltest daran nicht beteiligt sein.«

»Rechtsanwältinnen sollten keine Beweismittel unterschlagen?«

»Ebenso wenig wie Polizisten. Denk an die Duisburger Bullen, die damals Asan Ekincis um jeden Preis wegsperren wollten. Dein Argument im Prozess war sehr einfach: Mag sein, dass der Alte den Knast zehnmal verdient hat, aber nicht für die Tat, die zur Verhandlung steht, weil er sie schlicht nicht begangen hat.«

»Ich hätte niemals gedacht, dass mir das mal auf die Füße fällt«, sagt Carla müde. »Was soll ich also eurer Meinung nach tun?«

»Ich ziehe die Bilder auf einen Stick, und du übergibst sie Rossmüller«, schlägt Ritchie vor. »Deiner bisherigen Aussage hast du nichts hinzuzufügen, aber du betonst, dass die Fotos immerhin zeigen, dass ein Mann, der Jamilas Beschreibung entspricht, existiert. Darüber hinaus beweisen sie nichts.«

»In Ordnung«, sagt Carla. »Aber eines will ich klarstellen: Ich werde Rossmüller die Fotos übergeben, doch mehr auch nicht. Was ich mit unseren Informationen und Verdachtsmomenten anstelle, behalte ich mir vor. Und darüber diskutiere ich auch nicht.«

ZWEIUNDVIERZIG

»Was ist da drauf?« Rossmüller dreht den Stick, den Carla ihm gereicht hat, ohne großes Interesse in den Händen, denen er neuerdings offenbar eine professionelle Maniküre gönnt. Außerdem scheint er langsam, aber kontinuierlich Gewicht zu verlieren. Da meint es jemand ernst. Carla lächelt und zwingt ihre Gedanken zurück zum Thema.

»Das sind Fotos, die belegen, dass das Haus von Natascha Berling ein paar Tage vor den Ereignissen in ihrer Wohnung von zwei Männern observiert wurde. Einer der beiden entspricht der Beschreibung, die Berling von dem Mann gegeben hat, der angeblich bei ihr eindrang.«

»Haben Sie nicht gesagt, sie wäre nicht mehr Ihre Mandantin?«

»Das ist sie auch nicht. Aber als die Fotos entstanden, war sie es noch. Sie hatte mir von einem Mann erzählt, der sie verfolgte und ihr Angst machte. Also habe ich einen Mitarbeiter gebeten, der Sache nachzugehen. Er hat die Bilder geschossen.«

»Die Sie jetzt brav bei mir abliefern? Das ist wirklich sehr nett von Ihnen, wenn man bedenkt, dass die Dame Sie, warum auch immer, unter Drogen gesetzt hat. Was übrigens schwer zu beweisen ist. Keine Spur von dem Rohypnol, weder im Teegeschirr noch in der gesamten Küchenzeile, nicht im Arzneischrank oder sonst wo.«

Carla winkt ab. »Ich habe nicht erwartet, dass Sie etwas finden. Warten wir ab, wie die Sache am Ende ausgeht. Ich lege aber Wert darauf, dass in den Ermittlungsakten festgehalten wird, dass ich Ihnen die Fotos übergeben habe. Wenn Frau Berling eine neue Anwältin hat, weisen Sie sie bitte darauf hin.«

Rossmüller nickt gleichmütig. »Nützen denn die Bilder ihrer Verteidigung überhaupt? Was lässt sich damit beweisen oder widerlegen?«

»Nicht viel. Sie beweisen, dass ein Mann, wie Berling ihn beschrieben hat, existiert, und dass er sich auf der Straße vor ihrer Wohnung aufgehalten hat. Sonst nichts.«

In Carlas Tasche vibriert das Handy. Sie ignoriert es.

»Wie auch immer«, sagt Rossmüller. »Sobald klar ist, wer die Verteidigung übernimmt, sorge ich für Einblick in die Ermittlungsakten. Ich verspreche Ihnen, dass das zügig passiert. Frau Berling wird ihre nächsten Schritte allerdings aus der Untersuchungshaft heraus planen müssen. Seit heute Morgen 9 Uhr gibt es eine entsprechende richterliche Anordnung. Der Haftbefehl wurde bereits vollstreckt. Es besteht der dringende Tatverdacht, dass sie den Mann in ihrer Wohnung getötet hat, wenn auch die näheren Umstände noch geklärt werden müssen. Dass sie vor nicht allzu langer Zeit in derselben Wohnung bereits einen Mann erstochen hat, wirft jetzt ein denkbar ungünstiges Licht auf sie, Notwehr hin oder her.«

Und selbst die war noch gefakt, denkt Carla und nickt.

»Der Haftrichter macht Fluchtgefahr geltend, weil Frau Berling zwar einen festen Wohnsitz, aber keine engen freundschaftlichen oder familiären Bande in Deutschland habe. Sie spricht perfekt Russisch und natürlich Kasachisch, und Deutschland hat mit Kasachstan kein Auslieferungsabkommen. Wenn sie sich dorthin absetzt, ist sie weg. Alles in allem aus Sicht der Staatsanwaltschaft eine klare Sache.«

Carla zuckt mit den Schultern. »Dann sollen sie es durchziehen. Ich habe getan, was ich konnte. Jetzt muss sie sehen, wie sie allein zurechtkommt.«

»Jepp! Ich halte Sie auf dem Laufenden«, sagt Rossmüller und deutet damit das Ende der Unterredung an.

Carla steht auf und registriert, dass ihr Handy in der Tasche erneut zweimal hintereinander vibriert. Aus irgendeinem Grund macht sie das wütend. Sie hat keine Lust mehr auf Nachrichten, Informationen und Leute, die was von ihr wollen. Am liebsten würde sie das blöde Ding in Rossmüllers Papierkorb werfen und aus dem Zimmer stürmen. Stattdessen reicht sie dem Polizisten über den Tisch hinweg die Hand.

Rossmüller schüttelt sie und grinst. »Wir hatten einen schlechten Start im letzten Jahr. Tut mir leid. Ich habe gedacht, Sie seien die arroganteste Ziege im Rhein-Main-Gebiet, noch vor Iris Brüggemann. Aber das nehme ich zurück. Bei Licht betrachtet, sind Sie gar nicht so verkehrt.«

Carla erwidert das Lächeln. »Sie meinen, im Lichte Ihres neuen Glücks? Schön, dass ich davon profitieren darf. Verliebt sind Sie eindeutig besser zu ertragen.«

»Sagen Sie es nicht weiter«, sagt Rossmüller und scheucht sie mit einer Handbewegung aus dem Zimmer.

Carla tritt auf den Korridor hinaus und überlegt ernsthaft, ob sie das Handy nicht einfach dort lassen soll, wo es ist. Es wird schon kein Loch in die Tasche brennen. Den Luxus, unerreichbar zu sein, hat sie sich seit Jahren nicht mehr geleistet.

Auch heute ist nicht der Tag dafür. Aber zumindest kann sie den Blick auf das Display aufschieben. Sie widersteht der Versuchung, das Telefon herauszuholen, bis sie den Parkplatz erreicht und im Auto Platz genommen hat.

Zwei Anrufe in Abwesenheit: Vater, Aleyna. Carla beschließt, mit dem schwierigeren Rückruf zu beginnen.

»Hallo«, sagt ihr Vater. »Schön, dass du dich meldest.« Jost Bellmann beherrscht wie alle Eltern den wehmütigen Tadel in der Stimme, der signalisiert, dass die Kinder sich zu wenig um einen kümmern.

»Tut mir leid, ich hatte noch keine Gelegenheit, mit meinem Mieter zu reden. Der Mann ist dauernd auf Reisen.«

»Kein Problem! Hier hat sich einiges getan.« Etwas Positives offenbar. Ihr Vater ist deutlich besser gelaunt als beim letzten Telefonat.

»Lass hören.«

»Die Scheidung ist vom Tisch!«

»Könntest du fünf Sätze am Stück reden? Möglichst zusammenhängend? Stell dir einfach vor, du wärst Lehrer.«

Jost Bellmann lässt spitze Bemerkungen dieser Art prinzipiell an seiner Selbstgerechtigkeit abperlen, was Carla wiederum in Versuchung führt, auszuloten, ob es nicht doch ein paar rote Linien gibt.

Ihr Vater holt tief Luft. »Also, Lars und Ricki haben beschlossen, ihre Ehe zu retten. Nicht zuletzt wegen der Kinder. Die Affäre mit dem Yoga-Lehrer ist passé und verziehen, und Lars hat versprochen, einen genau festgelegten Anteil an Familienarbeit zu übernehmen. Das Cabrio wird verkauft, und von dem Erlös sollen eine Paartherapie und eine Schiffsreise für die ganze Familie bezahlt werden.«

»Wow«, sagt Carla. »Die haben sich ja richtig was vorgenommen.«

»Sie geben sich Mühe«, stimmt ihr Vater mit einem gekonnt zynischen Unterton zu. »Allerdings wäre die Paartherapie um ein Haar geplatzt. Nach der Probesitzung hat deine Schwester ihrem Mann vorgeworfen, er habe der Therapie nur zugestimmt, weil er scharf auf die Psychologin sei. Der Streit ging eine Nacht lang hin und her, konnte aber beigelegt werden.«

Carla grinst. Typisch Ricki. Von wegen Nesthäkchen. Egal, für Carla gibt es bei der Geschichte nur *eine* wirklich wichtige Frage: »Wie ist die Situation denn jetzt für dich, Papa? Wie fühlst du dich?«

»Super. Die Stimmung ist bombig. Alle sind sehr freundlich und vorsichtig. Die Kinder grinsen wie Honigkuchenpferde und laufen auf Zehenspitzen. Deswegen habe ich ja angerufen. Ich bleibe vorerst doch hier.«

»Wunderbar. Das freut mich.«

Großer Gott, was für eine lächerliche Untertreibung. Sie würde am liebsten aussteigen und auf dem Gehweg einen Stepptanz hinlegen.

»Gut«, sagt sie, um einen neutralen Tonfall bemüht. »Ich habe Ricki eine Nachricht geschickt. Sie soll mich verdammt noch mal anrufen. Bitte sag ihr das!«

»Geht klar. Bis bald.«

Carla unterbricht die Verbindung, legt das Handy auf den Beifahrersitz und öffnet das Seitenfenster. Feuchte Herbstluft weht herein und kühlt sie ein wenig runter. Die aufgekratzte Stimmung kippt. Das war knapp. Sie fühlt sich wie jemand, der um ein Haar in einen leeren Fahrstuhlschacht getreten wäre, und schämt sich für ihre Erleichterung.

Und da ist noch etwas. Sie fürchtet sich vor dem nächsten Telefonat. Der Gedanke an Asan Ekincis lässt sie frösteln. Ihre Hand greift nach dem Telefon auf dem Sitz, und während sie wählt, schließt sie das Fenster.

»Hallo«, sagt Aleyna. Sie klingt müde und deprimiert. »Danke für den Rückruf. Mein Vater ist heute Morgen gestorben.«

Carla ballt die Finger der linken Hand zur Faust und drischt in stummer Wut auf ihren Oberschenkel. Sie hat es geahnt, eigentlich gewusst. Nur mit Mühe bekommt sie ein Wort heraus. »Das tut mir aufrichtig leid.«

Wie oft hat sie diese abgedroschene Beileidsphrase schon ausgesprochen und sich geschworen, es nicht mehr zu tun. Aber es ist ihr ernst damit, und sie weiß, dass Aleyna das weiß. »Ich wollte nächste Woche zu euch kommen und Abschied nehmen. Dass er so plötzlich ... Ich hätte ihn sehr gerne noch mal gesehen.«

»Alle wussten, dass er sterbenskrank war, aber sogar sein Arzt war überrascht, als es auf einmal so schnell ging.« Aleynas Stimme klingt brüchig.

»Kann ich irgendetwas tun? Ich komme zu dir, wenn du möchtest.«

»Nein. Danke. Ich habe alle Hilfe, die ich brauche. Die ganze Familie ist da. Und ... sei mir nicht böse ... aber du passt da nicht rein. Wir haben begonnen, die Überführung des Leichnams nach Anatolien zu organisieren. Du weißt schon, er wollte in Rashdiye beerdigt werden. Ein irrsinniger bürokratischer Aufwand. Ich fliege in fünf Tagen in die Türkei.«

»Können wir uns sehen, wenn du zurück bist?«

»Ja, ich muss eh auf dich achtgeben.«

»Wie meinst du das?«

»Er hat es mir aufgetragen. *Die Anwältin in Frankfurt,* hat er gesagt, *pass auf sie auf!* Ich muss jetzt Schluss machen, Habibi, wir sehen uns.«

»Okay«, sagt Carla. »Bis bald.«

Sie legt auf und schüttelt ratlos den Kopf. Asan Ekincis hat versucht, über seinen Tod hinaus für sie zu sorgen. Auf seine Weise eben. Aber das beschert ihr eine Aufmerksamkeit, die sie nicht will und die irgendwann ihren Preis haben wird. Eigentlich hat sie gehofft, dass dieses Dilemma mit der gescheiterten Aktion in Berlin vom Tisch wäre. Und jetzt taucht sie auf einmal als Schutzbefohlene im Testament des Alten auf. Nach der Beerdigung muss sie das klären. Was hat Aleyna zu ihr gesagt? *Ich brauche keine Consigliera, sondern eine Freundin.* Das geht mir ähnlich, Habibi. Ich brauche eine Freundin und keine Patin!

Gut. Zurück zum Geschäft. Es wird Zeit, diese ganze irrsinnige Geschichte zu einem Ende zu bringen. Carla tippt die Nummer der Kanzlei ein.

Mathilde ist sofort dran.

»Rufen Sie bei der Staatsanwaltschaft an und vereinbaren für mich einen Termin. Möglichst morgen Vormittag. Ich beantrage eine Besuchserlaubnis für die JVA in Preungesheim. Den Schein hole ich persönlich ab. Es geht um unsere ehemalige Mandantin Natascha Berling.«

»Ich dachte, das sei erledigt.«

»Noch nicht ganz«, sagt Carla.

DREIUNDVIERZIG

In Begleitung einer uniformierten Angestellten der JVA betritt sie den Raum. Jamila Chovka sieht übernächtigt, bleich und merkwürdig gebrechlich aus, ähnlich wie nach ihrer ersten Nacht in U-Haft damals im Sommer. Als sie Haftrichterin Brüggemann in einer phantastischen Darbietung schilderte, wie Ahmad Abbas zu Tode kam.

Carla ertappt sich dabei, wie sie trotz aller Erfahrungen mit Jamilas phänomenaler Verwandlungskunst sofort wieder beginnt, aus deren Körperhaltung, Gesichtsausdruck und Teint Rückschlüsse zu ziehen: *Ich sehe eine Frau, der es schlechtgeht, die nicht schlafen kann, die Mühe hat, sich auf den Beinen zu halten, die verzweifelt ist und dennoch gefasst wirkt und, und, und ...*

Alles ist möglich, und nichts davon muss stimmen. Carla erinnert sich, einmal etwas über »Method Acting« gelesen zu haben, Lee Strasbergs legendäre Methode, die Schauspielerei zu erlernen. Jamila scheint intuitiv alle Regeln und Prinzipien dieses Konzepts zu beherrschen, einschließlich der Fähigkeit, den gewählten Charakter bei Bedarf sofort aufzugeben. Sie wartet, bis die Beamtin den Raum verlassen hat, nimmt dann auf dem ihr zugewiesenen Stuhl Platz, legt die Hände gefaltet auf die Tischplatte und belässt es vorerst bei einem knappen Nicken zur Begrüßung. Auch dieser Auftritt erscheint Carla jetzt durchkalkuliert. Jamila hat die blonden Haare zu einem strengen Knoten im Nacken zusammengebunden, was ihr ungeschminktes Gesicht schmaler erscheinen lässt. Unter einer braunen Strickjacke trägt sie eine Baumwollbluse, die sie bis zum obersten Knopf geschlossen hat. Eine billige Jeans und feste Schuhe mit Blockabsätzen vervollständigen das Bild. Sie wirkt bieder, ein wenig altmodisch und harmlos.

Nach kurzem Schweigen riskiert Jamila ein angedeutetes Lächeln. »Ich freue mich, dass du gekommen bist. Damit habe ich nicht gerechnet.«

»Ich auch nicht«, sagt Carla. »Aber ich glaube, wir sind noch nicht ganz fertig miteinander.«

»Meinst du, das wird jemals der Fall sein?«

»Wenn alle Fragen beantwortet sind, warum nicht?«

»Es kommt ein bisschen auf die Fragen an. Du bist nicht mehr meine Verteidigerin, unser Gespräch ist nicht durch das Anwaltsgeheimnis gedeckt. Außerdem hast du jede Menge Gründe, wütend auf mich zu sein. Ich erwarte also keine Hilfe, sondern rechne damit, dass du in aller Ruhe zuschaust, wie ich absaufe. Außerdem kann ich mir gut vorstellen, dass uns jemand zuhört. Frag, was du wissen willst, und ich entscheide, ob ich darauf antworten möchte.«

»Hast du schon einen neuen Anwalt?«

»Dr. Reiter.«

Carla kennt ihn. Ein gewiefter, hartgesottener Strafverteidiger mit Rasierklingen an den Ellenbogen. Programmiert auf Erfolg um jeden Preis. Ein Jurist, dem es völlig gleichgültig ist, was seine Mandanten getan haben oder nicht, solange er es schafft, sie zumindest wegen Mangels an Beweisen freizubekommen.

»Eine gute Wahl!«

Jamila nickt. »Willst du den alten Fall neu aufrollen? Oder Aussagen zu meiner Herkunft und Identität machen?«

»Weder noch.«

Jamila lächelt. »Dann stell jetzt deine Fragen.«

»Warum hast du das mit dem Rohypnol gemacht?«

»Das war ich nicht.«

»Du hast es mir doch selbst gesagt.«

Jamila zwinkert ihr zu. »Ich dachte, du kannst dich an nichts erinnern.«

Touché. Carla überlegt, wie sie weitermachen soll. Seit sie wieder klar denken kann, geht ihr eine ebenso emotionale wie provozierende Frage durch den Kopf, die sie unbedingt loswerden will. Ein besserer Zeitpunkt als dieser wird nicht mehr kommen.

»Lass mich mal so beginnen«, sagt sie vorsichtig. »Schon unser erstes Zusammentreffen vor meinem Haus war eine großartig inszenierte Lüge, und dann ging es Schlag auf Schlag weiter. Immer neue Geschichten, Identitäten und Rollen. Was mich wirklich interessieren würde: Hast du so etwas wie einen *wahrhaftigen* Kern? Wenn man alle Hüllen abstreift, was für ein *Ich* bleibt dann übrig? Die letzte Matrjoschka-Puppe, wer ist sie?«

Jamila senkt die Augenlider, scheint einen Augenblick in Gedanken zu versinken und hebt die Lider dann mit einem kleinen boshaften Lächeln wieder.

»Jemand, der gerne in Ruhe gelassen werden wollte.«

»Klingt komisch aus dem Mund einer Frau, die sich in so viele andere Leben blutig eingemischt hat.«

»Möchtest du, dass ich es erkläre?«

»Ja, bitte.«

»Kannst du dir vorstellen, wie es war, als Mädchen dort aufzuwachsen, wo ich geboren bin?«

Carla fällt auf, wie vorsichtig ihr Gegenüber formuliert. »Nicht wirklich«, erwidert sie wahrheitsgemäß.

»Das Leben bestand nur aus Vorschriften. Tradition und Islam bestimmten alles, und der Ehemann kam gleich nach Allah. Er durfte dich schlagen, einsperren oder auch töten, wenn er fand, dass dein Verhalten ihn beleidigte. Und das konnte sehr leicht passieren. Besonders einem Mädchen wie mir.«

»Wieso?«

»Ich war anders. Ich wollte nichts von dem, was ich musste: Ich wollte nicht sticken, nicht kochen und vor allem nicht gehorchen.

Ich wollte *in Ruhe gelassen werden*. Ein lebensgefährlicher Wunsch.« Jamila greift automatisiert nach der Marlboro-Schachtel in ihrer Strickjackentasche, erinnert sich, dass sie in diesem Raum nicht rauchen darf, und steckt sie knurrend wieder weg. »Meine Tante hat mich mit zehn beiseitegenommen und mir einen kleinen Crashkurs verpasst. Zum Thema, wie man seinen Ehemann überlebt. Sie war sehr überzeugend: *Was will er bei dir sehen, wenn er heimkommt? Angst, Hilflosigkeit, Verletzlichkeit und Demut. Falls du das nicht empfindest, dann lerne als Erstes, es vorzuspielen. Wenn du gut bist, hält er es vielleicht für unnötig, dich zu schlagen.* Das war meine erste Rolle, die ich lange vor meiner Heirat beherrschte. Ich habe sie gespielt, als wir uns vor deinem Haus trafen ...«

»Woher wusstest du ...?«

»Worauf du stehst? Gewusst habe ich es nicht, aber geahnt. Starken Frauen gefällt es ganz gut, sich zu schwachen Exemplaren ihres Geschlechts herabzubeugen. Lässt sie noch besser aussehen.«

»Du bist echt so was von mies!«

Jamila zuckt mit den Achseln. »Das war gar nicht abfällig gemeint – im Gegenteil. Warum soll es einem nicht selbst guttun, wenn man hilft? Ich habe dich von Anfang an sehr gern gehabt und bewundert. Deine Coolness und Souveränität. Die Art, wie du mit diesem Polizisten umgesprungen bist. Aber deine Frage war ja eine andere. Wie wird man eine erfolgreiche Lügnerin? Indem man lernt, zu spüren, was eine andere Person hören und sehen will. Klingt banal, will aber geübt sein.«

»Du hast die Kunst jedenfalls perfektioniert.«

»Danke! Das Schicksal war auf meiner Seite. In Gestalt von Marie Lenz. Ohne sie wäre ich nie auf dich gekommen. Sie hat mir erzählt, wie sehr du Männer hasst, die auf Frauen losgehen, und wie gut du darin bist, Frauen zu verteidigen, die sich das nicht gefallen lassen. Wie diese Frau in Höchst damals, die ihrem Mann die Knie zerschlagen hat. Das war die Geburtsstunde meines Plans.«

Carla registriert, dass ihre Hände zu Fäusten geballt auf ihren Knien liegen, löst die Finger und wischt die Handflächen an der Jeans ab. Sie ist jetzt so wütend, dass ihre Stimme zu versagen droht. »Und dir ist nie in den Sinn gekommen, wie ungeheuer zynisch das ist, deinen Mord aus Rache und Habgier ausgerechnet als Notwehr bei häuslicher Gewalt zu tarnen? Angesichts abertausender Frauen, die in ihren eigenen vier Wänden jeden Tag malträtiert werden, kommst du daher und lieferst einen Grund, deren Geschichten anzuzweifeln? Das ist der spezielle Ekelfaktor! Du hast alle wirklichen Opfer unglaubwürdig gemacht!«

Jamila schüttelt den Kopf. »Hast du nicht eben gesagt, du wolltest die alte Geschichte nicht wieder aufrollen? Du musst den Fall andersherum betrachten. Ich hatte vollstes Vertrauen, dass du mich raushaust und die Wahrheit niemals ans Licht kommt. Und so war es ja auch. Mit meiner erfolgreichen Verteidigung hast du der Sache der Frauen hervorragend gedient.«

Carla starrt sie fassungslos an. Für einen kurzen Moment verspürt sie den Impuls, über die Tischplatte zu langen, Jamilas Hals zu umklammern und ihren Kopf gegen etwas Hartes zu schlagen. Jamila scheint Carlas Gesichtsausdruck richtig zu deuten und rückt mit ihrem Stuhl ein Stück vom Tisch ab. Carla öffnet den Mund, bekommt aber kein Wort heraus. Sekunden später löst sich die Blockade in ihrer Kehle, aber ihre Stimme ist kaum hörbar. »Du bist wirklich das Letzte. Geh mir aus den Augen. Verpiss dich!«

Jamila steht auf, wendet sich ab und geht zur Tür. Einen winzigen Augenblick hat es den Anschein, als ob sie sich noch einmal umdrehen will, dann strafft sich ihr Körper, sie drückt die Klinke herunter und verlässt den Raum.

Carla lauscht dem Klacken ihrer Absätze auf den Kacheln des Korridorbodens, das leiser wird und schließlich verhallt. Sie lauscht weiter – und weiß nicht warum. Will sie, dass Jamila zurückkommt? Um Verzeihung bittet? Ein *echtes* Opfer ist? All das wird nicht geschehen, und nichts wäre besser, wenn doch.

Warum soll ein Opfer ein guter Mensch sein? Seit Tagen geht ihr dieser Satz im Kopf herum. Wo hat sie das gelesen? Sie kann sich nicht erinnern.

Carla steht auf und hält sich an der Tischplatte fest. Ihr ist ein bisschen schwindlig. In der Tür taucht eine junge Frau in JVA-Dienstkleidung auf. »Alles in Ordnung bei Ihnen?«

Carla sieht sie ausdruckslos an. »Ging mir nie besser«, sagt sie.

VIERUNDVIERZIG

SECHS WOCHEN SPÄTER

Eigentlich sind die vier Büroräume in der Frankfurter Innenstadt zu teuer, gemessen an dem, was die Kanzlei abwirft, doch da sie für das Haus, in dem sie wohnt, nur Steuern und Nebenkosten aufbringen muss, geht die Rechnung gerade so auf. Die zentrale Lage in der City hat viele Vorteile, aber worauf Carla um keinen Preis der Welt mehr verzichten möchte, ist der Parkplatz in der Tiefgarage, der es überhaupt erst ermöglicht, den kleinen Audi für die Fahrt zur Arbeit zu nutzen. Wenn sie die Kanzlei gleich verlässt, wird sie mit dem Fahrstuhl hinunterfahren, ins Auto steigen und eine halbe Stunde später warm und trocken zu Hause ankommen.

Carla legt das Diktiergerät beiseite und blickt aus dem Fenster in die Dunkelheit. Im kalten Licht der Straßenbeleuchtung tanzen dicke Schneeflocken, die sie daran erinnern, dass sich das Jahr dem Ende zuneigt. Noch zwei Wochen bis Weihnachten, und das war's dann auch schon wieder. Die erste Jahreshälfte ist auf angenehm ereignislose Weise verstrichen – bis zu jenem Wochenende im Juni. Ist das wirklich schon so viele Monate her? Der laue Sommerabend, an dem Jamila Chovka das Spiel mit ihrer Glanzrolle als hilfloses Hascherl eröffnete? Und Ritchie Lambert, den sie gar nicht wollte, sich als Glücksgriff entpuppte? Später das Gerichtsverfahren, der Freispruch und die nicht enden wollende Kette von Lügen und Enttäuschungen?

Rossmüller hat ihr heute mitgeteilt, dass der neue Prozess gegen Natascha Berling im Januar beginnen soll und sie als Zeugin geladen wird. *Ein reiner Indizienprozess mit vielen Unwägbarkeiten, dessen Ausgang schwer vorherzusehen ist.*

Was hat Jamila bei ihrem letzten Gespräch in der JVA zu ihr gesagt? *Ich rechne damit, dass du in aller Ruhe zuschaust, wie ich absaufe.* Worauf sie sich verlassen kann.

Und dann der Mann auf Ritchies Fotos. Immer wieder hat Carla sie angeschaut und gegrübelt, wie groß die Ähnlichkeit mit Felix jetzt wirklich ist. Groß genug, um zu sagen, dass sie ihn zweifelsfrei wiedererkennt? Definitiv nicht. Aber *wenn* es sich um Felix handelt, ist er offenbar nicht nur quicklebendig, sondern auch entschlossen, seine kriminelle Karriere genau dort fortzusetzen, wo er im letzten Jahr aufhören musste. Muss sie ihn nicht irgendwie stoppen? Wäre das überhaupt möglich? Sie hat mit Bischoff darüber geredet, und der hat nach einigem Nachdenken den Kopf geschüttelt. »Nur, wenn du willst, dass er stirbt. Ich könnte das Gerücht in die Welt setzen, dass Felix Winter noch lebt, und das Foto ein paar Leuten schicken, die mit Sicherheit dafür sorgen, dass die Jagd neu eröffnet wird. Nur – ich würde da nicht mitspielen. Du weißt, wie sehr ich Leute wie ihn verabscheue, aber ich beteilige mich nicht an ihrer Ermordung.«

Carla hat das Thema nicht mehr angeschnitten. Was sie nicht davon abgehalten hat, darüber nachzudenken. Weil sie es nicht verhindern kann. Sie weiß, dass es ein Fehler ist, Felix weiterhin einen Platz in ihrem Kopf einzuräumen, aber er kommt und geht, wie er will.

Gehen – das sollte sie jetzt auch. Aber sie hat keine Lust, allein zu Hause herumzuhängen. Moritz hat Nachtdienst, und Bischoff trifft sich mit ein paar Freunden zum Bridge. Er hat versucht, Carla das Spiel beizubringen, aber es war ihr zu kompliziert, und von der Mentalität her steht sie sowieso mehr auf Poker.

Sie wirft einen Blick auf ihr Handy. Gleich halb sieben, Mathilde ist schon seit zwei Stunden weg. Was Ritchie wohl gerade macht? Mathilde hat gestern erzählt, dass er eine neue Freundin hat. Vielleicht sollte sie die beiden zum Essen einladen. Am Wochenende ... Egal, das hier führt zu nichts. Kurzentschlossen greift sie nach dem Handy, ruft einen Pizza-Service an und bestellt sich eine große Calzone mit Schinken und Grillgemüse nach Hause. »Fünfundvierzig Minuten? Das passt perfekt.«

Sie fährt den PC runter und streift die Lederjacke über. Nach einem kurzen Kontrollblick durch den Büroraum löscht sie die Lichter und tritt hinaus auf den Korridor. Lauter Hip-Hop dringt durch die Decke. Im Stockwerk über ihr hat eine Werbeagentur fast die ganze Etage gemietet. Arbeitswütige junge Leute, die gern die Nacht zum Tag machen, wenn sie einen großen Auftrag ergattert haben.

Der Lift befindet sich am Ende des Flurs. Carla ruft ihn, tritt hinein, drückt auf das große »U« und saust hinab in die Tiefgarage. Grelles Neonlicht empfängt sie, als die Aufzugtür sich öffnet. Es ist kalt hier unten. Die meisten Parkplätze sind schon nicht mehr besetzt, aber ihr Audi ist links von einem Kleinbus und rechts von einem Škoda Octavia eingerahmt.

Carla geht zügig zu ihrem Wagen, schließt auf und setzt sich hinter das Steuer. Sie verbindet das Handy mit der Freisprechanlage, steckt den Schlüssel ins Zündschloss und nimmt aus den Augenwinkeln wahr, dass bei dem Škoda die Fahrertür geöffnet wird. Ein Mann, den sie trotz des hellen Neonlichtes nicht gut sehen kann, steigt aus, wendet sich ihr zu und setzt einen schwarzen, etwa fünfzehn Zentimeter langen Metallzylinder direkt auf die Scheibe des Beifahrerfensters. Carla kennt Schusswaffen mit Schalldämpfern nur von Fotos, aber sie hat keinen Zweifel, dass hier eine auf sie gerichtet ist. Und dass deren Projektil die Scheibe mühelos durchschlagen wird.

Sie ist so erschrocken, dass ihr Herzschlag sich zunächst verlangsamt und dann rasend Fahrt aufnimmt. Innerhalb einer Sekunde scheint ihr Mund auszutrocknen, und in ihrer Brust breitet sich ein brennender, übelkeiterregender Schmerz aus. All die Jahre hat sie sich unbehaglich gefühlt, wenn sie die Tiefgarage betreten hat, und dennoch niemals ernsthaft damit gerechnet, dass ihr etwas passieren könnte. Sie bewegt sich keinen Millimeter.

Der Mann beugt sich ein wenig herunter, nimmt Augenkontakt auf und legt den Zeigefinger der linken Hand auf die Lippen. Dann lässt er die Hand sinken, öffnet die Tür und schlüpft zu ihr ins Auto. Mit der Waffe auf ihren Bauch zielend, macht er es sich auf dem Beifahrersitz bequem.

»Guten Abend«, sagt er. »Ich muss mit Ihnen sprechen. Bleiben Sie ruhig, und rühren Sie sich nicht. Im Moment stehen die Chancen gut, dass Sie am Leben bleiben.«

Carla zwingt sich zu einem Nicken.

»Seit Stunden warte ich in der blöden Karre auf Sie. Was haben Sie so lange gemacht?«

»Gearbeitet«, krächzt Carla. Ihre Panik ist ein wenig abgeflaut, und sie wagt es, ihn zu mustern. Er sieht sehr durchschnittlich aus. Mittlere Größe, mittleres Alter, glattrasiert. Kein Akzent, kein Dialekt.

»Was wollen Sie?«

»Ich bin beauftragt worden, Sie etwas zu fragen.«

»Da hätten Sie auch anrufen können.«

Der Fremde schüttelt den Kopf. »Ich wollte Ihr Gesicht sehen, wenn Sie antworten.«

»Wie Sie sehen, haben Sie mich zu Tode erschreckt. Stellen Sie also Ihre Frage, und dann hauen Sie ab.«

»Es geht das Gerücht um, dass Felix Winter noch lebt. Stimmt das?«

»Nein.« Carla schafft es, keine Miene zu verziehen. »Wenn es dieses Gerücht gibt, ist es falsch. Felix Winter ist tot. Die türkische Polizei hat das offiziell mitgeteilt.«

Der Mann nickt nachdenklich. »Die ist natürlich bekannt für

ihre Wahrheitsliebe.« Er lächelt schwach. »Dieser Winter soll ja ein echter Scheißkerl gewesen sein. Aber auch charmant, wie ich gehört habe. Sie sind sicher, dass Sie ihn nicht gesehen haben? Und er hat sich auch nicht bei Ihnen gemeldet?«

»Nein.«

»Und wenn doch, dann würden Sie es mir erzählen.«

»Allerdings! Ich bin fertig mit dem Mann!«

Der Fremde schweigt und scheint nachzudenken. Dann kommt er zu einem Entschluss, hebt die Waffe an und zielt auf Carlas Gesicht. »Wissen Sie was, wir werden die Unterhaltung an einem anderen Ort fortsetzen. Wo wir mehr Ruhe haben.«

Er öffnet die Beifahrertür, steigt aus und vollführt mit der Pistole eine einladende Geste. »Klettern Sie über den Sitz, und kommen Sie auf meiner Seite raus.«

Carla gehorcht. Der Mann greift mit der Linken in die Hosentasche, zieht seine Wagenschlüssel heraus und drückt mit dem Daumen darauf herum. Die Kofferraumklappe des Škoda schwingt mit einer langsamen, majestätischen Bewegung auf, und der Mann weist Carla erneut den Weg.

»Auf keinen Fall«, sagt sie.

»Aber sicher doch.«

Benommen schüttelt sie den Kopf.

»Schauen Sie«, sagt er geduldig, »ich habe nicht den Auftrag, Sie zu töten. Aber es hat auch niemand gesagt, dass Sie unverletzt bleiben müssen. Entweder Sie klettern jetzt freiwillig in den Kofferraum oder ich schieße Ihnen ins Knie und hebe Sie hinein.«

Carla macht einen Schritt auf den Škoda zu, und dann hört sie jemanden rufen. Eine kräftige Stimme hallt laut durch die Garage.

»Frau Winter, da sind Sie ja! Tut mir leid, dass ich mich verspätet habe.«

Carla fährt herum und sieht aus den Augenwinkeln, wie der Kerl neben ihr seine Pistole in der Jacke verschwinden lässt. Aus etwa dreißig Metern Entfernung nähert sich mit schnellen Schritten ein anderer Mann. Er ist groß, schwarzbärtig, trägt eine dunkle Nerdbrille und hat sein Haar zu einem straffen Zopf nach hinten gebunden. Der Bodyguard, der ihr bei Ekincis die Tür geöffnet hat. Er lächelt sie an und wirft dem Mann neben ihr einen unmissverständlich finsteren Blick zu.

»Müssen Sie noch etwas klären, oder können wir los?«

Carla grinst. »Nein, alle Unklarheiten sind beseitigt. Steigen Sie bei mir ein.« Sie geht um den Audi herum und setzt sich hinter das Steuer, während Ekincis' Leibwächter auf dem Beifahrersitz Platz nimmt. Carla startet den Wagen und fährt los, ohne sich umzusehen.

»Danke!«

»Jederzeit. Aleyna lässt Sie grüßen. Bitte rufen Sie sie an. Es gibt viel zu besprechen.«

»Tatsächlich?«

»Aber ja! Wir müssen über die Zukunft reden. Ihre und unsere.«

NACHTRAG

Wie bei all meinen Büchern hatte ich auch bei diesem Roman Hilfe von vielen netten und kompetenten Menschen, die mir mit zahlreichen Informationen, Anmerkungen und Verbesserungsvorschlägen zur Seite standen.

Sehr herzlich bedanken möchte ich mich deshalb bei Vanessa Gutenkunst, Felix Rudloff und Caterina Schäfer von Copywrite sowie bei meiner Lektorin Johanna Schwering. Dank gebührt auch Georg Simader, der mir aus seinem italienischen Domizil Mut machte, und Mike Altwicker, der anregte, Professor Tillmann Bischoff bei Carla einziehen zu lassen, womit er, wie ich glaube, vielen Leserinnen und Lesern aus der Seele sprach.

Ein dickes Dankeschön geht auch an meine tapfere Erstleserunde, die seit Jahren in häufig wechselnder Zusammensetzung meine Texte mit wohlwollend-konstruktiver Kritik zerpflückt, lange bevor eine professionelle Lektorin sie zu sehen bekommt, und natürlich an Thekla Pfeiffer, die mir beim Schreiben den Rücken freihielt und zwei fabelhafte Ideen zur Plot-Entwicklung beisteuerte.

Der Vollständigkeit halber sei noch darauf verwiesen, dass es sich bei dem vorliegenden Buch selbstverständlich um einen fiktionalen Text handelt. Romanhandlung und Protagonisten sind frei erfunden, und etwaige Ähnlichkeiten der Figuren mit realen oder gar noch lebenden Menschen, sofern sie nicht Personen der Zeitgeschichte sind, wären unbeabsichtigt und rein zufällig.

Dennoch gibt es Bezüge der Romanhandlung zu einem Buch

und einem Film, die beide seit Jahrzehnten zu meinen unangefochtenen Favoriten zählen. Auf eine wehmütig-lakonische Weise erzählt *Der lange Abschied* von Raymond Chandler die alte Geschichte von Freundschaft und Verrat, und der Film *Zwielicht* mit Richard Gere und Edward Norton zeigt, wie es einem Anwalt mit einem verlogenen Mandanten ergehen kann.

Die Plot-Entwicklung von *Das falsche Opfer* wurde von Buch und Film gewissermaßen inspiriert, ohne dass ich so vermessen wäre, mich mit beiden vergleichen zu wollen – und natürlich ist meine Geschichte eine gänzlich andere.

Auf Seite 254 des Romans findet sich der Satz: »Warum soll ein Opfer ein guter Mensch sein?« Dabei handelt es sich um ein Zitatfragment des serbischen Schriftstellers Aleksandar Tišma (1924–2003). Das vollständige Zitat lautet: »Warum soll ein Opfer ein guter Mensch sein? Es ist eine große Lüge, dass das Leid die Menschen gut macht. Wenn man einen immer nur schlägt und schlägt, kann er dadurch nicht besser werden. Er wird hassen ...«

Abschließend sei auf einen Aspekt hingewiesen, den man durchaus kontrovers diskutieren kann. Ich habe mir beim Schreiben dieses Romans eine dichterische Freiheit herausgenommen, indem ich etwas *weggelassen* habe: die Corona-Pandemie.

Die Romanhandlung ist im Jahr 2020 angesiedelt, als alle Ereignisse weltweit von der Pandemie bereits maßgeblich geprägt waren. Also habe ich mich als Autor gefragt: Kann man eine Geschichte, die in diesem Jahr spielt, erzählen, ohne Corona mitspielen zu lassen?

Gleich aus mehreren Gründen habe ich mich entschlossen, genau das zu tun. Zwar hätte die Handlung im Prinzip auch unter Corona-Bedingungen stattfinden können, aber die sattsam bekannten Einschränkungen des Lockdowns hätten bei einer realistischen Schilderung zahlreiche Modifikationen nach sich gezogen. Drastisch reduzierte Mobilität der Romanfiguren, Quarantäne, Reiseeinschränkungen, keine Restaurantbesuche etc. und natürlich insgesamt eine Verlagerung von zahlreichen Handlungen aus dem wirklichen Leben in den virtuellen Raum. Gibt es Menschen im lesefähigen Alter, die nicht wissen, wovon ich rede?

Deshalb hier meine ernst gemeinte Frage an die geneigten Leserinnen und Leser: »Hätten Sie das alles gern noch einmal in Buchform gehabt?«

Ich nicht!

Um ehrlich zu sein, ich konnte mir einfach nicht vorstellen, dass jemand sich dieses ganze Elend zu Unterhaltungszwecken noch einmal zu Gemüte führen wollte. Schon gar nicht, nachdem die Pandemie weitgehend besiegt zu sein scheint.

Schließen möchte ich mit einem weiterführenden Lektüretipp: Leserinnen und Lesern, die sich mit den im Roman verhandelten politischen und historischen Ereignissen näher beschäftigen möchten, seien die Bücher von Anna Politkowskaja empfohlen, einer unfassbar mutigen russischen Journalistin, die am 7. Oktober 2006 ermordet wurde.

Politkowskaja, Anna: Russisches Tagebuch, Frankfurt am Main 2008

Politkowskaja, Anna: Tschetschenien, Frankfurt am Main 2008

www.tropen.de

Lukas Erler
Das letzte Grab
Ein Fall für Carla Winter
288 Seiten, Klappenbroschur
ISBN 978-3-608-50169-8

»Lukas Erler ist zurück mit einem sensationellen Krimi. Nicht zögern, lesen!«
Mike Altwicker, Juryvorsitzender Crime Cologne Award

Raubkunst, deren blutige Spur sich vom Nahen Osten bis nach Frankfurt zieht. Ein Killer, der seine Opfer quer über den Erdball jagt. Und mittendrin Carla Winter, eine Strafverteidigerin, die sich nicht an das Gesetz halten kann, wenn sie Antworten finden und selbst am Leben bleiben will. Ein hochbrisantes Katz-und-Maus-Spiel im globalen Raubkunst-Handel, dem Milliardengeschäft der organisierten Kriminalität.

www.tropen.de

Jean-Christophe Grangé
Die marmornen Träume
Thriller
Aus dem Französischen von Ina Böhme
688 Seiten, gebunden mit Schutzumschlag
ISBN 978-3-608-50171-1

Der Meister der französischen Spannung: so episch und böse wie nie!

Berlin 1939: Während die Welt dem Grauen des Zweiten Weltkrieges entgegenblickt, treffen sich die schönen Damen der Nazi-Elite zum Champagner im Adlon. Sie scheinen unantastbar. Bis an der Spree eine brutal zugerichtete Frauenleiche gefunden wird. Sie war eine von ihnen, und die Spur des Täters reicht bis in die obersten Führungskreise des Regimes.
Jean-Christophe Grangé mit seinem ersten historischen Berlin-Thriller: eine erbarmungslose Jagd in den finstersten Abgründen der menschlichen Existenz.

www.tropen.de

Jean-Christophe Rufin
Der Gehängte von Conakry
Ein Fall für den Konsul
Aus dem Französischen von Barbara Reitz und Eliane Hagedorn
240 Seiten, Klappenbroschur
ISBN 978-3-608-50164-3

»Was für ein unwiderstehlicher Anti-Held!« *Le Figaro*

Aurel Timcscu liebt Weißwein und lange Tweedmäntel. Was er hingegen nicht liebt, ist sein Job. Er ist französischer Konsul in Guinea, ein schlechter noch dazu. Viel lieber wäre er Kriminalkommissar. Als in der Stadt plötzlich eine Leiche auftaucht, sieht er seine Chance gekommen. Goncourt-Preisträger Jean-Christophe Rufin hat wohl einen der liebenswertesten Ermittler der Kriminalgeschichte geschaffen, herrlich schräg und ganz und gar nicht stilsicher.